АЛЕКСАНДРА МАРИНИНА

МАРИНИНА

АЛЕКСАНДРА

ДРУГАЯ ПРАВДА

Том 2

МОСКВА

2019

УДК 821.161.1-312.4
ББК 84(2Рос=Рус)6-44
     М26

Разработка серии и дизайн переплета *Андрея Саукова*

Иллюстрация на обложке *Ивана Хивренко*

Маринина, Александра.

М26   Другая правда. Том 2 / Александра Маринина. — Москва : Эксмо, 2019. — 352 с.

ISBN 978-5-04-105013-9

50-й, юбилейный роман Александры Марининой.

Впервые Анастасия Каменская изучает старое уголовное дело по реальному преступлению. Осужденный по нему до сих пор отбывает наказание в исправительном учреждении.

С детства мы привыкли верить, что правда — одна. Она — как белый камешек в куче черного щебня. Достаточно все перебрать, и обязательно ее найдешь — единственную, неоспоримую, безусловную правду... Но так ли это?

Когда-то давно в московской коммуналке совершено жестокое тройное убийство родителей и ребенка. Подозреваемый сам явился с повинной. Его задержали, состоялось следствие и суд.

По прошествии двадцати лет старое уголовное дело попадает в руки легендарного оперативника в отставке Анастасии Каменской и молодого журналиста Петра Кравченко. Парень считает, что осужденного подставили, и стремится вывести следователей на чистую воду. Тут-то и выясняется, что каждый в этой истории движим своей правдой, порождающей, в свою очередь, тысячи видов лжи...

УДК 821.161.1-312.4
ББК 84(2Рос=Рус)6-44

ISBN 978-5-04-105013-9

ГЛАВА 9

Среда

И горь Дорошин собрался было оставить Настю в комнате, где перед началом концерта приятно проводили время самые близкие из гостей его родителей, но та отказалась наотрез.

— Я никого не знаю, зачем мне там сидеть? Даже поговорить не с кем. И меня тоже никто не знает, начнут пялиться и шушукаться, гадать, кто я такая, откуда взялась. Не люблю этого.

— Там есть еще один человек, которого эти люди никогда не видели, — улыбнулся Игорь. — Моя нынешняя дама сердца. Она ужасно стесняется, и я подумал, что вы сможете ее как-то подбодрить.

Дама сердца. Значит, до сих пор не женат? Или открыто погуливает? Развелся? Спросить напрямую Насте было отчего-то неловко, но она точно помнила, что лет десять назад Игорь вроде бы женился. Во всяком случае, разговор о женитьбе был, но вот состоялась ли она...

— Вы садист, — усмехнулась Настя. — Оставить девушку, не имеющую твердо определенной социально-правовой позиции, в кругу любопытных — это для нее нешуточное испытание. За что ж вы ее так наказываете?

— Я не наказываю, я ее тренирую, — вполне серьезно ответил Игорь. — Очень надеюсь, что мы будем вместе долго, и без контактов с моей мамулей девушке не обойтись. Пусть привыкает потихонечку. Моя мамуля — человек довольно специфический, нужно иметь хорошие навыки, чтобы не вызвать на свою голову эмоциональную бурю. Правда, сейчас мамули в той комнате нет, она с отцом за кулисами, настраивает его, вдохновляет, сама готовится, одним словом, все как обычно. Но ее и папины ближайшие друзья как раз там тусуются, так что первое, самое приблизительное представление об этой прослойке творческой интеллигенции девушка сможет получить.

Он внезапно рассмеялся и подхватил Настю под локоть точно таким же движением, каким ее всего несколько дней назад брал под руку писатель Владимир Климм.

— Ну похвалите же меня, Анастасия Павловна! — проговорил он сквозь смех. — Оцените, какие фразы я начал строить! «Приблизительное представление о прослойке творческой интеллигенции» — просто умереть и не встать. Уроки бабушки Илоны даром не прошли.

— Бабушка Илона? — переспросила она. — Кто это?

— Есть в нашем доме такая милая старушка, филолог, доктор наук. Она мне очень помогла с текстом о кошках, я ведь ноты складываю более или менее прилично, а вот со словами в письменном виде не задалось, — Игорь вздохнул. — Привык служебные документы составлять, так что язык кондовый. Когда у меня набралось достаточно материалов для исследования поведения кошек, я начал писать и через какое-то время понял, что читать это будет невозможно. Сплошная канцелярщина. Языком молоть — не канавы копать, тут я еще могу за умного сойти, хоть и не без труда, а как за ручку возьмешься или на клавиатуру посмотришь, так сразу полный ступор.

Да, все верно, Настя вспомнила, что Игорь напичкал свою квартиру множеством пишущих видеокамер, чтобы иметь возможность наблюдать за поведением своих питомцев в отсутствие хозяина. Он собирался написать целый труд по зоопсихологии, но тогда, много лет назад, Настя в это не очень-то верила. Неужели напрасно не верила? Сколько у него в тот момент было кошек? Пять, кажется.

— Сколько у вас сейчас зверей?

— Трое, но через пару недель жду пополнения. Из тех, кого вы видели, остался только Айсор, такой черный-черный с зелеными глазами, помните? Остальные ушли на радугу. Да и Айсор уже старичок, ему шестнадцать, резвость теряет, ходит плоховато, зрение падает. Кроме него у меня трехлетний котище, сибиряк, и его молодая беременная жена.

— Неужели всех котят оставите? Или будете раздавать?

— Смотря сколько душ в окоте получится. Себе я запланировал оставить двоих как минимум, но девушка просит троих. Остальных раздам.

— Ваша девушка тоже кошатница?

— Она ветврач. Ну так как, Анастасия Павловна? Ваше последнее слово: будете опекать мою даму? Или бросите ее на произвол судьбы?

И, заметив ее колебания, добавил:

— Мне нужно к родителям заскочить хотя бы минут на десять, иначе они меня не простят. Потом обещаю прийти и забрать вас из террариума.

— Не любите вы родительских друзей, как я погляжу, — усмехнулась Настя.

— Они чудесные люди, я их знаю сто лет и умею с ними общаться. Но это не мое. Вы же знаете, я кошек люблю и стариков. И еще музыку.

— Ладно, — со вздохом согласилась Настя. — Ведите меня на эшафот. Приношу жертву только ради вас и вашей девушки. Но если через пятнадцать минут вы не вернетесь, я уйду гулять по фойе. И девушку заберу. Так что будете нас долго искать.

Подруга Игоря Дорошина и впрямь выглядела чужеродным элементом среди женщин, которых нельзя было назвать иначе как дамами, и мужчин, сильно смахивающих на английских лордов. Элегантные вечерние платья, аккуратные прически, жемчуга, никаких бриллиантов или, не приведи господи, пошло-красных рубинов, ухоженные руки, сдержанные голоса, отлично сидящие костюмы, прямые спины, изящные манеры. Запах хорошего кофе, вазы с фруктами, блюда с пирожными. И среди всего этого великолепия — примостившаяся в углу в низком креслице одинокая фигурка худощавой женщины лет сорока. Милое спокойное лицо, внимательные, но немного усталые глаза, экстремально короткая стрижка, волосы облегают голову, как тонкий шлем. И никаких украшений ни в ушах, ни на шее, ни на пальцах. «Мы с ней — два сапога пара, — подумала Настя. — Я тоже в дизайн не вписываюсь, потратила десять минут на переодевание и еще пять на то, чтобы чуть-чуть подкрасить глаза и губы, исключительно ради приличия».

Едва Игорь сделал пару шагов от двери в сторону кресла в углу, как раздался звучный голос:

— Игорёк, ты был у них? Как они?

— Прошу прощения, не успел, встречал гостей, — торопливо ответил он. — Сейчас иду.

И добавил совсем тихо:

— Надо быстро бежать отсюда, пока никто не вцепился.

На то, чтобы представить женщин друг другу, у него ушло несколько секунд, после чего Дорошин исчез. Женщина по имени Нина растерянно оглянулась, поняла, что рядом нет другого кресла и сесть Насте некуда. Она встала, и Настя заметила, что движение далось ей с некоторым трудом. «Будний день, — подумала она. — Работала с утра, возможно, оперировала, все время на ногах, устала. Теперь из-за меня ей придется стоять».

— Пойдемте отсюда, — решительно сказала Настя. — Игорю напишем сообщение, укажем, где нас искать. До начала еще долго, в фойе народу пока немного, и я знаю несколько очень уютных уголков, где можно спрятаться и с комфортом посидеть.

На лице Нины показалась слабая благодарная улыбка. Они проскользнули к двери, и Настя спиной ощущала недоуменные и неодобрительные взгляды, бросаемые на них дамами и джентльменами.

Первый же из намеченных «уютных уголков» оказался, к счастью, свободен. Настя вытащила телефон и написала Игорю сообщение.

— Вы знакомы с Татьяной Васильевной? — спросила Нина.

Голос у нее был немного резковатый, с легкой хрипотцой.

— С Татьяной Васильевной? — не поняла Настя. — А кто это?

— Мама Игоря.

Ах да, Татьяна Дорошина, которая «за роялем»... «Что-то я отупела малость к вечеру», — подумала она.

— Нет, не имела чести.

— Игорь так меня напугал, — призналась Нина. — Сказал, что его мама очень сложный человек и нужно иметь совсем особенный характер, чтобы общаться с ней без скандала. Рассказывал, что, когда отец готовится к выступлению, у мамы начинаются Кошмарные Ужасы, и в эти моменты она особенно опасна. Неужели правда? Или он меня на твердость характера проверяет, как вы думаете?

Настя бросила взгляд на ее руки. Ногти обрезаны под корень, пересушенная кожа, гибкие пальцы.

— Вы хирург? — спросила она вместо ответа.

— Да.

— Значит, проверять вас на твердость характера смысла не имеет. Вы давно знакомы с Игорем?

— Полтора года. Ну, плюс-минус. То есть знакомы-то мы намного дольше, впервые я оперировала его кота лет пять назад, потом другого кота лечила, потом кошечку, еще один раз были сложные роды... В общем, как ветеринар и хозяин животного мы давно друг друга знали. А встречаться начали уже после того, как он развелся.

Вот оно как! Стало быть, был женат. Но что-то не срослось. А дети? Есть они или нет?

— А дети? — машинально проговорила она вслух.

— То с бывшей женой, то с нами. Смотря у кого какой график. Вы не думайте, они хорошо расстались, по-человечески, без злобы и ругани. Просто оба сошлись во мнении, что им не нужно быть вместе.

— Родители Игоря помогают с детьми?

— Почти нет. Игорь говорит, что его отец служит академическому вокалу, а мама служит отцу. Зато родители Юли, ну, бывшей жены Игоря, много помогают. Так что все нормально справляются. У меня с детьми отношения хорошие, спасибо Юле, не настраивает их против отца и против меня. Знаете, мне все-таки кажется, что Игорь напрасно меня запугивает сложным характером своей мамы. Если она действительно сконцентрирована только на муже, то ей вообще должно быть наплевать, с кем живет ее сын. Я не права?

— Думаю, что правы, — улыбнулась Настя. — Но я ее совсем не знаю, так что не поручусь. Скажите, Игорь действительно написал свою книгу о поведении кошек?

Нина подняла на Настю удивленные глаза.

— Конечно.

— Опубликовал?

Нина пожала плечами.

— Нет. А зачем ему это? Он просто сделал работу, которая была ему интересна.

— И что, текст так и валяется в столе? В смысле — висит в компьютере?

— Ну почему же. Игорь все материалы отдал зоопсихологам, пусть пользуются, диссертации пишут, статьи. И всем, кто заинтересуется и захочет прочитать, отдает электронную версию. Правда, Илона Арнольдовна очень бранит его за такое разбазаривание результатов своего труда. Но Игорь — это Игорь, — в голосе Нины зазвучали уважение и безграничная нежность.

Илона Арнольдовна. Та самая бабушка Илона, соседка, доктор наук, филолог. Хорошая тема для разговора. Спрашивать о бывшей жене и детях как-то нехорошо, получится, что Настя выпытывает у третьего лица личную информацию. О чем еще можно поговорить с человеком, который не принадлежит к твоему профессиональному кругу и которого видишь впервые в жизни? А сидеть молча тоже как-то некрасиво, тем более Игорь вроде как поручил свою даму заботам старшего товарища.

О соседке Илоне Арнольдовне Нина знала на удивление много. Настя даже позавидовала такой коммуникабельности, своих соседей она хорошо если в лицо узнавала, да и то далеко не всех. Ученый-филолог была стара и далеко не здорова, почти не выходила из дома, по квартире передвигалась при помощи ходунков, но сохранила ясность ума и душевную энергию, которой хватало не только на то, чтобы помогать Игорю Дорошину с текстами, но и постоянно ворчать и ругать его за небрежное отношение и к собственному труду, и к заработанным деньгам.

— Вы сказали «с текстами», во множественном числе, — заметила Настя. — Игорь пишет еще какую-то книгу? Снова о кошках? Или о музыке?

— А он вам не сказал? Игорь постоянно пишет памятки для пожилых людей, подробно описывает действия мошенников, дает советы, как распознать обман, как не попасться на разводку. Мошенники — люди изобретательные, каждые два-три месяца придумывают что-нибудь новенькое, да вы и сами, наверное, знаете. Игорь регулярно общается с бывшими коллегами, они ему рассказывают, какие новые заморочки появились, а Игорь обновляет памятку, дописывает и делает новый тираж. У него договор с какой-то маленькой типографией, макет он сам делает, а они ему печатают, сколько нужно, и брошюруют. Взял под крыло свой бывший участок и еще два соседних, участковых трясет, чтобы они ему постоянно списки жильцов предоставляли и коды на вход в каждый подъезд. Сам обходит всю территорию и раскладывает новые брошюры в почтовые ящики.

Вот это да! Стройный элегантный красавец в смокинге, бывший офицер, которому родители в далеком детстве прочили карьеру великого композитора... С трудом верится, конечно, но, с другой стороны, для чего Нине лгать? Или она не лжет, просто сам Дорошин ее обманывает? «Тьфу, глупость какая! — рассердилась на себя Настя. — Всего три дня ковырялись с психологической характеристикой Сокольникова и его мамаши — больших любителей присочинить, и мне уже всюду мерещатся мыши. Возьми себя в руки, Каменская, перед тобой не Андрей Сокольников, а милая умная женщина, ветврач, хирург, возлюбленная Игоря Дорошина, которого ты уважаешь с самой первой встречи и который преподнес тебе незабываемый урок внутренней свободы. Чему ты удивляешься? Ты всегда знала, что Игорь — особенный, ни на кого не похожий, ты знала, что он болеет всем сердцем за тех, кто слаб и беззащитен, и готов на куски порвать каждого, кто попытается обмануть старика или обидеть ребенка. Ты знала, что за песни, которые он писал для группы «Ночные рыцари», ему платили очень хорошие деньги, а он, вместо того чтобы снять погоны и жить в свое удовольствие, продолжал работать участковым и тратить свои гонорары не только на себя и собственные затеи с кошками и видеокамерами, но и на то, чтобы организовать общение пожилых людей и помочь им стать чуточку менее одинокими. Что нового ты сейчас услышала? Откуда это дурацкое недоверие?»

— ...Она все никак про эту розу забыть не может и постоянно допекает Игоря разговорами о равнодушии милиции.

— Полиции, — машинально поправила Настя.

Оказывается, Нина продолжает что-то рассказывать, а Настя ушла мыслями в дело об убийстве семьи Даниловых и ничего не слышит.

— Да нет, — в голосе женщины зазвучало недоумение, — именно милиции, это же давно было.

— Простите, я задумалась, отвлеклась, — призналась Настя. — Все пропустила.

— Ничего, — понимающе усмехнулась Нина, —

у меня так часто бывает. Повторить про историю с розой? Или не нужно?

Роза! Вот же черт! Совсем недавно Петр спрашивал, что может означать белая роза в руках у молодой девушки. И вот тебе здрасьте, снова-здорово. Что-то закон парных случаев зачастил, не к добру это.

— Расскажите, если не трудно.

Как истинный ученый, Илона Арнольдовна не терпела неясностей и непонятностей, поэтому никогда не выбрасывала из головы того, что оставалось неразъясненным или не до конца понятым. Кратковременная память у пожилых людей ослабевает, это известный факт, но то, что происходило несколько десятков лет назад, они продолжают помнить отлично. Примерно в конце восьмидесятых годов профессор вернулась домой с работы и обнаружила дверь в квартиру распахнутой настежь. Сперва решила, что дочь, зять или внучка пошли вынести мусор, но уже в следующую секунду заметила белую розу, одиноко лежащую на коврике в прихожей. «Ну точно, понесли цветы на помойку, один цветок обронили и не заметили», — подумала было Илона, но... Роза была свежей, очень красивой, с упругими лепестками, иными словами — явно не из увядшего букета, подаренного Илоне на прошлой неделе после успешной защиты диссертации благодарным аспирантом. Букет еще утром стоял в вазе, и профессор, уходя на работу, подумала, что вечером нужно будет непременно выкинуть пожухлые цветы. Женщина бросила взгляд на вешалку для верхней одежды, на обувную полку: похоже, никого дома нет, вешалка пуста, все четыре пары домашних тапочек на месте. «Обокрали! — заметалась в голове паническая мысль. — Вскрыли квартиру и все вынесли!» Она бросилась по комнатам, даже не сняв уличную обувь, и остановилась в растерянности. Все было так же, как обычно. Мебель стоит на своих местах, ни один ящик не выдвинут, на полу ничего не валяется. Квартира, которую обчистили, так выглядеть не должна. Дрожащими руками торопливо открыла спрятанную в тумбе письменного стола коробку, где хранились сбережения всей семьи, — всё цело, вся сумма, до рубля, хотя найти коробку не составило бы ни малейшего труда даже для неопытного воришки. В советское время люди хранили деньги и ценности примерно одинаково, в одних и тех же местах, никаких встроенных сейфов почти ни у кого не водилось. Проверила шкатулку с украшениями — тоже все на месте. И телевизор «Грюндиг», совсем новый, очень хороший, недавно привезенный Илоной Арнольдовной с конференции в Белграде. Допустим, деньги и ценности не нашли, хотя что их искать-то? Но телевизор взяли бы обязательно, товар дефицитный, импортный, его можно толкнуть за приличные деньги.

Что делать? Звонить в милицию? Или подождать домашних, которые проверят, все ли их вещи целы, не пропало ли чего? Пока Илона с колотящимся, выпрыгивающим из груди сердцем сидела у стола, так и не сняв обувь и пальто, явился зять, потом, где-то через полчаса, дочь вернулась с работы, а около восьми вечера пришла и внучка, три раза в неделю по вечерам занимавшаяся с репетитором английским языком. К девяти часам стало совершенно точно известно: из квартиры не пропало ничего. Ровным счетом ничего.

— Я понял! — Зять Илоны Арнольдовны с силой хлопнул ладонью по столу. — Это чей-то поклонник! Признавайтесь, чей? Твой, Наталья?

Он сурово посмотрел на пятнадцатилетнюю дочку.

— Не рано тебе поклонников-то заводить? Тебе об учебе нужно думать, о поступлении в институт, а ты хвостом крутишь, со всякими проходимцами якшаешься! Ты посмотри, что он творит: дверь чужой квартиры вскрыл! Да как вскрыл! Комар носа не подточит! Он, поди, уже у половины города хаты обнёс. Сколько ему лет? Как его зовут? Завтра же пойду в милицию и заявлю на него. Нет, не завтра, прямо сейчас и пойду. Ну? Отвечай!

Девочка растерянно моргала, глаза наливались слезами. Илона тут же кинулась защищать любимую внучку:

— Оставь ребёнка в покое, Наташа умная девочка и не станет дружить с кем попало, правда, Натусик?

— А кому в таком случае роза? — не успокаивался зять. — Может, вашей дочери? Или вообще вам?

Дочь Илоны Арнольдовны никогда не была идеалом жены, профессор это признавала, и подозрительность мужа нельзя было считать уж вовсе безосновательной. Пришлось приложить изрядные усилия, чтобы не дать разгореться семейному скандалу.

На другой день Илона отправилась по соседям, методично обошла сперва свой подъезд, потом все другие в этом же доме, после чего переключилась на близлежащие дома. Ее вопросы вызывали чаще всего изумление, но почти никто не отказывался уделить пару минут и поговорить с интеллигентной, хорошо одетой дамой в зрелых летах. Ходить на работу можно было не каждый день, Илоне как доктору наук полагались два библиотечных дня в неделю, а ноги в ту пору были еще здоровы и без труда носили ее подтянутое тело без единого килограмма лишнего веса. Так что через несколько дней удалось обнаружить аналогичный случай, имевший место две недели назад. Всё то же самое: распахнутая дверь, ничего не пропало, в комнате в центре стола — прямоугольная, с черно-красным орнаментом, коробка с тортом «Птичье молоко», дефицитным, который еще нужно было ухитриться достать. Торт был обнаружен парнишкой-студентом, вернувшимся домой днем после занятий в институте, и немедленно съеден почти целиком. Парень даже не потрудился задаться вопросом, кто принес торт и почему открыта дверь. Когда ближе к вечеру выяснилось, что никто из членов семьи торт не покупал и не приносил, мать студента отправилась к участковому. Тот лишь посмеялся над наивной заявительницей:

— Вы сами этот торт видели? — спросил он.

— Видела, — подтвердила она. — То есть коробку видела. И там один кусочек еще оставался.

— А торт целиком видели?

— Нет, сын все съел, он такой голодный из института прибежал, а я как раз обед не успела на сегодня приготовить, дома есть нечего было...

— Да разыграл он вас! — с досадой махнул рукой участковый. — Собралась компания в пустой хате, кто-то принес торт, ребята его съели, один кусочек специально оставили, чтобы втюхать вам эту историю. Кто видел коробку с целым тортом? Только ваш сын. Кто видел вскрытую дверь? Тоже только он. И не пропало ничего.

— Но зачем же ему врать? — недоумевала женщина. — Зачем все это придумывать? Для чего?

— Да кто ж ее поймет, молодежь эту, у них одна дурь в головах. Идите, мамаша, домой, не тратьте мое и свое время.

— Но дверь...

— Замок поменяйте на всякий случай, а то мало ли кому ваш сынок ключи давал, могли и копий понаделать.

— Зачем ему давать кому-то ключи?

— Ну вы как будто вчера на свет родились! — фыркнул участковый. — Вы с мужем целыми днями на работе, так ведь?

— Так, а что...

— А ничего! Парни и девчонки, у кого родители весь день на работе и квартира стоит пустая, всегда дают ключи своим друзьям, если им встречаться негде. Парочку запустят на часок-другой, а сами — в кино или еще куда. Будто не знаете!

Сын клялся и божился, что никому ключей не давал, но мать не очень-то ему верила, а вот слова участкового показались ей убедительными. Замок она, конечно, сменила, но ведь и старый был еще исправный, даже и не заедал ни капельки после того, как его вскрывали. Участковый так и сказал: отмычки, мол, любой замок так или иначе повреждают, и если все работает по-прежнему гладко и без усилия, стало быть, открывали ключами, или родными, или точными копиями. А копию сделать — раз плюнуть, в любом металлоремонте за полчаса.

Случай сам по себе ерундовый, но в совокупности с эпизодом Илоны выглядел он уже не столь безобидно...

— Нина Валентиновна!

Импозантный мужчина с благородной сединой и явно избыточным весом бросился к ним, оставив своих спутников. Нина прервалась на полуслове, на лице появилось едва заметное напряжение, которое уже через секунду сменилось приветливой улыбкой. Значит, сперва не узнала седого толстяка, но быстро вспомнила.

— Как я рад, что встретил вас! — заливался восторгом мужчина. — И в таком неожиданном месте! Никак не мог подумать, что вы интересуетесь классикой. Мы с супругой вас каждый день вспоминаем и благодарим, и Арчик тоже вас не забыл, я уверен.

— Как он? Здоров?

— Тьфу-тьфу, вашими молитвами, вернее, вашими умелыми ручками.

Он продолжал сыпать словами восхищения и благодарности, а Настя искоса посматривала на его лицо и пыталась вспомнить, где уже видела этот мясистый, но хорошей формы нос и где слышала этот богатый модуляциями голос. Вспомнила! На экране телевизора. Какой-то часто появляющийся в эфире деятель Совета Федерации. Ничего себе знакомства у тихой Ниночки!

Но каков, однако, наглец этот толстый политик! Не мог он, видите ли, подумать, что ветхирург интересуется классической музыкой. А что, по его представлениям, врачи, которые лечат животных, должны интересоваться исключительно попсой или ресторанным шансоном? Глядя на его сытую рожу в телевизоре и слушая, как он с умным видом рассуждает о законодательных инициативах, тоже трудно себе представить, что он посещает консерваторию. Это еще он пока думает, что Нина Валентиновна — сама по себе, то есть купила билет и пришла послушать известного певца. Если узнает, что врач, лечивший его собачку, — будущая сноха самого великого Владимира Дорошина, в обморок свалится, надо полагать. А Нина-то какова, а? Когда Игорь подвел к ней Настю — сразу встала, потому что рядом не было ни другого кресла, ни банкетки, ни стульчика, а как подошел известный деятель — даже не пошевелилась, продолжает сидеть, как приклеенная, вынуждая рыхлого мужичка стоять в полупоклоне.

Остановить поток речей удалось только с появлением Игоря, который подхватил обеих дам под руки и повел их в директорскую ложу.

— Сбежали? — насмешливо спросил он. — Эх вы, self-made women, а я-то собирался поучиться у вас выдержке и самообладанию.

— Мне выдержка и самообладание на работе пригодятся, — тут же отпарировала Нина. — Зачем тратить драгоценный запас на незнакомых людей, которых я никогда больше не увижу?

— А вот это еще вопрос: увидишь или нет? Я не собираюсь до конца жизни прятать тебя и оберегать от мамули. Стало быть, прикосновенность к ее ближнему кругу фатально неизбежна. Сегодня после концерта состоится первый подход к снаряду, я предупреждал.

Нина ничего не ответила, рассеянно и даже как будто лениво оглядывая постепенно заполнявшийся зал. Игорь усадил их и снова убежал, ему нужно было привести еще каких-то гостей. Молчание снова показалось Насте напряженным и каким-то неприличным, что ли. Нужно заговорить, но о чем? Попросить закончить историю о вскрытых квартирах и равнодушных милиционерах? Или спросить о знакомстве с политиком и болезни его собаки?

Она открыла рот, но произнесла совсем не то, что собиралась:

— Боитесь?

Нина посмотрела на нее насмешливо и чуть удивленно.

— Разумеется, нет. Уж каких только владельцев больных животных я не видела! Ни одна Татьяна Васильевна с ними не сравнится. А я пока жива и даже не ранена. Просто Игорю кажется, что мне может быть не совсем комфортно в обществе его мамы, и он нас до поры до времени не знакомил.

Настя вдруг подумала, что провела в обществе Нины уже минут 30—40, при этом женщина говорила намного больше самой Насти, но, однако же, ни слова о себе. Об Игоре — совсем чуть-чуть, а в основном — о старушке-соседке Илоне Арнольдовне. «Что происходит? — думала Настя. — Макки учил всегда различать две картины: то, что мы видим, и то, что происходит на самом деле. Что я вижу? Женщина мило болтает, заполняя пустоту... Нет, не то, не так. Женщина пересказывает мне в подробностях то, что слышала неоднократно от соседки Игоря. Какая-то история, не имеющая ни малейшего отношения ни к ней, ни к Игорю, ни тем паче ко мне. Что может происходить на самом деле? Она нервничает перед знакомством с матерью Игоря и банально сотрясает воздух в чисто терапевтических целях, чтобы не думать и не волноваться заранее? Не годится. Нина выглядит совершенно спокойной, да и сама признается, что ничуть не боится встречи с родителями Игоря. Кроме того, если человек становится говорливым от волнения, то его речь, как правило, крутится вокруг него самого, а Нина о себе ничего не рассказала, все только о бабушке Илоне, о розе, о торте. Есть люди, которые любят поговорить о себе, любимом, и здесь механизм понятен. Людей, которые любят поговорить «вообще», то есть которым нравится процесс молотьбы языком, все равно на какую тему, тоже немало, но намного меньше, и подруга Игоря к ним явно не принадлежит, в противном случае она бы уже начала что-нибудь рассказывать, а она меж тем сидит молча, и ей это абсолютно не в тягость, судя по выражению лица».

— Не любите рассказывать о себе? — спросила Настя, повернувшись к Нине.

Та кивнула.

— Не люблю. Не приучена. Скрывать мне нечего, но профессия вынуждает быть сдержанной. С пациентами, точнее, с их хозяевами нельзя родниться.

— А как же Игорь? Он ведь тоже хозяин пациента, и не одного.

— Игорь — исключение. Вижу, вы меня не понимаете. Я объясню. Помимо клиники, где я веду прием и оперирую, у меня много клиентов, к которым я выезжаю на дом. Ситуации бывают разные, порой приходится подолгу сидеть, пока животное прокапается, или, допустим, нужно подождать и посмотреть, как зверь среагирует на препарат. Хозяева здесь же, волнуются, иногда паникуют, дергают меня, рыдают, в общем, сами можете догадаться. Двухчасовую капельницу нужно как-то пересидеть, о чем-то говорить, как-то общаться. И я научилась просто рассказывать что-то отвлеченное, вплоть до того, что могу пересказывать фильм или книгу. Никаких историй из своей жизни, никаких фактов собственной биографии. И уж тем более никаких обсуждений политических новостей. Для меня это недопустимо в рамках профессионального контакта. На работе врач — человек без личности и без политических пристрастий. В молодости, когда я только начинала работать, наделала ошибок, конечно, не без этого. Не в лечении животных, а именно в стиле общения с людьми. Потом мне эти ошибки такими оплеухами обернулись, что урок был усвоен накрепко.

Они сидели во втором ряду, и теперь прямо перед ними усаживались две дамы, обе из числа тех, что были в «комнате для избранных». Поняв, что двух пришлых нищенок в затрапезных одеждах привели и усадили в директорской ложе раньше всех, они обменялись негодующими взглядами и, склонив головы друг к другу, принялись очень тихо что-то обсуждать. «Нас, наверное, — подумала Настя. — Не могут понять, кто мы такие и зачем сын Дорошина нас сюда притащил. Теперь будут мозги ломать вместо того, чтобы музыку слушать».

Дамы между тем прекратили переговоры и сидели молча, с очень прямыми спинами, замерев, как изваяния. Все ясно, хотят послушать, о чем разговаривают две непонятно откуда взявшиеся самозванки, сидящие сзади. Бросив взгляд на часы, Настя поняла, что до начала еще почти семь минут, да и то если без задержек. Вполне можно успеть похулиганить.

— Нина, вы каким иностранным языком владеете? — спросила она едва слышно, приблизив губы почти вплотную к ее уху.

— Никаким, — так же беззвучно ответила Нина. — Если только латынью, но в рамках медицинской терминологии.

— А в школе какой язык изучали?

— Как ни смешно — испанский. Родители отдали меня в крутую испанскую спецшколу, она была чуть ли не единственной в Москве, стремились сделать из меня специалиста по Латинской Америке, мечтали, чтобы я продолжила семейную традицию. А я не оправдала надежд и пошла по другому пути. Так что языком после выпускных экзаменов совсем не пользовалась и давно все забыла.

— Ничего, начнем с простых фраз, потом всё само вспомнится. Устроим небольшой спектакль, развлечемся.

Настя поймала на себе изумленный взгляд Нины и подмигнула ей.

— Не старайтесь говорить правильно, без ошибок, — заговорила она по-испански уже не понижая голоса. — Главное — фонетика, звучание незнакомой речи, уверена, что наши очаровательные соседки в первом ряду этим языком не владеют и ошибок не заметят. Но как истинные знатоки академического вокала с ходу определят, на каком языке мы беседуем. Обалдеют, впадут в шок и утратят дар речи, а потом будут долго соображать, кто же мы такие. А вдруг мы с вами любимые племянницы самого Хосе Каррераса?

Нина поняла, пожалуй, только треть или четверть сказанных слов, но и их оказалось достаточно, чтобы уловить общий смысл. Она фыркнула и негромко рассмеялась, потом неуверенно произнесла:

— Вы говорите по-испански?

Отлично! Одна из первых и главных фраз любого школьного курса. Если вспомнилось хотя бы это, дальше механизм вспоминания начнет раскручиваться.

— Да, немного. Изучала иностранные языки для собственного удовольствия и тренировки мозгов. Скажите несколько слов о себе: когда и где родились, кто ваши родители.

Эти фразы тоже не должны представлять особого труда, их заучивают всегда в начале обучения, и они застревают в памяти на всю жизнь. Нина заговорила довольно бойко, и Настя сразу поняла, что словарный запас у нее огромный, а вот грамматику учить ей было лень. Но разве это важно? Важно, что спины и затылки впереди сидящих дам буквально наливались напряжением, Насте даже казалось, что она видит, как каменеют и тяжелеют их мышцы. «Кто сказал, что я старею и нахожусь на пороге шестидесятилетия? Да, я действительно там нахожусь, на этом чертовом пороге, но данный факт не меняет и не должен менять ничего в моей жизни. Я всегда любила валять дурака, но на моей суперсерьезной работе этому редко находилось место, а теперь-то почему нужно отказывать себе в маленьких удовольствиях? Вот говорят, что мужчины до глубокой старости остаются мальчиками, а мы, женщины, разве чем-то отличаемся от них? Да ничем! Ребенок в нас никогда не умирает и не вырастает. Просто люди по-разному обращаются с этим ребенком. Одни загоняют его в дальний угол или запирают в темной каморке и делают вид, что его нет. Другие дают ему свободу и даже дружат с ним, как я», — думала Настя, то и дело прерывая рассказ Нины ничего не значащими пустыми репликами, чтобы создать видимость оживленного диалога.

Дамы впереди зашушукались. Настя явственно представила, как у них, словно у кошек или собак, уши встают торчком и разворачиваются в сторону, откуда поступают тревожные звуки, а из элегантно уложенных волос на затылке вдруг высовываются выпученные глаза. Ей стало так весело, что она с огромным трудом удержалась от смеха. «Я лгунья, притворщица и отъявленный мистификатор». Это было последнее, о чем Настя Каменская успела подумать, прежде чем ведущая в красивом длинном платье вышла к микрофону и объявила о начале творческого вечера Владимира Дорошина.

Она быстро оглядела ложу: Игоря не было. И ни одного свободного места. «Он уступил мне свое кресло. Он должен был сидеть рядом с Ниной», — поняла Настя.

Ей стало неловко. Но едва раздались вступительные аккорды каватины Валентина из «Фауста» Гуно, она забыла о неловкости и погрузилась в музыку.

* * *

Концерт, начавшийся как традиционное академическое действо, на деле оказался и впрямь самым настоящим творческим вечером. Исполнив каватину Валентина, певец сделал шаг в сторону рампы и начал рассказывать.

— Дорогие друзья, благодарю вас за то, что пришли сегодня на наш вечер, который устроен в честь пятидесятилетия нашей с Татьяной совместной жизни. Золотая свадьба — дело серьезное, особенно в наш век, когда браки зачастую так недолговечны! Для этого вечера мы подобрали произведения, связанные так или иначе с памятными событиями и вехами пути, пройденного нами рука об руку за пять десятилетий. Именно на студенческом спектакле «Фауст» в оперной студии консерватории пятьдесят два года тому назад мне выпало счастье познакомиться с Татьяной, — красивым выверенным жестом Дорошин указал на сидящую за роялем супругу. — Можно считать, что наша любовь началась с этой арии, поэтому сегодняшний вечер мы решили открыть исполнением именно этого произведения. Я был довольно робким парнем, никак не мог решиться признаться в своих чувствах, и в конце концов прибег к помощи великого Верди, использовав арию графа ди Луны из «Трубадура»...

Каждое включенное в репертуар произведение сопровождалось кратким, но довольно ярким пояснением, украшенным изрядной долей юмора. Когда объявили антракт, Настя искренне удивилась: неужели уже час прошел? Посмотрела на часы, чтобы удостовериться. Да, первое отделение вечера длилось час пятнадцать минут, а пролетело как несколько легких мгновений.

Они с Ниной вышли в фойе, и тут на них налетел Игорь.

— Девушки, что произошло? Мамулины подруги меня чуть на мелкие лохмотья не порвали, еле отбился.

Настя скроила невинную физиономию, Нина же сохраняла полную невозмутимость и, казалось, вообще не понимала, о чем идет речь.

— Ничего не произошло. Мы мирно сидели, разговаривали, никого не трогали, починяли примус. А в чем дело?

— Разговаривали? На каком, позвольте поинтересоваться, языке?

— На испанском, а что?

— Все ясно, — вздохнул Игорь. — Ну Нина — ладно, она испанский хотя бы в школе изучала, но уж от вас, Анастасия Павловна...

Он удрученно замолк.

— Что — от меня? Такой подлости никак не ожидали? — поддела она со смехом. — Сами виноваты, нужно было предвидеть, что такие, как мы, всегда будут белыми воронами в светском обществе. Тут уж только два варианта: или мы наряжаемся, украшаемся и выглядим соответственно ожиданиям, или становимся объектом пристального внимания и источником недоумения и шока. Вы пренебрегли первым вариантом и закономерно получили второй. Какие к нам претензии?

Игорь безнадежно махнул рукой.

— Да никаких. Теперь никаких. Действительно, я сам дурак. Только мамулины подруги уже поскакали к ней в гримуборную рассказывать взахлеб, каких дам я привел на концерт и усадил в ложе.

— Кстати, о ложе, — подхватила Настя. — Где вы сидели? Я правильно понимаю, что первоначально вы планировали сидеть с Ниной, но отдали свое место мне? Если так, то предлагаю поменяться, садитесь на свое место хотя бы на время второго отделения.

— Вы очень великодушны, Анастасия Павловна, — Игорь улыбался, но лицо его было одновременно рассеянным и озабоченным, — но моего места, как выяснилось, в зале вообще нет. То есть теоретически оно есть во второй ложе, но кресло стоит пустым. Мамуля потребовала, чтобы я весь вечер стоял в кулисе, причем так, чтобы она меня видела. Вот такая у нее блажь на сегодняшний день. Отказать не могу, мамуля не часто просит меня о чем-то, зато моя уступчивость послужит бонусом, когда буду знакомить ее с Ниной.

— Предусмотрительно, — согласилась она. — А кто придумал такой формат вечера? Получилось очень живо, тепло и даже доверительно. Наверняка ваша идея, верно?

— Верно, — кивнул Игорь. — Знаете, пришла в голову фраза, что-то вроде «музыкальные свидетели прожитых лет», ну а дальше одно за другое цеплялось... Я рад, что вам нравится.

Он заговорил с Ниной, но Настя уже не слушала. Слово «свидетель» словно выстрелило тугой пружиной, которая начала закручиваться, вовлекая в свою орбиту все новые и новые факты, соображения, предположения, идеи. Одно-единственное слово...

Очнулась она только тогда, когда зал взорвался финальными овациями. Неужели вечер закончился? И уже можно ехать домой? Ура! Как хорошо, что она не согласилась на предложение Игоря «привезти и отвезти», приехала на своей машине, оставила ее на подземном паркинге в самом начале Тверской. Консерватория находится в доме 13 по Большой Никитской улице, а в доме 11 во времена Настиного студенчества располагался юрфак университета, где она училась. Улица тогда именовалась не Большой Никитской, а Герцена. Частично факультет в те годы ужс псреехал на Ленинские горы, в основное здание МГУ, но кое-какие кафедры и аудитории оставались еще на Герцена, 11. Настя отлично помнила, как добегала за пять минут от метро «Проспект Маркса» до места учебы. Небольшая пешая прогулка сейчас будет очень кстати, ходьба обычно помогает привести мысли в порядок.

А уж дома... Она знает, чем займется. Эх, жаль, что завтра придется ехать с басом-профундо на закупки. И Петру она дала на завтра отбой. Но кто же знал, что ее посетит очередная безумная идея?

* * *

Сушеная вобла закончила занятия ровно в пять часов, на концерт она идет, видите ли! Петру было так муторно со вчерашнего вечера, и он с удовольствием поработал бы над делом, чтобы отвлечься от плохого настроения, и послушал всякие байки из жизни следователей и оперов, которые Каменская то и дело рассказывала в качестве примеров и иллюстраций. Но вобла непререкаемым тоном заявила, что ей нужно привести себя в порядок и выехать пораньше, потому что будний день, конец рабочего дня, пробки и так далее. Короче, обломала Петра по всем фронтам.

Неприятный осадок, оставшийся от знакомства с Катей Волохиной, раздражал и не давал покоя. Петр позвонил одному приятелю-однокурснику в попытке договориться о встрече и «посидеть-попить пивка», потом другому, третьему — безрезультатно. Все были заняты, никому Петя Кравченко не был нужен и интересен настолько, чтобы ломать собственные планы и откладывать дела. Был бы он в родной Тюмени — уже через пять минут собрал бы целую компанию, а тут... Ладно.

Но сидеть одному в пустой квартире ему отчаянно не хотелось. Он вышел из метро за три остановки до той станции, где снимал жилье, поднялся наверх и зашел в первое попавшееся заведение, которым оказалось не то кафе, не то бар, не то рюмочная-забегаловка. Столов со стульями всего два, оба свободны, высоких столов без стульев — штук пять или шесть, длинная барная стойка, вдоль которой располагались не меньше десятка барных табуретов, все до единого заняты посетителями.

У высоких столов стояли несколько человек двумя группами. «Странно, — подумал Петр, — почему никто не сел за стол? Удобнее же!»

Несмотря на убожество меблировки, здесь было чисто и даже почти красиво, во всяком случае, рука дизайнера, пусть и весьма посредственного, ощущалась явственно.

В меню не оказалось почти никакой еды, кроме двух разновидностей убогих сэндвичей, зато перечень предлагаемых напитков выглядел впечатляюще. Табличка на барной стойке извещала, что здесь самообслуживание, заказ нужно делать самому у бармена и потом убирать за собой посуду. Петр подошел к одному из двух пустых столов, поставил на стул рюкзак, повесил ветровку на спинку стула и подошел к бармену. Заказал четыре сэндвича — по два каждого вида, кофе и большую кружку темного пива.

— Я смотрю, у вас за столами никто не сидит, — заметил он как бы между прочим. — Что так? Есть какая-то засада?

Бармен пожал плечами.

— Никакой. Вам просто повезло, гости ушли только что, а минут через десять народ повалит из офисов и контор в сторону метро, все сидячие места будут заняты, причем надолго, практически до самого закрытия.

Дождавшись, когда из кухни принесут сэндвичи, Петр отнес их к столу, потом вернулся за кофе и пивом. Вытащил из рюкзака ноутбук, поискал глазами розетку поблизости, но не обнаружил. Ничего, батарея заряжена полностью, ведь у Каменской дома он работал от сети, так что на пару часов точно хватит, а если без интернета — то и дольше.

Еда напоминала картон, пропитанный вкусовыми добавками, кофе был ужасен, а вот пиво оказалось превосходным. Вероятно, заведение ориентировано преимущественно на тех, кто хочет выпить, расслабиться и пообщаться, а не на тех, кто хочет вкусно поесть. Петр собрался было сходить к стойке за второй кружкой, когда за стол напротив него уселся незнакомый мужчина лет 35—40. Хорошо одетый, с тонким привлекательным лицом, строгими темными глазами. Второй стол был уже оккупирован компанией парней и девиц, с независимым видом потягивающих какие-то разноцветные коктейли, и Петр ожидал вполне понятного вопроса типа «У вас не занято?» или «Вы позволите?». Однако вместо этого незнакомец произнес:

— Господин Кравченко?

Петр вздрогнул от изумления и настороженно кивнул.

— Мы знакомы?

— Нет. И вряд ли познакомимся. У меня к вам деловое предложение.

Петр ушам своим не верил. Деловое предложение? К нему? У этого человека, которого он видит впервые в жизни? Здесь, в этой сомнительной забегаловке? Бред. Слова «вряд ли познакомимся» ему сильно не нравились. Не иначе какой-то подвох.

Он постарался взять себя в руки и сказал как можно спокойнее:

— Я готов выслушать ваше предложение. Но сначала хотелось бы выяснить, откуда вы меня знаете и как нашли.

Незнакомец улыбнулся легко и весело.

— Нет ничего невозможного в этом мире. Вас я не знаю, но знаю кое-что о вас, — он сделал сильный акцент на предлоге «о». — Например, что вы очень интересуетесь ролью Маргариты Станиславовны Лёвкиной в деле Андрея Сокольникова. Я не ошибаюсь? Меня правильно информировали?

— Допустим, — осторожно подтвердил Петр. — И что из этого следует?

— Многое, — загадочно ответил незнакомец. — Кроме того, мне известно, что методическую помощь в ваших изысканиях вам оказывает бывший сотрудник МВД, человек опытный и знающий. Это так?

— Допустим, — повторил Петр, чувствуя, как поднимает голову и открывает глаза уснувший было азарт, журналистский кураж. Началась движуха!

— Далее мы уходим в область предположений, — туманно продолжал незнакомец. — Вы — молодой журналист из Тюмени, семья самая обыкновенная. Ваш куратор, ветеран МВД, недавно купила новую квартиру и никак не может закончить в ней ремонт в силу финансовых обстоятельств. Отсюда следует вывод, что и вы, и она не откажетесь от очень достойного денежного вознаграждения, оно вам никак не помешает. Ведь не откажетесь?

— Смотря за что это вознаграждение.

— За то, что вам самому кажется правильным и справедливым. За голову Маргариты Станиславовны Лёвкиной. А заодно и ее подельника Гусарева, вместе с которым они так ловко фабриковали уголовные дела и заработали огромные деньги, сажая, кого надо, а кого надо — отпуская. Вы ведь и сами этого хотите, правда?

— Ну, — уклончиво протянул Петр, лихорадочно соображая, куда вывернуть разговор, — мои желания в данном случае не особо важны. Важно, какими сведениями я располагаю. Они должны быть точными и проверенными.

— Так уточняйте, проверяйте. Это ваша работа. Копайте во всех направлениях, результат будет оплачен должным образом.

Блин, неужели это происходит на самом деле? Только в кино Петр видел такие истории, когда к журналисту вдруг, как бог из машины, является некто и приносит ценнейшую информацию. В реальной жизни такого не случалось ни с ним самим, ни с теми, кого он знал.

— Я готов выслушать вашу информацию, а потом решу, возьмусь за дело или нет, — сказал он, стараясь звучать солидно и в то же время сдержанно.

Незнакомец расхохотался.

— А у меня нет никакой информации. У меня есть знакомый, а у этого знакомого есть желание, чтобы Лёвкина и Гусарев ответили за свои грехи, пусть не тюремным сроком, а хотя бы только публичным позором. И у моего знакомого достаточно средств, чтобы оплатить вашу работу, вот и всё. Моя задача в данном случае — довести заказ до вашего сведения и принести заказчику на блюдечке ваше согласие.

Петру очень хотелось немедленно дать положительный ответ и тут же кинуться искать факты, разоблачающие бывших следователей. Ведь он с самого начала был уверен, что именно так все и было: Сокольников невиновен, Лёвкина и Гусарев за деньги сфабриковали дело против него, чтобы отмазать кого-то. А эта сушеная вобла его отговаривала, доводы какие-то приводила, сердилась, устроила ему выволочку за то, что попытался встретиться и поговорить с Лёвкиной... Никто Петра не поддержал, никто, даже этот Климм, любовник Аллы, фантаст недоделанный, и тот все время талдычит, что следователи-взяточники — это отстой, тема затертая, никого не заинтересует, а нужно писать про хосписы, врачей-подвижников и волонтеров-энтузиастов. Все тупые идиоты, никто ничего не понимает, а он, Петр Кравченко, все-таки прав!

— Значит, у вашего знакомого на руках нет никаких фактов? Только одни подозрения? — уточнил он деловито.

Глаза незнакомца внезапно сузились и перестали лучиться весельем и смехом. Теперь он был серьезен.

— Господин Кравченко, мы живем в мире, построенном на товарно-денежных отношениях. Думаю, для вас это не новость. У всего на свете существуют только две причины: чувства и деньги. В данном случае речь идет о том и о другом. Фирма, которой владеет и руководит Маргарита Лёвкина, очень мешает моему знакомому, буквально дышать не дает, перекрывая возможность получать действительно высокие доходы. Мой знакомый поинтересовался происхождением денег, при помощи которых была основана фирма Лёвкиной, и, представьте себе, ничего убедительного не нашел. Отсюда следует вполне однозначный вывод: деньги были заработаны неправедным путем. Соединив этот факт с прежним местом работы Маргариты Станиславовны, мы получаем весьма определенный ответ. Возразите мне, если сможете. Кроме того, если деньги для вас — это «фи», напомню о чувствах. О чувствах тех, кто был при содействии Лёвкиной и Гусарева незаконно осужден и провел годы жизни в местах лишения свободы, а также о чувствах тех, кто пострадал от преступлений и знает, что виновные гуляют на свободе. Ну как? Я вас убедил?

— Но...

Незнакомец поднялся, обошел стол и встал почти вплотную к Петру, который уловил очень приятный горьковато-пряный запах туалетной воды.

— Передайте мое предложение Анастасии Павловне, — очень тихо проговорил мужчина, наклонившись к самому уху Петра. — Или не передавайте, если не хотите делиться гонораром, он весь достанется вам. Но сделайте это, господин Кравченко. Один или с чьей-то помощью — значения не имеет. Просто сделайте. Удавите эту гадину. Закопайте поглубже. И всем станет легче.

Он исчез прежде, чем Петр успел прийти в себя. Вот это поворот! Долгожданная удача сама идет в руки! Он все сделает сам, и никакие старые воблы и дряблые псевдописатели ему не помешают. Надо быстренько двигаться домой, подключаться к интернету и начинать поиски.

Несколько минут Петр еще сидел за столом в радостном возбуждении, потом уложил ноутбук в рюкзак и двинулся в сторону метро. Шагал быстро, не глядя по сторонам, углубившись в составление плана действий. Что там Каменская говорила про чехарду с адвокатами? Правильно, вот с них и следует начать. Адвокатов было много, кого-нибудь из них наверняка удастся отыскать, а может, и не одного. Лучше всего, конечно, поговорить с тем, последним, который участвовал в деле на протяжении второй половины следствия и всего судебного процесса. Если у матери и сына Сокольниковых были основания обвинять следователей в злоупотреблениях и даже преступлениях, то адвокат не может не быть в курсе. Вобла предполагала, что как раз адвокат и подал идею, значит, располагал сведениями.

Петр ужасно гордился собой, перебирая в памяти только что состоявшийся разговор: ему казалось, что он выглядел уверенным и деловитым, не растерявшимся, не испуганным, одним словом — настоящей акулой пера, молодой, полной сил и голодной. Однако чем больше он вспоминал беседу с незнакомцем, тем противнее скрипела внутри какая-то несмазанная деталь. Чтобы заглушить этот отвратительный скрип, Петр снова и снова придумывал, за что бы еще себя похвалить, чему еще порадоваться. Он очень старался, и к тому моменту, когда вошел, наконец, в квартиру, недавняя сцена в его воображении приобрела поистине театральный размах. Незнакомец был жалким и раздавленным, он прошел все круги ада в попытках доказать свою правду, но к нему никто не прислушался, и теперь его последняя надежда — молодой честный журналист Петр Кравченко, единственный, кто не побоялся копнуть старое дело и приблизиться к бывшему следователю Лёвкиной, его даже в полицию за это забирали, пытались надавить, запугать, но не на того напали! Сам же Петр выглядел умным, собранным, надежным, одним словом, таким, в чьи руки не страшно вверить свою судьбу.

И как удачно все складывается-то! Завтра Каменская будет занята почти весь день, поедет делать закупки для ремонта, и у Петра образуется масса свободного времени, чтобы осуществить задумку с адвокатом. Вот, оказывается, чем хороша жизнь пенсионера: можно и на концерты ходить, и на строительные рынки ездить, ремонтами всякими заниматься, делать все равно больше нечего. А им, молодым, приходится впахивать и впахивать до обморока.

Разочарование постигло почти сразу, едва Петр ввел в поисковик фамилию, имя и отчество защитника, указанные в протоколе судебного заседания. Поименованный в документах адвокат ухитрился в 2009 году совершить ДТП со смертельным исходом, два человека погибли, сам адвокат был изрядно нетрезв и грубо нарушил правила дорожного движения, за что и получил от суда все, что причитается. Не спасли ни прошлые заслуги, ни собственный юридический опыт, ни коллеги-адвокаты. Срок дали не очень большой, но реальный, не условный, осужденный уже давно вышел на свободу, но права заниматься адвокатской деятельностью его все-таки лишили. Дальше всё происходило по известному сценарию: активные попытки восстановить доброе имя — вялые попытки найти работу — спиртное — смерть.

Н-да, с этим адвокатом полный облом... Но ведь их было много! Больше десятка разных! Наверняка с кем-нибудь из них повезет. Черт, Каменская ведь велела ему составить подробный список: какие адвокаты в какие даты на каких следственных действиях присутствовали, при этом отметить, есть ли документы об оплате защитника. Он тогда кивнул, мол, хорошо, понял. Но не сделал. Не успел, да и не интересно. А вобла больше об этом не спрашивала, и Петр с облегчением подумал, что не нужно. Вот же идиот!

Внутри снова противно скрипнуло, и он поспешил отвлечься на приятное. Двадцать лет — срок немалый, сам он, хоть и молодой, и память отличная, мало что помнит из происходившего, когда ему было пять лет. Например, из всей детсадовской группы сейчас может назвать имена только двух мальчишек, с которыми дружил, остальных забыл. Ни имен, ни лиц... Если, как объясняла Каменская, адвокат по назначению приглашен для участия в конкретном следственном действии и больше к данному уголовному делу никакого касательства не имел, то через день он полностью выбросит из головы все, что происходило в кабинете следователя. А уж через двадцать лет — и мечтать нечего. За двадцать лет столько подзащитных у него было, столько разных следственных действий, что все смешалось в одну маловразумительную кучу.

Но адвокат Елисеев — это совсем другое дело. Тот самый Елисеев, чьими помощниками числились некие Самоедов и Филимонов, которые отчего-то никак не желали находиться ни по телефонам, ни в реестрах адвокатской палаты. Тот Елисеев, который все-таки явился, попросил свидания с задержанным, поговорил с ним один-единственный раз и исчез с концами. Самоедова и Филимонова Андрей Сокольников хорошо знал, в этом можно не сомневаться, он даже их телефоны наизусть помнил, на их помощь и поддержку рассчитывал. Сам он тоже родителям и сестре говорил, что работает помощником адвоката, фамилию, правда, не называл, но есть все основания полагать, что это был именно Елисеев. И уж Елисеев-то Андрея наверняка не забыл. Да, в деле этот защитник не участвовал, но он может рассказать много интересного и о Сокольникове, и о следователях. Не исключено, что именно из-за следователей он и соскочил с дела, сославшись на форс-мажор или еще на что там у них положено ссылаться. Знал, кто такие Лёвкина и Гусарев, знал, что они работают по заказам, а может, уже и знал, что по делу об убийстве семьи Даниловых все решения приняты и все деньги проплачены, поэтому решил не связываться, понимая, что Андрея ему не вытащить, дело провальное и кроме ущерба для репутации и потраченного времени ничего не принесет.

С Елисеевым повезло больше. Жив-здоров, активно практикует, ему даже можно задавать вопросы онлайн и получать платные юридические консультации. Петр немедленно вписал в нужное окно вопрос: «Может ли адвокат отказаться осуществлять защиту, и если может, то по каким основаниям?» Ответ пришел неожиданно быстро и выглядел сухо и официально. «Часть 2 статьи 13 Закона об адвокатуре гласит: «Адвокат, принявший поручение на защиту в стадии предварительного следствия в порядке назначения или по соглашению, не вправе отказаться без уважительных причин от защиты в суде первой инстанции». Уголовно-процессуальным законом запрещен любой отказ от защиты (часть 7 статьи 49 УПК РФ)». Выглядело это формальной отпиской. В ней не было даже ответа на часть вопроса о причинах отказа. В законе же сказано, что по уважительным причинам — можно, так каковы эти причины? Петр представил себе мальчика-студента, подрабатывающего у пожилого адвоката. Сидит этот мальчик перед компьютером, читает вопросы, задаваемые опытному адвокату, и пишет ответы. Чаще всего просто копирует нужные строчки и абзацы из законодательных актов или из размещенных в интернете статей и монографий. Все эти материалы доступны в сети, люди и сами могли бы найти их и прочитать, но им почему-то кажется, что спросить и получить ответ профессионала — вернее, надежнее. Знали бы они, какие профессионалы скрываются за фотографиями на красиво оформленных сайтах...

Но если вопрос чуть посложнее и ответ на него прямым текстом в законе не сформулирован, то, наверное, мальчик-практикант обратится к своему наставнику. Хотя не факт, что обращаться он будет именно к Елисееву. Петр хорошо знал, как это бывает: у известного специалиста «покупают» имя, фотографию и регалии, оформляют сайт и стригут купоны за консультации, исходящие на самом деле от совсем других людей, менее профессиональных и образованных, а то и вовсе дилетантов и самозванцев, нахватавшихся знаний по верхам и нагугливающих нужные ответы. Ну и специалисту денежки капают, само собой. Все довольны.

Петр снова и снова задавал вопросы, отмечая, что время поступления ответа становится все больше. Значит, придуманный им метод работает, мальчик вынужден консультироваться с шефом. Еще вопрос... И еще... За каждый ответ нужно было перечислять деньги, весьма скромные, по большому счету — совсем ерундовые, но в сумме выходило прилично. Наконец Петру показалось, что пора сыграть ва-банк. Он задал прямой вопрос о деле Андрея Сокольникова, напомнил, что речь идет о 1998 годе и о помощниках Самоедове и Филимонове. Минут через 20 он уже смотрел на карту Москвы и прокладывал маршрут, которым завтра поедет к адвокату.

Уже завтра. Завтра он все узнает. Пока сушеная вобла будет покупать для своей старой морщинистой задницы новомодный унитаз, он, Петр Кравченко, получит ответы на все вопросы. И можно будет перестать ходить на эти тупые занятия, ковыряться в тухлом уголовном деле, а вместо этого до конца отпуска написать такой материал, что после первой же книги имя нового писателя Питера Крафта взлетит на самые верхние строчки рейтингов. И тогда все наконец поймут, чего он стоит.

* * *

В детстве в книгах выискивалось интересное, а скучное пропускалось, это нормально для ребенка. В «Трех мушкетерах» страницы о политике безжалостно пролистывались, точно так же, как в романах Диккенса пролистывались длинные подробные описания улиц, домов, внутренней обстановки жилищ. Мне было лет тринадцать, когда в руки попал Стендаль, «Красное и черное». Каково же было мое изумление, когда выяснилось, что текст был прочитан полностью, от первой до последней строчки, без единого пропуска! Сперва, помнится, появилось предположение, что я взрослею, набираюсь ума. Появился повод для гордости. Но уже в следующей прочитанной книге вновь появились пропущенные абзацы, страницы и даже целые главы. Значит, дело не во мне, не в том, что я взрослею и умнею. Тогда в чем же?

Только спустя много лет пришло понимание. Пришло благодаря биографии Стендаля, написанной Стефаном Цвейгом. Я то и дело перечитываю ее и наслаждаюсь. Стендаль был великим лжецом, Цвейг называет его «чемпионом лжи». Но при этом Анри Бейль овладел великим искусством говорить самому себе правду. Искать эту правду, гоняться за ней, ловить, выхватывать и безжалостно говорить. Правду не о других, а о себе самом. «Для него важно было только оставаться откровенным с самим собою и по отношению к себе. Отсюда и его безудержная лживость по отношению к другим... Вводить других в заблуждение — такова была его постоянная забава; быть честным с самим собой — такова его подлинная, непреходящая страсть. Но ложь долго не живет, время кладет ей конец, а познанная и осознанная человеком истина переживает его в веках. Кто хоть однажды был искренен с собою, тот стал искренним навсегда. Кто раз-

гадал свою собственную тайну, разгадал ее и за других».

Я знаю этот текст наизусть, я постоянно обдумываю эти слова. И начинаю понимать, почему в романе Стендаля от моего внимания не ускользнула ни одна строчка, ни одна буква. Искренность и правдивость завораживают. Но они делают человека беззащитным. Для защиты нужна ложь, без нее не обойтись, иначе не выжить. Потрясающее слияние воедино абсолютной честности и столь же абсолютной лживости... Как это близко мне! Как понятно!

ГЛАВА 10

Четверг

Н а высказанную накануне вечером просьбу Насти ехать на закупки в одной машине с мастерами дед-профундо отозвался с удивлением:

— Вы же сами на колесах. И машинка у вас хорошая, чистенькая, я видел, у нас-то пикап и «газель», рабочие лошадки, особого комфорта нет. Зачем вам это?

— У меня срочная работа, — объяснила она. — Мы проведем в дороге гораздо больше времени, чем собственно на рынках и в магазинах, я хотела взять с собой ноутбук и поработать.

Слова о работе вызвали у бригадира уважение.

— Мы думали на «газельке» ехать с Даней вдвоем, материалов будет много, в пикап не влезут, но раз так, то я уж на «газельке» один поеду, а Даня вас на пикапе повезет. Вы не сомневайтесь, Данька хорошо водит, аккуратно, без глупостей. Или вы хотите на своей машинке, а Даньку водителем наладить?

Конечно, в своей любимой машине ехать куда приятнее, но пускать за руль незнакомого юного парнишку как-то боязно.

47

— Нет-нет, — торопливо ответила Настя, — пикап вполне устроит. Вы сможете забрать меня из дома? Или мне лучше подъехать куда-то поближе к вам, где можно оставить машину на весь день?

— Заберем вас, не беспокойтесь. Вы же на Щелковском шоссе живете? Оттуда прямо на МКАД и выскочим, там недалеко.

И вот теперь Настя Каменская тряслась в стареньком, но очень ухоженном, идеально чистом пикапе, устроившись с ноутбуком на коленях на заднем сиденье. Уже почти полдень, кузов «газели» наполовину заполнен всякой всячиной, о предназначении которой Настя и не догадывается, а многих слов и вовсе никогда прежде не слышала. Вот что значит отсутствие опыта в таком деле, как ремонт... С предыдущими бригадами все было иначе, Настя смотрела на сумму, проставленную в смете, выдавала деньги и тут же, моментально выбросив все из головы, мчалась на работу, которая была куда интереснее, а потом расстраивалась и злилась, когда выяснялось, что деньги потрачены, а работа сделана не до конца, или с косяками, или не сделана вовсе. Теперь же выясняется, что существуют какие-то разные шпаклевки, и нужно решить, покупать ли ветонит в мешках по 25 кг или выбрать другую марку. После первой же точки, которую они посетили, у Насти голова пошла кругом от всех этих «грунтовок латексом», «заливки ровнителем», «настила подложки под ламинат», «разводки труб», «фильтров грубой очистки» и всего прочего. Она не разбиралась в марках строительного клея, кабелях, красках, эмалях, не могла ответить на вопрос, электрощит на сколько мест ей нужен, и чувствовала себя бесполезной и беспомощной. Деда-профундо, однако, ее растерянность нисколько не смущала, по-видимому, ему не впервой было иметь дело с несведущими заказчиками. Он спокойно и деловито объяснял разницу между товарами разных производителей, между марками и сортами, иногда добавляя:

— Качество очень хорошее, но расфасовка такая, что одного мешка на вашу квартиру не хватит, а если брать два, то очень много останется, и тут уж либо вам самой придется это продавать, либо деньги на ветер. Решайте сами.

Решать ей не хотелось. Ей хотелось работать и думать. Но еще очень хотелось довести до ума эту квартиру и обеспечить Лешке наконец приемлемые условия для жизни. Ему так часто приходится ездить в Жуковский, где расположен его институт, а ведь больше половины этих поездок связаны именно с тем, что дома ему негде поработать с аспирантами и сотрудниками. Ведь он мог поставить вопрос о том, чтобы им обменять квартиру и переехать в Жуковский, поближе к его институту, когда Настя вышла в отставку. В конце концов, он столько лет делал ежедневно огромные концы из дома на работу и назад, пока Настя служила на Петровке, так могла же она пойти на уступку, оказавшись пенсионеркой. Но Чистяков даже не заикнулся об этом, и Настя приняла его молчание как должное. Свинство какое! Эгоизм чистейший. Привыкла к Лешкиному благородству и считает, что никак иначе и быть не может. Теперь ей стыдно за саму себя и хочется хоть как-то искупить вину, ну хотя бы тем, что она организует ремонт сама, не втягивая в это мужа и не замусоривая ему мозги всеми этими флизелинами и плитками, и при этом постарается разумно распорядиться имеющимися деньгами, а не бездарно их профукать, как раньше.

Во время переездов от точки к точке Настя читала дело и делала заметки в блокноте. Радоваться пока рано, но, похоже, идея, пришедшая в голову вчера, во время разговора с Игорем Дорошиным, не такая уж глупая. И чем дальше, тем больше подтверждений находилось.

Выехали рано утром, и к четырем часам весь список покупок оказался «оптичен», что вызвало бурную радость бригадира.

— Теперь две-три недели можете отдыхать, — приговаривал он, любовно оглядывая содержимое кузова «газели», — и ни о чем не думать, все есть, всего достаточно, мы вас не побеспокоим. Работайте в полное свое удовольствие.

Она все-таки ухитрилась устать. Юный Даня действительно вел машину аккуратно, без всякого экстрима, строго по правилам, тут дед не обманул, но то ли машина старая, то ли покрытие дорог плохое, то ли сама Настя уже немолода... От тряски текст на экране прыгал, глаза начали болеть уже через два часа, записывать в блокнот на коленке, согнувшись в три погибели, было страшно неудобно, ныла спина. В общем, возраст — не радость.

Оказавшись дома, Настя разогрела и съела кусок пиццы, оставшийся со вчерашнего дня, выпила кофе, минут сорок не торопясь, с удовольствием пообщалась с мужем, который уже вернулся в гостиницу, но еще не лег спать. Ноющая тяжесть в глазах постепенно успокоилась, но спина еще побаливала. Впереди длинный вечер, хочется распорядиться им с умом, и снова пришлось разрываться между уголовным делом и переводом. «Я как та обезьяна из старого анекдота, — сердито подумала Настя. — И умная, и красивая, так что ж мне теперь, надвое разорваться?» Вовремя сданный перевод принесет деньги, но дело Сокольникова интереснее... «Нет, я не обезьяна, я Буриданова Ослица. Обезьяна по крайней мере возмутилась, то есть заняла активную позицию, а ослица так и не смогла принять решение и сделать выбор, потому и сдохла от голода. Или это была не ослица, а осел, мальчик?»

Но решение нашлось само: из-за боли в спине сидеть Настя все равно не могла и, чтобы не тратить время впустую, легла на пол, сунула под поясницу аппликатор с длинными толстыми иголками, взяла в одну руку распечатанные листы нудного договора на иностранном языке, в другую смартфон, включила режим диктофона и начала работать с переводом.

Боль от иголок утихла минуты через три, по спине стало разливаться приятное тепло, расслабляющее напряженные мышцы. Работа двигалась быстро, Насте все реже приходилось выключать диктофон и делать паузы, чтобы мысленно сформулировать наиболее адекватный перевод длинных юридических словосочетаний. Договор — штука ответственная, не то что художественная литература, никаких вольностей и неточностей допускать нельзя, а в области гражданского права Настя чувствовала себя не особо уверенно.

В начале десятого она поднялась на ноги, вышла на кухню, критическим взором окинула содержимое холодильника. Пицца — это, конечно, вкусно и беспроблемно, но не в тех она годах, чтобы питаться ею каждый день. До добра такая диета точно не доведет. Опять же полезно сделать перерыв, пройтись, размять ноги, переключить голову. Она сходит в магазин, купит продукты, дома сделает тушеное мясо с овощами, чтобы завтра было чем пообедать с Петром. Мясо за ночь как следует пропитается, будет вкусно. Если получится, конечно. Готовить Настя Каменская никогда не любила и не умела, но в последние годы кое-что освоила, например, всеразличные каши и овощные супы, которые научилась варить весьма неплохо, пока жила с племянником, нажившим себе в юном возрасте кучу всяких болячек. Мясо с овощами — одно из немногих блюд, которые получались у нее, как правило, неплохо. Во всяком случае, Лешка хвалил. Хотя, может, просто щадил ее самолюбие.

Выглянуть в окно она, по обыкновению, не потрудилась и ужасно удивилась, когда, выйдя на улицу, обнаружила, что идет дождь. Возвращаться домой за зонтом не стала, лень, накинула на голову капюшон легкой курточки и прибавила шагу. Настя старалась идти быстрее и к супермаркету подошла уже изрядно запыхавшись. Корзинку быстро заполнили баклажан, кабачок, помидоры, лук, морковь, чеснок, прозрачные пакетики с петрушкой, сельдереем, еще какой-то зеленью, которую Настя решила попробовать добавить в экспериментальных целях. Прихватила и сетку картофеля, на вид вполне симпатичного. Теперь мясо. Есть обычная говядина, а есть мраморная. Мраморная дороже, но, как правило, жирнее и вкуснее, более сочная. Кстати, можно и куриное мясо прихватить, на завтра потушить говядину, как запланировала, а в субботу сделать курицу в сметане, тоже несложно и почти гарантировано от ошибок. «С такой безрукой, как я, никто гарантий не дает, конечно, — с усмешкой подумала Настя. — Я могу даже чай испортить, если задумаюсь и уйду мыслями невесть куда. Но будем надеяться». Проходя мимо стоек с молочными продуктами, положила в корзину две банки сметаны, добавила несколько упаковок сладких творожков (себе на завтраки или ужины), двинулась в сторону кассы, но по пути прихватила еще печенье. Благородное изначальное намерение приготовить на завтра одно-единственное блюдо, причем весьма простое, обернулось в итоге двумя тяжеленными сумками. Быстрым шагом идти домой никак не получится, а дождь заметно усилился, и Настя приготовилась основательно вымокнуть. Впрочем, настроение от подобной перспективы у нее ничуть не испортилось. Ну, вымокнет, и что? Пока еще тепло, днем было около двадцати градусов, сейчас, пожалуй, градусов восемнадцать, не простудится. А даже если и простудится, что в этом страшного? Покашляет, почихает несколько дней, в присутственные места ей ходить не нужно, вся работа сосредоточена дома, никаких проблем.

На перекрестке остановилась, ожидая зеленый сигнал, до которого, если верить счетчику, оставалось еще 68 секунд. Там уже стояла галдящая группа подростков, все в темных куртках или толстовках, с накинутыми на головы капюшонами. Мимо неслись автомобили, и вдруг раздался бьющий по ушам скрежет: одна из машин резко затормозила, из-под колес метнулась и помчалась на противоположную сторону собака.

— Муся! — истошно завопил женский голос откуда-то из-за Настиной спины. — Муся! Стой! Стоять, Муся!

Водитель опустил стекло с пассажирской стороны, перегнулся через сиденье и проорал малоцензурную фразу, объясняющую его отношение к хозяевам, не следящим за своими животными и тем самым создающим аварийные ситуации на дорогах.

Самостоятельная Муся между тем никаких команд выполнять не желала и пулей помчалась по противоположной стороне подальше от перекрестка. Поток машин не останавливался, до зеленого сигнала оставалось еще 19 секунд, 18... 17... Хозяйка Муси безуспешно пыталась перебежать дорогу, бестолково металась и кричала:

— Муся! Ну поймайте же ее кто-нибудь! Она маленькая еще, ей полгодика всего! Муся!

Красный свет для автомобилей зажегся раньше, чем зеленый для пешеходов, но женщина не стала дожидаться, сразу же помчалась догонять и искать непослушную собачонку. Народу на перекрестке собралось довольно много, помимо группы подростков и самой Насти через дорогу шли еще человек шесть-семь.

— Щенков нужно держать на коротком поводке, — услышала она сзади приятный мужской голос. — Опасно отпускать их и оставлять без присмотра, особенно если они необученные и невоспитанные. Так и до беды недалеко.

Она была уверена, что мужчина разговаривает со спутником или спутницей, и сейчас раздастся ответная реплика, что-то вроде: «Конечно, это безобразие и безответственность», ну или что-нибудь в том же духе. Но услышала Настя совсем другое. Такое, от чего чуть не выронила сумки с продуктами прямо посреди проезжей части.

— Вы согласны, Анастасия Павловна?

Она вздрогнула, хотела обернуться, но... Перекресток был «для водителей», которым для проезда предоставлялось целых полторы минуты, а не для людей, вынужденных пересекать его почти бегом за жалкие 12 секунд. Рядом и сзади торопливо шагают люди, если остановиться с тяжелыми сумками и начать разглядывать тех, кто за спиной, ничего хорошего не выйдет. Настя ускорилась, насколько смогла, и, достигнув тротуара, повернулась и впилась глазами в пешеходов. Темно. Проливной дождь. У некоторых зонты, у большинства — низко надвинутые капюшоны, закрывающие лица. Кто из идущих сзади мужчин только что говорил с ней? Или это был не взрослый мужчина, а паренек лет 17—18 с уже сформировавшимся баском? Кто? Кто из них чуть замедлит шаг, слегка повернет голову в ее сторону?

Никто.

Впрочем, не так уж важно, кто именно произнес эти слова. Важно, что их произнесли. И адресованы они были, вне всякого сомнения, ей, Анастасии Павловне Каменской.

Сердце колотилось, ноги шли не очень уверенно. «Раньше я была покрепче, — с неудовольствием думала Настя. — И реагировала быстрее. Эх, возраст...»

Необученных щенков нужно держать на коротком поводке. Что ж, справедливо. Выходит, пока она сегодня моталась по строительным рынкам, мальчик Петя опять куда-то влез. Вот же неугомонный! Ведь только в воскресенье его вытаскивали из полиции за топорную попытку вступить в контакт с бывшим следователем Лёвкиной, и уже сегодня, в четверг, он снова наколбасил. Необучаемый, что ли? Или просто упрямый? Впрочем, некоторые называют это упорством и целеустремленностью.

Но влез он, судя по всему, к людям серьезным, умеющим быстро добывать нужную информацию. Мало того, что узнали, кто помогает Петру, так еще и адрес выяснили, и от самого дома проследили, улучили удобный момент на перекрестке. Оперативно сработали, за полдня всего, а то и меньше. Или не выясняли и не искали, а Петя сам по доверчивости и наивности все рассказал?

Ей не было страшно. Ей, Анастасии Каменской, ничто и никто не угрожает. Ей ясно, недвусмысленно дали понять, что ее подопечный сунулся куда-то не туда, и следует провести с ним разъяснительную беседу, дабы уберечь юное дарование от дальнейших неосмотрительных шагов, вот и все. Ладно, беседу она проведет, ей нетрудно.

Оказавшись дома, Настя сняла мокрые насквозь джинсы, закуталась в длинный халат, подвернула рукава повыше, до самого локтя, повязала сверху передник и принялась мыть и резать кубиками овощи. Соблазн немедленно позвонить Петру она легко преодолела. Какой смысл в воспитательных беседах, проводимых по телефону в десять вечера? Полный ноль эффекта. Пусть мальчик выспится, отдохнет, на свежую голову оно всегда лучше. Надо только не забыть завтра утром написать ему эсэмэс, чтобы пиццу не покупал. Конечно, в том случае, если Настя не наделает ошибок и задуманное блюдо получится достойным. Но это станет понятно только часа через полтора.

* * *

Встреча с адвокатом Елисеевым обескуражила Петра. Если с самого утра до назначенного времени визита журналист пребывал в радостном возбуждении, предвкушая ожившую сцену под названием «Рассказы старого адвоката», в ходе которых откроются самые тайные тайны и самые секретные секреты, то теперь, вернувшись в свою квартиру, он недоумевал: отчего он был так уверен, что разговор с Елисеевым станет прорывом в его расследовании?

Елисеев оказался болезненно тучным, килограммов под 200, немолодым мужчиной, с сильно отекшими кистями рук и очень толстыми пальцами. Петр сразу понял, что с клавиатурой компьютера он не справляется, поэтому и пользуется услугами помощников, которых в случае надобности консультирует устно. На столе рядом со смартфоном Петр заметил стилус. Ну понятно, на экране смартфона все еще мельче, куда уж ему попасть в нужную строчку или букву.

Адвокат передвигался медленно, тяжело переваливаясь с ноги на ногу, смотрел хмуро, лицо его было недовольным. Конечно, трудно выглядеть радостным и быть приветливым, когда столько болезней и столько избыточного жира.

— Если ты, мальчик, надеешься, что я сейчас расскажу тебе что-то интересное, то зря, — злорадно произнес Елисеев.

— Но вы же согласились на встречу, разрешили мне приехать к вам, значит, вам есть что вспомнить, — робко возразил Петр, все еще не терявший надежды.

— Да мне просто скучно!

Смех адвоката прозвучал неприятно и как-то жирно.

— Ты же видишь, я болею, сижу дома уже давно, в судах выступать не могу, в консультации сидеть тоже не могу. Вот обзавелся пацанами-стажерами, они мне сайт сделали, вопросы принимают, ответы пишут под мою диктовку. Скучно. И денег мало. А тут ты нарисовался: новое лицо, свободные уши, дай, думаю, попользуюсь забесплатно, коль есть возможность. А ты небось губы раскатал, ждешь, что я тебе сейчас на Пулитцеровскую премию наговорю? Не жди, мальчик. Дела я не знал, хотя самого Андрюшу Сокольникова помню. Был у меня на побегушках, возил моих помощников, Витька и Кольку, на своей машине, когда надо было. Ну? Чего молчишь? Давай спрашивай, чего там ты хотел.

Петр был ошарашен. Не сказать, чтобы он в своей жизни так уж много общался с адвокатами, но определенное представление о такой фигуре у него все-таки сложилось. Правда, в основном из книг и фильмов, в которых эксплуатировались чаще всего три типажа: молодой неопытный энтузиаст-правдоискатель, циничный пройдоха зрелого возраста или старый умудренный жизнью профессионал. Все они, как правило, имели хорошие манеры и демонстрировали широкий кругозор. А этот... Жирный, огромный, неопрятный, хамоватый, грубый. Разве адвокат может быть таким? Говорила же Каменская: мы живём в мире иллюзий, все не то, чем кажется. Неужели она все-таки права?

Соглашаться и признавать правоту сушеной воблы очень не хотелось, поэтому Петр сделал вид, что все нормально и шансы на успех остаются.

— Не возражаете, если я включу диктофон? — деловито спросил он, усаживаясь в кресло напротив Елисеева, развалившегося на широком мягком диване с множеством подушек и подушечек.

— Валяй, — махнул рукой хозяин дома.

— Почему вы только один раз поговорили с Сокольниковым в следственном изоляторе и больше не участвовали в деле? Вас что-то испугало? Насторожило, может быть?

— Меня? — расхохотался Елисеев. — Испугало? Мальчик, ты вообще соображаешь, что несешь? Ты хотя бы приблизительно понимаешь, что такое девяностые годы и в особенности конец девяностых? Тебе сколько лет?

— Двадцать пять.

— Значит, ни хрена ты не знаешь и не представляешь. Выключай свой диктофон, я сейчас тебе правду буду рассказывать, она всем нормальным людям и без меня прекрасно известна, ты бы задницу-то оторвал от стула да почитал про те годы, прежде чем вопросы свои задавать. Молодежь, блин!

— Зачем же выключать? Пусть останется, вроде как лекция, — попытался возразить Петр. — Если я что-то упущу или забуду, всегда смогу переслушать.

— Выключай, я сказал, — неожиданно зло проговорил адвокат. — Я и про себя говорить буду, а ты потом опубликуешь то, что для других не предназначено. Не будет записи — не докажешь, что я это говорил, значит, я смогу подать на тебя в суд за диффамацию. А вот я свою запись сделаю, чтобы тебе неповадно было.

Он потянулся за смартфоном, зажал в толстых пальцах стилус и неожиданно ловко принялся нажимать на точки на экране.

— Ну? Выключил свою игрушку?

— Выключил.

— Точно?

— Честное слово. Хотите, я вообще телефон отключу, чтобы вы не сомневались.

— Ага, давай, отключай, — согласился Елисеев. — Других игрушек нет?

— Нет.

— Точно нет? Дай мне честное слово, что никакие записывающие устройства не включены и наша беседа носит чисто приватный характер. Все сказанное в ходе этого разговора является частной информацией, мы находимся в частном жилом помещении и не являемся должностными лицами, аудио- и видеозапись без моего согласия вестись не должна, и если она все-таки будет сделана помимо моего прямо высказанного желания, то никакой юридической силы иметь не будет. Ты это понимаешь, мальчик?

— Да, конечно.

— Повтори слово в слово, как я сказал, чтобы у меня на записи осталось, что я тебя предупредил и ты все понял.

Сердце Петра радостно запрыгало. Такие предосторожности могли свидетельствовать только об одном: сейчас Елисеев расскажет что-то невероятно важное, но не подлежащее разглашению. Что-нибудь о следователях Лёвкиной и Гусареве, которые ясно дали адвокату понять, что все уже решено и проплачено и процесс ему не выиграть ни при каких обстоятельствах. А может, даже впрямую угрожали ему, если начнет ставить палки в колеса и разоблачать фальсификацию.

Он старательно повторил вслед за Елисеевым длинную фразу, дождался удовлетворенного кивка адвоката и приготовился слушать и запоминать.

Однако Елисеев заговорил совсем не о том. Он начал рассказывать про теневые капиталы советского времени, которые приходилось тщательно скрывать и было почти невозможно потратить так, чтобы не спалиться. О борьбе с хищениями социалистической собственности и о подпольных производствах. О том, что в конце восьмидесятых стала меняться экономическая политика, и эти капиталы получили возможность выйти из тени на свет и заработать. Работали они хорошо и быстро, прибыль приносили огромную, особенно если свое сильное плечо подставляли партийные, советские и комсомольские функционеры, обладавшие и административным ресурсом, и связями. А там, где постороннему глазу открыты большие деньги, сразу появляется огромное число желающих эти деньги отнять и взять себе. Рубеж девяностых отметился колоссальным ростом и укреплением организованных преступных и просто бандитских группировок. Цифры, характеризующие преступность, резко скакнули вверх. Из очагов межнациональных конфликтов полилась река оружия. Милиция захлебывалась в потоке криминала, при этом зарплату получала нерегулярно. Дальше — больше: развал Союза, новая политика, новая экономика, новые законы, в которых мало кто может разобраться, стало быть, все те, кто хочет делать деньги и строить свой маленький, а то и большой бизнес, остро нуждаются в услугах юристов. Спрос на адвокатов огромный. Как результат — отток сотрудников милиции и следствия в сферу адвокатуры.

В те годы адвокаты были разными. Были юристы старой школы, но появились и новые, так называемые решальщики, задачей которых было выступить связующим звеном между криминалом и государством, договориться, занести конверт и решить вопрос. В качестве решальщиков лучше всего функционировали бывшие следователи и опера, одним из которых и был Елисеев. Ему в ту пору перевалило за 35, оперативные позиции в мире криминала удалось за годы службы построить крепкие и обширные, он понимал, что на государевой службе ему мало что светит, а работа на бандитов и бизнесменов (что в те годы было зачастую синонимом) принесет приличный куш. Новый закон об адвокатуре еще не приняли, все было организовано по-старому, и получить статус адвоката для Елисеева трудности не представляло.

Деньги стали появляться, жизнь налаживалась. Елисеев даже взял двух помощников, молодых резвых парней, Витю Самоедова и Колю Филимонова, чтобы посылать их с разными мелкими поручениями. Привезти, отвезти, купить кофе в офис, сдать пиджак в химчистку и так далее. Потом ему захотелось приезжать на встречи с клиентами и в суды на машине с водителем. Купил недорогую, но приличную иномарку и стал платить зарплату водителю. Потом услышал, как один из известных «криминальных» защитников небрежно бросил, дескать, сам он ездит на «мерине», конечно, но для выполнения разных поручений посылает другую машину с другим водителем. В тот момент это показалось Елисееву проявлением высшего шика, свидетельством невероятного успеха. А ведь этот известный адвокат-решальщик всего пять-семь лет назад просиживал штаны в следственном управлении и выглядел совершеннейшим замухрышкой в залоснившемся на локтях кителе и в стоптанных ботинках. Покупать еще одну машину и брать на зарплату второго водителя Елисеев пока еще не мог, но пускать пыль в глаза хотел и любил, да и не прожить было в те годы без этого. Он разрешил Самоедову и Филимонову привлекать в случае надобности своего знакомого Андрея Сокольникова, который нигде не работал и имел собственный автомобиль, то есть был всегда свободен и на колесах. Платить ему разово, за каждую необходимую поездку. С Андреем Елисеев почти не общался, не его это уровень — с водилой своих шестерок лясы точить, перекинулся несколькими словами, когда Колька Филимонов в первый раз привел Андрея пред светлые очи босса, а в дальнейшем только здоровался, если сталкивался с новым водителем.

Когда в один прекрасный день в начале осени 1998 года Витек Самоедов, смущаясь и запинаясь, заявил, что их водитель Андрей задержан милицией за что-то серьезное, Елисеев отмахнулся. Не до глупостей ему. Дефолт, банки рухнули, деньги пропали. И не только его личные, но и деньги многих людей, которые исправно платили адвокату за различные услуги, как юридические, так и более приземленные, вроде проноса в следственный изолятор малявы или дури.

— Но я уже пообещал, что вы приедете, — промямлил Самоедов. — Там допрос, они будут ждать.

— Подождут, — оборвал его Елисеев. — Не до тебя сейчас, сгинь.

Сложное было время, что и говорить. Приходилось метаться по всему городу, обрывать телефоны, умолять кредиторов подождать, заставлять должников «вернуть немедленно», искать денежных клиентов, чтобы хоть частично восстановить утраченное. Через какое-то время, кажется, через день-другой, адвокат спросил у Самоедова:

— Что там с твоим приятелем? За что его повязали?

— За убийство.

— Деньги у него есть?

— У него — не знаю, вроде нет, но у родителей наверняка есть, они же тачку ему купили, значит, зубы не на полке, баблишко водится.

Это несколько меняло всю картину. Благосостояние нужно поправлять любыми способами. Если семья у Сокольникова богатая и они готовы заключить соглашение, то почему бы не заработать? Перспектива осуждения сына за убийство — штука нехилая, тут родители обычно патронов не жалеют и готовы платить, сколько скажут, только бы появилась надежда вытащить чадо ненаглядное.

— Свяжись с ними, пусть подъедут, я скажу, что нужно сделать. Оформим ордер, я схожу в тюрьму поговорю с ним, а там посмотрим.

Встреча с матерью Сокольникова вселила в адвоката определенные надежды. Он сразу понял, что женщина безумно любит сына и готова ради него понести любые материальные затраты. С ней будет легко справиться. С озвученной Елисеевым суммой гонорара она согласилась сразу и безоговорочно, хотя цифру он заломил совершенно невероятную, такие гонорары запрашивали в те годы только самые именитые защитники и только по таким делам, где подзащитные являлись очень и очень крупными фигурами в мире бизнеса. Сам Елисеев за свои услуги получал обычно раз, наверное, в десять меньше. Но он решил пойти внаглую, иначе не выжить.

Встретившись с Андреем Сокольниковым в следственном изоляторе, он быстро понял, что на этом деле не наварить. Денег не будет.

— Ты знаешь, сколько стоят мои услуги? — прямо просил он.

И озвучил сумму.

— У меня нет таких денег, — покачал головой Сокольников.

— А у твоих родителей?

— У них тоже нет. Не знаю, почему они вам пообещали...

— Твоя мать что-то говорила о семейных реликвиях, которые можно хорошо продать. Ты в курсе?

Андрей пожал плечами. Но на лице его мелькнула тень недоумения и недоверия. «Врала мамашато, — подумал Елисеев. — Нет у них ничего. А если и есть, то сейчас хрен дорого продашь, ни у кого денег нет. Дадут максимум пять процентов настоящей цены, хорошо если не три. Сколько-то денег у них, конечно, наберется, по сусекам ради сыночка поскребут, в долги залезут, но то, что они реально смогут, меня не спасет. Мне нужен другой масштаб. С другой стороны, курочка по зернышку клюет и сыта бывает...»

Он задал Андрею еще несколько вопросов и понял, что ловить тут нечего. Парень написал явку с повинной, во всем признался. Следователь — Рита Лёвкина, с ней не забалуешь, она не лохушка какая-нибудь, которая наделает мелких ошибок, а на них потом адвокат исполнит свою пляску смерти. Рита умная баба, хваткая, тертая, муж-комитетчик ее в ежовых рукавицах держит, в том смысле, что любое ее сомнительное действие на службе моментально ударит по его собственной карьере. Поговаривали даже, что служба собственной безопасности периодически постукивает этому мужу, мол, не мелькнул ли где хоть малюсенький намек на недобросовестность Маргариты Станиславовны. Ну, насчет службы собственной безопасности — это, конечно, Елисеев сильно сомневался, но, с другой стороны, дыма без огня не бывает. Короче, даже если у родителей Сокольникова в шкафах пылятся невероятные сокровища, толку не будет, Рите не занесешь, сам сядешь быстрее, чем рот открыть успеешь. Да и пылятся ли они там, сокровища эти? Мать одета скромно, с вещевого рынка, волосы прокрашены неумело, явно в дешевом салоне плохим мастером и плохой краской, на руках и в ушах никаких украшений, кроме самого простого обручального кольца, тоненького, какие в советское время носили. На что она рассчитывала, когда соглашалась платить столько, сколько затребовал адвокат?

И вдруг Сокольников огорошил адвоката неожиданным вопросом:

— А вы почему про деньги спросили? Разве финансовое положение семьи имеет значение для моего дела?

Елисеев подвоха не почуял и ответил сразу:

— Для дела значение имеет все, в том числе и квалификация защитника. Чем выше квалификация, тем выше гонорар. Как твоя семья намерена оплачивать мои услуги?

— Разве вы не будете защищать меня бесплатно?

В голосе Андрея адвокат услышал неподдельное изумление.

— Бесплатно? С какой стати, мальчик?

— Но... Я же работал на вас, я ваш сотрудник! Я для вас свой, а своим всегда помогают бескорыстно, разве нет?

Елисеев с интересом рассматривал сидящего напротив молодого человека, словно видел впервые. Видел-то он его и раньше, а вот так долго разговаривать пришлось и впрямь в первый раз.

Любопытный экземпляр этот мальчик. С Луны он свалился или еще откуда? Тот факт, что он периодически возил на своей машине внештатных помощников адвоката, был, оказывается, расценен им как полноценное и полноправное сотрудничество с самим адвокатом, который, конечно же, немедленно все бросит, откажется от сулящих значительные деньги дел, быстренько погладит шнурки и кинется тратить время и силы на то, чтобы бесплатно вытаскивать Сокольникова из лап правосудия. Совсем обалдел, что ли? И где только он этих глупостей набрался?

Значит, вот почему мать так легко соглашалась на любую оплату... После задержания ей свидания с сыном, само собой, никто не давал, но прежде, пока он еще гулял на свободе, он, наверное, неоднократно говорил ей, что, мол, является сотрудником крупного влиятельного адвоката и в случае неприятностей его, безусловно, сразу же вытащат, помогут, все силы кинут и ни копейки не возьмут. Он же свой. Его любят, уважают, им дорожат. Мать поверила. Да и сам Андрюша, похоже, тоже верил в это. Идеалист? Или просто дурак?

Но из ситуации хотелось выйти красиво. Бывший опер Елисеев иллюзиями себя не тешил, место свое знал и понимал правильно, но всю жизнь стремился «производить впечатление» на всех подряд, даже на тех, от кого в его жизни не зависело ровным счетом ничего. Играл роли, притворялся, выпендривался. Иногда с вполне конкретной целью, а порой и просто так, интереса ради и по привычке. Можно было бы сейчас несколькими словами опустить наивного мальчика с небес на землю, объяснить ему, что выполнение функции таксиста никак не означает сотрудничества, но можно поступить и иначе, еще несколько секунд поиграв в настоящего юриста.

— Боюсь, не смогу принять на себя защиту по твоему делу, — важно проговорил Елисеев на прощание. — Дело очень сложное, сейчас начнутся постоянные допросы, выезды на место, очные ставки, присутствие защитника будет необходимо ежедневно, а я завтра сажусь в большой процесс, который будет длиться не меньше трех месяцев, и не смогу быть рядом с тобой, когда потребуется. Я поговорю с твоей матерью, объясню ей ситуацию и порекомендую другого адвоката, тоже очень хорошего.

Про большой процесс, в который он якобы садится, — конечно, вранье, не того полета птица адвокат Елисеев, чтобы его приглашали для участия в таких важных и сложных уголовных делах. Но, как говорится, сам себя не похвалишь — никто не похвалит. И это чудесное «тоже» к месту пришлось. Дескать, я, само собой, очень и очень хорош, потому и занят так сильно, востребован, нарасхват просто, но есть и другие, не такие хорошие, но тоже подходящие.

— Что так смотришь, мальчик? — ехидно спросил Елисеев, заметив, что в этом месте Петр словно передернулся. — Тебя небось мама учила, что нужно быть скромным, что хвалить себя неприлично, а уж врать о себе и приписывать себе достоинства, которыми на самом деле не обладаешь, вообще крантец для нормального человека? Это всё только до перестройки работало, все эти этические принципы. А в девяностые знаешь как было? Врали все и обо всём. Что реклама по телику, что люди в разговорах. Подай-ка мне во-он ту кожаную штуковину, которая сверху на Юридической энциклопедии лежит.

Он протянул огромную толстую руку в сторону стеллажа с книгами. Петр поискал глазами в указанном направлении и заметил темно-красную обложку.

— Эту?

Он осторожно прикоснулся пальцем к шершавой коже.

— Ага, ее самую. Давай сюда.

Под обложкой оказалось нечто вроде кляссера для марок, только плотные серые страницы организованы иначе, и вместо марок в них находились визитные карточки.

— Это моя коллекция, я ее четверть века собираю, — Елисеев с нежностью погладил красный переплет. — Официальная часть визитки — лицом вверх, а на обороте — неофициальная. Погляди, полюбопытствуй. Вот, к примеру, эта.

Он вытащил из держателя карточку и торжественно прочитал:

— Общество с ограниченной ответственностью «Прима Люкс», головной офис — Москва, Пречистенская набережная, дом... Захарьин Вячеслав Игоревич, генеральный директор. Звучит?

— Ну... да, звучит, — согласился Петр.

— Что такое адрес на Пречистенке — объяснять надо?

— Нет, я в курсе, я же здесь пять лет жил, пока в универе учился.

— А теперь, — Елисеев перевернул визитку лицевой стороной вниз и протянул Петру, — полюбуйся на этого генерального директора.

Петр взял карточку, на обороте которой была приклеена фотография такого же размера, как сама визитка. На фотографии пацан, едва вышедший из школьного возраста и имевший абсолютно идиотский вид, стоял, вальяжно облокотившись на сверкающий дорогущий внедорожник. Причем по одежде и всему виду пацана было понятно, что такая машина никак и ни при каких условиях не может принадлежать ему. На лице — ни грамма интеллекта, одна только дурашливая, но горделивая ухмылка.

— Ну и как тебе? И этого дерьма было — ложку не провернуть. Зарегистрирует фирмешку из двух человек, он сам да бухгалтер, и бежит скорей визитки заказывать, себя гендиректором называет, а на обороте еще и на английском напишет, чтобы создать видимость, что его гнилая личность интересна иностранным партнерам. Смех один! А вот этого посмотри, тоже красавец.

Он протянул Петру другую карточку. Тоже генеральный директор, еще один головной офис, только уже на Котельнической набережной, а на фотографии лицо тяжелого алкоголика с мутными глазами и золотыми фиксами, приоткрытыми вымученной улыбкой.

— Этот тоже свою фирму создал?

— Да прям! — фыркнул Елисеев. — Этот за пару бутылок пойла отдал свой паспорт, чтобы на его имя фирму зарегистрировали, так поступали сплошь и рядом, когда настоящие имена и паспортные данные светить не хотели. Спасибо еще, если бутылками расплачивались или налом, это хоть по-честному, а зачастую просто украдут паспорт и регистрируют на него штук десять-пятнадцать юрлиц разных, владелец паспорта и не в курсе, живет спокойно. И с адресами поступали точно так же: сунут алконавту бутыль и регистрируют кучу фирм на его домашний адрес. Наше российское ноу-хау, его теперь даже за границей используют. Ты знаешь, что в Париже, например, торгуют адресами на Елисейских Полях для доставки почты? Платят денежки хозяину, указывают красивый адрес для деловой корреспонденции, давят фуфло в глаза партнерам по бизнесу, дескать, офис на Елисейских — это вам не кот начхал, там квадратный метр столько стоит, что можете себе представить масштаб моего успеха и благосостояния. Европа теперь пользуется, а придумка наша, российская. Пока не появился в нашей стране интернет и не создали всякие информационные базы, доступные всем, кому надо, можно было такие схемы проворачивать — в страшном сне не приснится. Кругом царил сплошной обман, а проверять и разоблачать — долго и муторно, никто вязаться не хотел, проще деньги взять и нужную подпись поставить. Куда ни кинь — все сплошь директоры, управляющие, менеджеры высшего звена, начальники департаментов, у всех красивые визитки на двух языках. «У меня свой бизнес!» Самые распространенные слова были в те времена.

Он бережно вложил карточку на место и закрыл альбом.

— Время больших денег и большого фуфла, вот что я скажу, — заключил адвокат. — Но Самоедову я потом вломил, конечно, чтобы язык не распускал.

— Самоедову? — переспросил Петр.

Смена темы прозвучала для него непонятно. При чем тут Самоедов? И почему он не должен был распускать язык?

— Ну да, — кивнул Елисеев, — он же вместе со мной в СИЗО приехал, следователь разрешение на двоих дал. Но я его в допросную не взял, оставил в машине ждать.

— Почему?

Елисеев насмешливо посмотрел на него и покачал головой:

— Совсем ничего ты в той жизни не понимаешь, мальчик. Ордер в консультации выписали только на меня, потому что я адвокат. Самоедова я потом сам вписал, строчкой ниже, уж не помню, какие у меня в тот момент были соображения, не то Самоедов очень просил, не то я чего-то там запланировал. Давно это было, да и не важно. Я же не знал, что Риту Лёвкину поставят на это дело, с самого начала был другой, мальчишечка совсем, фамилию забыл, но мать Сокольникова мне ее называла, когда в первый раз приходила ко мне. Сказала, что молоденький, фамилию эту я слышал впервые и решил, что неопытного мальчика я сделаю в полторы секунды.

— Гусарев, — тут же подсказал Петр.

— Может, и Гусарев, — равнодушно согласился адвокат, — не помню, из головы сразу вылетело. Короче, пришел я к нему, отдал ордер, он спросил, что это за помощник Самоедов, я наплел что-то очень убедительное, на какую-то статью Закона об адвокатуре сослался, якобы недавно измененную и дополненную, он поверил, разрешение на посещение в СИЗО выписал. О том, что создана бригада и что Лёвкина — старшая, я как раз от него и узнал, но ордер-то я ему уже отдал, назад не переиграть. Поэтому решил не рисковать и Самоедова на встречу с задержанным не тащить, хотя и мог бы. Понимал, что если Лёвкина прицепится, то такой хай начнется! Зачем мне этот головняк?

— И за что вы вломили Самоедову?

— Мальчик, — с досадой произнес Елисеев, — ты что, совсем ничего не понимаешь? Это сейчас я настоящий адвокат, хоть и не практикую давно, а тогда я был обычным решальщиком. Что видели мои шестерки? Что я выхожу из здания суда вместе с подсудимым, которого признали невиновным. Или что я встречаю у ворот СИЗО подследственного, в отношении которого дело прекратили. Что я захожу в нужный кабинет и выхожу, неся в зубах положительно решенный вопрос. Вот что они видели. Они знали, что я могу отмазать кого угодно, если захочу. Я в их глазах был всемогущ и всесилен. Разумеется, они знали, как дела делаются и как мир устроен, сами же курьерами между мной и братвой работали. Но то, что с их слов у Сокольникова возникли такие странные представления, это уж увольте. Что они ему наговорили такого, после чего он решил, что босс может всё, для него нет нерешаемых вопросов, мы — одна команда, и своих не сдают? Зачем болтали о конвертах, карманных прокурорах и пацанских понятиях? Сокольников — никто, водила наемный, таксист по факту.

Базар, как говорится, надо фильтровать. Вот за это Самоедов и получил от меня по полной. На этом — всё, мальчик. Больше я к делу Сокольникова никакого касательства не имел.

Петр еще около получаса пытался задавать новые вопросы, но ничего не вышло, другой информации из Елисеева вытянуть не удалось...

Сидя дома за компьютером, Петр старательно записывал все, что удалось запомнить из разговора с адвокатом, и досадовал сам на себя. Как он мог забыть про вписанного в ордер помощника? Ведь вобла Каменская сразу обратила внимание на это и долго рассуждала вслух, как и почему так вышло. А он, Петр, не вспомнил. Если бы Елисеев сам не заговорил о выволочке, устроенной Самоедову, Петр и не спросил бы. Вот бестолочь! «Я не могу все помнить, — тут же принялся он оправдываться перед самим собой, — такой огромный массив информации, никто не удержал бы его в голове».

Однако считать день потраченным впустую он не собирался. Чехарда с адвокатами, на которую несколько раз обращала внимание Каменская, стала обретать первые примерные объяснения. Сокольников с самого начала был уверен, что «большой босс и его команда» без разговоров примутся его защищать и денег не потребуют, поэтому он настойчиво просит связаться с Самоедовым и Филимоновым, не соглашаясь на адвоката по назначению. Более того, он до такой степени был убежден, что ему не откажут в помощи по первому же свистку, что даже не счел нужным заблаговременно договориться со своими приятелями, предупредить их, что ему может потребоваться правовая помощь, и заручиться предварительным согласием самого босса принять защиту, ежели потребуется. Когда выяснилось, что мир не так прекрасен, как думал Сокольников, стало понятно, что нужно искать деньги на адвоката. Вероятно, свободных денег в семье и в самом деле не было, на то, чтобы их собрать, потребовалось время, примерно два месяца, в течение которых функции защиты законных интересов подследственного выполняли адвокаты по назначению, и услуги их оплачивались из государственного бюджета. Наконец родители Андрея Сокольникова, а скорее всего — энергичная мать, финансовый вопрос как-то решили и пригласили защитника, который и участвовал в деле уже до самого конца.

Ну и что в этом особенного? Да, ясность наступила, но ничего существенного для дела в этом нет. Ситуация самая обычная, житейская. Почему Каменская так прицепилась к ситуации с адвокатами? Вспоминает о ней каждый день, бормочет, что тут есть какое-то важное зерно, что-то нужное для понимания. Старая кошелка! Какое такое зерно ей нужно? Для какого понимания? Завтра Петр изложит ей всю картину, и она наконец успокоится. Может, даже похвалит его за красиво сделанный анализ ситуации. О встрече с Елисеевым Петр твердо решил умолчать. В конце концов, Елисеев сам сказал: то, что он рассказывает, известно каждому, кто жил в девяностые годы в России или изучал период.

На всякий случай Петр проверил, погуглил, кое-что просмотрел и убедился, что да, действительно, о беспределе девяностых годов доступно столько информации — годами читать нужно, и то не все успеешь. И про «решальщиков», и про сращивание правоохранительных структур с криминалом, крышевание, конверты с деньгами, которые в те годы стали называть «котлетами» — всё-всё можно было найти в интернете, было бы желание. Значит, вполне можно сделать вид, что он весь день читал, обдумывал и сообразил, чем объясняется ситуация с адвокатами. Для красивости можно даже приплести пресловутый дефолт 1998 года, вобла же сама о нем так много говорила, пытаясь оправдать халатность следствия, а он, Петя, якобы уже сам сообразил, что это могло повлиять и на поведение адвоката. Пусть старушка порадуется, ей будет приятно, может, добрее станет.

ГЛАВА 11

Пятница

На следующее утро он проснулся рано, не спеша позавтракал, попутно читая новости, отвечая на сообщения от друзей и знакомых, просмотрел ленты во всех сетях, где был зарегистрирован, написал несколько комментариев и около девяти утра собрался выходить из дома. Пришло сообщение от Каменской: «Пиццу можно сегодня не покупать, угощаю обедом». Петр расценил это как доброе предзнаменование. Вобла в хорошем настроении, даже еду сама приготовит, стало быть, шансы заслужить похвалу весьма высоки.

От метро «Щелковская» он шел пешком, бодро вышагивая по тротуару и радуясь теплой солнечной погоде. За все пять лет студенческой жизни в столице такой чудесной осени он не припоминал, да и сами москвичи утверждают, что подобного сентября на их памяти не бывало. О вчерашнем дожде напоминали подсыхающие лужи, но небо было таким голубым, а солнце таким ярким, что в недавнюю непогоду верилось с трудом.

Каменская встретила его приветливо, сразу предложила кофе и повела на кухню. Поставила на стол коробку с печеньем, чашки с кофе, села за стол, закурила.

— Как день провели, пока я занималась хозяйственными проблемами? — спросила она почти ласково.

Петр с энтузиазмом принялся излагать заготовленную историю своих изысканий в области «лихих девяностых». Вобла слушала с выражением благожелательности и даже заинтересованности, и он уже приготовился начать делиться выводами относительно ситуации с частой сменой адвокатов, когда лицо Каменской внезапно изменилось, стало холодным и каким-то чужим. От недавнего благодушия не осталось и следа.

— Петр, я не ваша мама, перестаньте устраивать на моей кухне бесплатный цирк.

Кровь бросилась ему в лицо.

— При чем тут моя мама? Я...

— Не надо, — жестко оборвала она. Вздохнула и повторила уже более миролюбиво: — Не надо. Будет только хуже.

* * *

Насте очень не хотелось всё это говорить. Но — видит бог! — она уже несколько раз пыталась действовать по-другому, более, так сказать, цивилизованно, более мягко, деликатно. Не помогло. Значит, придется бить по больному, иначе Петр так и не поймет. Нужно непременно добиться, чтобы он понял, иначе разгребать за ним придется ей самой.

А она на роль героини не годится, у нее пожилые мама и отчим, у нее муж, да и она сама, в конце концов. Героем имеет право быть одиночка, у которого нет близких. Одиночка рискует только самим собой, его невозможно шантажировать, держать в узде, манипулировать им, угрожая причинить вред тем, кто ему дорог и кто не может сам себя защитить. Она, Анастасия Каменская, — всего лишь стареющая и слабеющая женщина с семьей. Если раньше, в годы службы, за ней стояла мощь государственной машины, пусть и ослабевшая в последнее десятилетие, то теперь, когда она уже давно в отставке, за ее спиной ничего и никого нет. Нет опоры, нет поддержки, нет защиты. Только пустота. Героизм с ее стороны будет банальной глупостью и самонадеянностью.

— Помните наш разговор о насилии молчанием? — начала она. — Люди, пострадавшие от такого насилия, становятся привычными лжецами. Это не упрек и не обвинение, это констатация факта. В их ситуации постоянная ложь становится единственным доступным им способом защиты и спасения. Применяемые в семье методы воспитания молчанием приводят к выстраиванию очень простой логической цепочки, начало которой мы с вами уже обсуждали: меня игнорируют — я не достоин — я ничто — мои мысли, чувства и желания не имеют значения. Припоминаете?

Петр молча кивнул, уставившись на коробку с печеньем.

— Идем дальше. В этом месте логическая цепочка раздваивается. Одна ветка получается простой, даже примитивной, доступной практически любому. Если я ничто и моя самооценка от этого страдает, то я буду стараться делать так, чтобы меня не игнорировали. Чтобы меня не игнорировали, я должен быть «хорошим», то есть соответствовать ожиданиям. Чего от меня ожидают? Чтобы я «делал» и чтобы я «был». С необходимостью делать, то есть поступать определенным образом, справиться проще. Просто делай — и всё. Убирай свою комнату, мой за собой посуду, ходи в магазин, когда родители просят, будь вежливым, учи уроки. Даже если не хочется. Ну, вы поняли, о чем я. С «быть» — намного сложнее. Мама, например, хочет, чтобы вы «были» тонким и глубоким и интересовались историей искусств. А вы хотите быть инженером-приборостроителем и работать на заводе. Папа хочет, чтобы вы «были настоящим мужчиной», занимались боксом и умели перебрать движок автомобиля. А вы хотите играть на скрипке или писать картины. Если есть внутренняя сила, чтобы пойти на конфликт и делать по-своему, вы делаете. Если ее нет, если вы не переносите конфликтных ситуаций, не справляетесь с ними, стараетесь их избегать, то вы начинаете притворяться и врать. Делаете вид, что вам безумно интересно изучать историю живописи или подставляться под удары в спортзале. Вы не смеете открыто заявить о своих желаниях, потому что с раннего детства усвоили: они не имеют права на существование. При этом вы прекрасно понимаете, что в самих желаниях нет ничего плохого, ничего порочного. Просто вы не смеете их иметь. Вы не достойны их иметь. Вы — ничто. По большому счету, вам совершенно нечего скрывать от родителей, вы никого не убили, не ограбили, не изнасиловали. Если бы вы пришли домой после того, как обворовали три квартиры, и на вопрос мамы: «Где ты был?» — ответили, что ходили с другом в кино, это была бы ложь абсолютно понятная и оправданная. Но если на вопрос, понравилась ли вам прочитанная книга, вы отвечаете то, что хотели бы услышать ваши родители, а не то, что вы на самом деле думаете, это и есть та самая ложь, которая выбрана в качестве средства защиты и стала привычной. Вы не имеете права даже на собственные впечатления, вам важно соответствовать ожиданиям, чтобы на вас не рассердились и не начали снова игнорировать. Сначала вы привыкаете заранее продумывать, что и как сказать, чтобы не нарваться на неудовольствие. Потом вы начинаете скрывать все подряд, даже совершенно нейтральные и безобидные вещи, просто на всякий случай, потому что попытки предугадать реакцию занимают слишком много времени и сил, а чем старше вы становитесь, тем больше у вас других дел и забот, которыми занята голова, и уже не хочется тратить ресурс на то, чтобы подумать: а что будет, если родители спросят, а я отвечу вот так... или вот так... Как дела? Нормально. Хотя на самом деле все плохо. Как чувствуешь себя? Спасибо, хорошо. Хотя на самом деле болит и здесь, и там, а врач на днях сказал, что результаты анализов просто устрашающие. Но всё это касается исключительно вашей внутрисемейной жизни, стиля ваших отношений с родителями, и лезть в них никто не должен. Однако на этой хорошо вспаханной почве прорастает одна хитрая штука, которая выводит всю проблему за чисто семейные рамки. Она касается всей вашей жизни в целом. И, что гораздо хуже, касается или может с высокой степенью вероятности коснуться жизни третьих лиц. Упорная внутренняя борьба за поддержание собственной самооценки порождает неуемное, почти патологическое стремление доказывать свою правоту. Всегда и во всем. И вот в этом месте таится огромная опасность, потому что это та точка, в которой сходятся два вектора: с одной стороны, привычка врать и скрывать, с другой — потребность в самооправдании и ощущении собственной правоты. Уловили, о чем я говорю?

Петр поднял на нее глаза, румянец уже почти сошел с его лица, высокий, с залысинами лоб прорезала морщинка напряжения.

— Не совсем.

— Ладно, скажу проще. Вчера поздно вечером некий незнакомый мужчина сказал мне, что вы своими действиями потревожили тех, кого тревожить не следует, и если я не приму меры и не начну жестко контролировать вас, то претензии будут предъявляться не только вам лично, но и мне. Из этого следует простой и очевидный вывод: вы очень сильно хотите доказать, что правы вы, а не я, поэтому вы тайком от меня продолжаете копать в направлении бывших следователей, но есть люди, которым это очень не нравится, и если что-то пойдет не так, расплачиваться придется мне и моей семье. Так что перестаньте, будьте так любезны, врать хотя бы мне. Давайте теперь с самого начала: где вы были вчера? Что делали? С кем говорили?

В глазах Петра плескался такой ужас, смешанный со стыдом, что ей стало жаль его.

— Хотите еще кофе? — предложила она. — Может, бутерброд сделать?

— Спасибо, не нужно, — выдавил Петр.

— Как хотите. А я выпью.

Она пила кофе и слушала рассказ о человеке, в среду вечером подсевшем к Петру в маленьком кафе и передавшем ему «заказ» на разоблачение Маргариты Лёвкиной и ее коллеги Гусарева; о том, как Петр обрадовался, как искал адвокатов и договорился о встрече с Елисеевым; о своем вчерашнем визите.

— Этот человек в кафе кем представился? — спросила Настя. — Имя назвал? Должность, место работы?

— Он никак не представился, — угрюмо ответил Петр.

— А вы его спрашивали?

— Я растерялся... не сообразил сразу, а потом он ушел... Все так быстро получилось...

— Понятно.

— Вам всегда всё понятно! — неожиданно вспыхнул Петр. — А у меня такое впервые в жизни! Да, я лопухнулся, растерялся, не спросил. Просто я не был готов, не ожидал ничего такого, сидел в кафе, жевал сэндвич, запивал пивом и думал о своем. И тут этот тип нарисовался. Думаете, я сам не понимаю? Я потом полночи переживал, клял себя последними словами. А теперь еще вы добавляете...

— Да перестаньте вы оправдываться, — мягко проговорила Настя. — Никто вас не обвиняет. В первые пять лет службы у меня много чего бывало в первый раз, и ни разу не было, чтобы я с первой же попытки поступала правильно. Всегда ошибалась и косячила. И ничего, мир не рухнул. Это нормально, а опыт дорогого стоит. Идите в комнату, включайте свой ноутбук и ищите контакты офиса Лёвкиной, а я пока чашки помою.

Глупо было бы надеяться, что на официальном сайте окажется телефон, по которому можно связаться сразу с приемной или с секретарем Маргариты Станиславовны, но начав с найденного в интернете телефонного номера, Насте пришлось сделать всего лишь еще два звонка на другие номера, и вот уже в трубке звучит голос секретарши:

— Приемная, слушаю вас.

— Будьте добры, — сладким голосом начала Настя, — у Маргариты Станиславовны предусмотрены часы приема по личным вопросам?

— Вы — сотрудник? — осведомилась секретарь.

— Нет, я частное лицо. Но мне очень нужно лично переговорить с Маргаритой Станиславовной.

— Напишите ей письмо, электронный адрес компании указан на сайте. Письмо будет рассмотрено в соответствующей службе.

— Дело в том, что я ничего не прошу и мне ничего не нужно, поэтому писать письмо бессмысленно. Может быть, у Маргариты Станиславовны есть личный помощник?

— Разумеется, — в голосе секретаря зазвучала осторожность.

— Вы не могли бы соединить меня с ним? Я не прошу номер телефона, я прошу просто соединить. Это возможно?

— Я попробую. Как вас представить?

— Каменская Анастасия Павловна.

То ли секретарь была новенькой и еще не очень опытной, то ли по рассеянности не нажала на нужную кнопку, то ли такова была особенность имевшейся у нее техники, но Настя слышала, как она звонила сначала по одному номеру, долго слушала длинные гудки, потом по другому, где тоже никто не ответил, потом по третьему, где ей ответили, наконец.

— Мила, Гусарев не у вас? Он ни на один телефон не отвечает, наверное, опять оставил в кабинете, вышел на минутку и застрял где-то. Ага... Ага... Спасибо, котик!

Гусарев, значит... Ну-ну. Может, не зря ходили разговоры об интимной связи следователей, назначенных вести дело по обвинению Андрея Сокольникова? Если верить Елисееву, Гусарев был в девяносто восьмом году совсем молоденьким следователем, начинающим, а Лёвкина уже имела имя и репутацию, не говоря уж о суровом муже с погонами ФСБ, то есть была заведомо старше. Хотя кого когда это останавливало... Но тот факт, что Лёвкина и Гусарев до сих пор вместе, кое о чем все-таки говорит.

— Минуточку подождите, Геннадий Валерьевич вышел, когда вернется — я вас соединю.

— Да, спасибо.

Настя прикрыла ладонью телефон и шепотом попросила Петра поискать информацию о связке «Лёвкина — Гусарев». Журналист быстро застучал пальцами по клавиатуре, Настя терпеливо ждала.

— Есть совсем мало, — возбужденно заговорил Петр, но Настя прижала палец к губам, и он понизил голос. — Отдельных материалов нет, только упоминания вскользь. Вот, например: «С принципиальным следователем руководство расправилось так же, как за два года до этого уничтожило следователя по особо важным делам Лёвкину и старшего следователя Гусарева, отправивших на скамью подсудимых влиятельного банкира, который «заказал» одного из своих конкурентов». Это самое внятное из всего, что есть. Все остальное только про Лёвкину в бизнесе.

Он собрался добавить что-то еще, но тут из трубки донесся голос секретаря:

— Геннадий Валерьевич, вам звоночек на третьей линии. Каменская Анастасия Павловна... Нет, говорит, что частное лицо... Не знаю... Сказала, что ничего не просит... Хорошо.

И еще через несколько секунд послышалось:

— Слушаю вас.

— Добрый день, Геннадий Валерьевич. Меня зовут...

— Вы та самая Каменская? — перебил ее собеседник довольно невежливо.

Милый Гена Гусарев, уж не ты ли тот незнакомец, который просил молодого журналиста «утопить» Маргариту Лёвкину? Не ты ли вчера под проливным дождичком ненавязчиво учил правильному обращению с невоспитанными щенками? Как-то очень быстро ты отреагировал на имя. Пусть Петр послушает, может, голос узнает. Ей самой этот голос кажется незнакомым, не похожим на тот, что вчера звучал у нее за спиной. Но восприятие и память — штуки ох какие ненадежные, глупо полностью на них полагаться.

Настя нажала на иконку громкой связи.

— Та самая — это которая? — с улыбкой уточнила она.

— Из второго отдела МУРа?

Это было неожиданно. Настолько неожиданно, что даже и непонятно, приятно или нет.

— Ну... В общем, да, наверное, та самая, потому что других Каменских в нашем отделе не было. Прошу прощения, мы знакомы? Наверное, я что-то запамятовала?

Неужели они с Гусаревым пересекались? Работали по какому-нибудь делу, а она и забыла совсем... Нехорошо вышло. Неудобно.

— Лично не знакомы, но я вас хорошо помню, — рассмеялся голос в трубке. — Помните, вы участвовали в прямом эфире на телевидении вместе с Образцовой, и вас там начали запугивать?

Еще бы ей не помнить! Именно с этого прямого эфира и началось дело Шутника. Девяносто восьмой год. Выходит, не зря она совсем недавно вспоминала это дело. Опять закон парных случаев, что ли? Вот же ерунда какая!

— Так получилось, что я смотрел тот эфир. То есть я бы сам, конечно, не стал, но моя невеста была большой поклонницей Татьяны Томилиной, мы все знали, что на самом деле это псевдоним и что настоящая фамилия писательницы — Образцова, и она работает в следствии. Моя невеста непременно хотела посмотреть передачу, а я уж так, за компанию. Вот там я вас и увидел. Скажу честно: я был потрясен вашим самообладанием, хваткой, профессионализмом. Ну и в последующие годы много слышал о вас. Вы — личность легендарная.

Настя кинула взгляд на Петра, посмотрела вопросительно. Тот отрицательно покачал головой. Голос он не узнал.

— Надо же... Мне впору провалиться сквозь пол от смущения. Не думала, что у меня такая плохая репутация.

— Шутите! Чем могу быть вам полезен, Анастасия Павловна?

Она делано вздохнула.

— Хочу принести Маргарите Станиславовне извинения от своего имени и от имени своего ученика, молодого журналиста, который позволил себе побеспокоить вашего шефа. Я была бы очень вам признательна, Геннадий Валерьевич, если бы вы в самое ближайшее время устроили мне личную встречу. Я займу не более пяти минут, обещаю, мне ничего не нужно, кроме возможности принести самые искренние извинения и снять все недоразумения.

— Вы говорите о том молодом человеке, который хотел поговорить о деле Сокольникова? Об инциденте в воскресенье?

— Да, о нем. Все это, разумеется, не стоит выеденного яйца, но извинения полагается приносить лично, глядя в глаза, вы согласны?

— Я поговорю с Маргаритой Станиславовной. Оставьте, пожалуйста, секретарю свои контакты, я вам перезвоню.

— Спасибо.

Петр смотрел на нее с подозрением и враждебностью.

— Вы что, действительно собрались извиняться за меня? — спросил он, когда Настя отключила связь и положила телефон на стол.

— Действительно. А почему бы нет?

— Но я не сделал ничего плохого, за что нужно извиняться! Зачем?

— Затем, что нужно исправлять косяки и вносить ясность хотя бы там, где есть возможность. И если при этом нужно сделать вид, что чувствуешь себя виноватым и хочешь извиниться, то делаешь этот вид, идешь и извиняешься. Что непонятно? — сердито ответила она. — Дождемся звонка и в зависимости от ответа Лёвкиной будем строить план на сегодняшний день.

Звонок личного помощника последовал неожиданно быстро.

— Маргарита Станиславовна будет в офисе не раньше половины шестого, у нее сегодня весь день деловые встречи. Она готова вас принять в восемнадцать часов. Но если вам неудобно, есть еще вариант с четырнадцати до пятнадцати в бизнес-центре «Столица», у нее будет перерыв между переговорами.

— Лучше днем, — решительно сказала Настя. — У нас совсем короткий вопрос.

— Отлично.

Гусарев коротко и довольно толково объяснил, в каком именно кафе Маргарита Лёвкина будет подкреплять истощившиеся силы в перерыве между двумя деловыми встречами и как это кафе проще всего найти, с какой стороны подъезжать и где оставить машину.

— Я звоню сейчас со своего мобильного, — добавил он. — Теперь у вас есть мой номер. Когда будете подъезжать — позвоните, я вас встречу, я как раз минут через пять туда выезжаю.

С двух до трех. Час кладем на дорогу, стало быть, из дома надо выходить уже через полтора часа. Ни туда ни сюда, день рваный получится. И обед пропадет, а она так радовалась вчера, что мясо получилось на удивление вкусным. Ладно, будем работать с тем, что имеем, еда никуда не денется, завтра пригодится. Оставшиеся полтора часа тоже можно провести с пользой.

— Давайте выйдем прогуляемся, — предложила Настя. — Начинать работать с делом сейчас все равно бессмысленно. Только успеем мозги настроить и вспомнить все, что нужно, уже и ехать пора будет. Когда вернемся, все придется начинать заново.

— А чего вы не согласились на шесть вечера в офисе? — спросил Петр. — Сейчас бы поработали как следует, а потом поехали. Зачем надо было на два часа договариваться?

— Зачем? Затем, что мой опыт подсказывает: нужно думать не только о том, что сказать, но и о том, как тебя будут слушать. Если человек принимает тебя в своем офисе в конце дня, он подспудно боится, что встреча затянется, посетитель начнет долго и подробно излагать свое дело, просить, задавать вопросы и требовать ответы. Посетитель понимает, что никаких совещаний и брифингов уже не будет, рабочий день окончен, и хозяин кабинета, коль уж принял, вынужден его слушать и что-то решать. Хозяину кабинета такой расклад, естественно, не очень по душе, он заранее напрягается, злится, он устал, хочет домой, на свой диван, к своей семье, а тут этот приперся... Если согласиться на встречу днем, втиснувшись между двумя мероприятиями, человек абсолютно спокоен, ведь посетитель знает: время жестко ограничено. Человек чувствует себя свободным, он в любой момент может сослаться на то, что ему пора, и прекратить разговор, и эта возможность выбора делает его мирным и приветливым. Более того: если посетитель сам выбирает время «между», значит, признает, что вопрос у него несложный и недолгий.

— Но Лёвкина же вообще не будет вас слушать! Представьте: она с утра на разных переговорах, впереди еще несколько встреч, у нее голова забита всеми этими делами, а тут мы... То есть вы... Ей не до нас будет! А вечером, когда все уже позади, она будет слушать более внимательно и отвечать более подробно.

Настя расхохоталась.

— Петр, с чего вы взяли, что мне нужно ее внимательное слушанье и ее ответы и рассказы? Как раз этого мне хотелось бы меньше всего. Мне нужно, чтобы мадам спокойно и без нервозности, вполне доброжелательно отметила у себя в голове, что журналист Петр Кравченко свой промах осознал и больше так не будет. Всё. На этом моя миссия закончится.

Она помолчала, потом добавила уже серьезно и негромко:

— Возможно, я покажусь вам слабой, жестокой, трусливой, бессердечной или еще какой-нибудь нехорошей. Возможно. И даже очень возможно, что вы правы. Но каждый солдат должен знать свой маневр, чтобы понимать, как этот маневр вписывается в общую стратегию битвы и какие могут наступить последствия, если выполнить его не так, как предписано. Этому еще Суворов учил. Поэтому я объясню свою позицию. Вы вправе распоряжаться своей жизнью так, как вам хочется. Вы вправе беречь ее или рисковать ею, выбирайте сами, здесь вам никто не указ. Но права распоряжаться моей жизнью, моим спокойствием, благополучием моей семьи вам никто не давал. До тех пор, пока мы с вами встречаемся и общаемся каждый день, до тех пор, пока вы считаетесь моим учеником, а я — вашим консультантом или наставником, каждое ваше действие будет касаться и меня тоже, а каждая ваша ошибка будет бить по мне. Хотите вести свою личную борьбу с преступными следователями, посадившими невиновного? Ради бога, флаг вам в руки. Но только после того, как мы с вами распрощаемся. Это всё без меня. На сегодняшний день одна из моих задач — убедить Лёвкину, что вы никакой опасности не представляете, а уж я — тем более. Я не хочу ходить по улицам и оглядываться, каждую секунду ожидая неприятных неожиданностей, всего этого в моей жизни было более чем достаточно за тридцать лет службы. Это, между прочим, дольше, чем вы живете на свете. Если тот, кто говорил со мной вчера, послан Лёвкиной, то пусть она расслабится и успокоится, пусть не трогает ни меня, ни вас. Закончим работу с делом — вы свободны в своих устремлениях и можете начинать крестовый поход, меня это уже касаться не будет. Мне вас не жалко, Петр, вы взрослый самостоятельный молодой мужчина, вы сами принимаете свои решения и будете отвечать за них, и если с вами что-то случится — плакать я не стану. Уж простите за грубость и прямоту. Но я не могу допустить, чтобы под удар оказались поставлены мои близкие. Даже если их не тронут, даже если неприятности коснутся только меня одной, им будет больно, и я не имею права об этом забывать.

Ей неприятно было это говорить, но пришло время расставить точки над «i», чтобы Петр наконец начал прощаться с иллюзиями. Борьба, разоблачения, героизм, принципиальность... Красиво звучит, не поспоришь. Только человечество не из дураков состоит, и институт семьи придумали, создали и культивируют не зря. Все с умыслом, с дальним прицелом. Семья как институт нужна любой власти, потому что делает человека уязвимым, а значит, и управляемым. На первом месте — страх за ребенка, на втором — страх за себя, потом за супруга, родителей, братьев-сестер... Чем выше рождаемость, чем больше детей в семье, тем больше через поколение становится сама семья, значит, больше источников и поводов для страха, больше рычагов управления. Больше возможности держать людей в покорности и подчинении, не допускать диссидентства, оппозиции, открытых выступлений, острой борьбы и — как итог — радикальных перемен. Пропаганда семейных ценностей — штука полезная, но, помимо всего прочего, является еще и инструментом власти в борьбе за собственную стабильность. Ведь семейные ценности и героизм плохо совмещаются. Героем имеет право быть одинокий сирота, если не хочет заставлять страдать тех, кто его любит.

— Вы сказали, что это только одна из ваших задач, — послышался голос Петра. — А какие еще задачи у вас?

Кажется, он не обиделся на ее резкость. Это хорошо, а то Настя собралась уже корить себя за то, что не проявила дипломатичность.

Она улыбнулась.

— Повысить самооценку, как и у вас. Это самая главная задача у подавляющего большинства людей, они решают ее постоянно, каждый день. Как и мы с вами. У нас с вами, Петр, две позиции на двоих. Ваша — «плохие следователи», в этом ваша правда, и вы готовы за нее биться. Но обстоятельства сложились так, что битву придется временно законсервировать. Поэтому пока будем заниматься моей правдой и повышать мою самооценку. Не факт, что получится, но надо пробовать. Сейчас мы с вами пойдем в магазин и купим несколько листов ватмана.

— Для чего? — изумился Петр.

— Будем рисовать таблицу и искать ошибку.

— Ошибку? То есть вы согласны, что следствие ошибалось?

— Могло, конечно, следователи — такие же люди, как все. Но ошибки следствия — это ваша правда, не моя. Тут я пас. А вот тот, кто подчистил материалы, тоже мог допустить ошибку. Он ведь тоже человек, а не компьютер. И я хочу эту ошибку найти, чтобы понять его генеральный замысел. Знаете, чем мы с вами принципиально отличаемся друг от друга?

— Вы женщина, — ответил он, не раздумывая. — А я мужчина. И вы старше.

— Не угадали. Ваша самооценка страдает, когда вам кажется, что вашу правоту не видят и не признают. А моя — когда я чувствую, что мной пытаются манипулировать. Кто-то старательно скомпоновал материалы дела так, чтобы направить вас в нужную ему сторону. И вы, а следом за вами и я, тупо и послушно пляшем под его дудку. Танцевать я не люблю, и все эти пляски под цыганскую гитару приводят меня в бешенство. Для моей самооценки нет ничего хуже, чем ощущать себя марионеткой в чужих руках. Мне по большому счету безразличны сейчас и Сокольников, и Лёвкина со своим дружком Гусаревым, все это было давно и покрылось плесенью. Мне интересен тот, кто пытается мной и вами управлять, потому что это происходит сегодня, происходило вчера и будет происходить до тех пор, пока я не докопаюсь. Моя позиция понятна?

— Да. А...

— Тогда вставайте и пошли в магазин. По дороге объясню ход своих рассуждений, чтобы время не терять.

Накануне Настя во время переездов в пикапе кое-что успела сделать и обдумать. Конечно, о том, чтобы просмотреть все дело целиком, даже речь не шла, но почти все документы уже были ей знакомы, и нескольких часов, проведенных за компьютером, хватило для составления первого впечатления: с делом поработали дважды. Интересно, один и тот же человек или два разных? В первом случае из дела удалены все страницы, содержащие информацию, негативно характеризующую Андрея Сокольникова. Такая информация обязательно есть в любом добросовестно проведенном расследовании, ибо не родился еще человек, о котором никто и никогда не сказал бы худого слова. Даже если ты ангел во плоти, все равно найдется тот, кого твоя непорочность раздражает. Зависть, ревность, обида — никто не может прожить жизнь, не возбудив хоть в ком-нибудь этих чувств. Материалы дела даже в неполной комплектации оставляли впечатление сделанной на совесть работы. Значит, недобрые слова в адрес подследственного, обвиняемого в убийстве, должны быть. А их нет как нет.

Во втором же случае из дела изымались части свидетельских показаний. Именно части, отдельные листы, а иногда и весь протокол допроса целиком. Конечно, это было всего лишь поверхностное впечатление, на внимательное и тщательное изучение семи томов уголовного дела нужно куда больше времени. Возможно, впечатление было обманчивым, и все листы изъяты согласно единому замыслу, с одной целью, которую она, Настя, пока еще просто не видит, не понимает. Возможно, все было наоборот, и на первом этапе убирали что-то конкретное из свидетельских показаний, а на втором — негативные отзывы о личности Сокольникова. Возможно, неполнота материалов является всего лишь следствием технических ошибок, усталости, недомыслия. Все возможно. Все бывает в этой жизни.

Но Настя Каменская знала точно: где-то в документах что-то мелькнуло. То, что мозг зафиксировал и подал сигнал, а внимание пропустило. Иначе мысль о двойной корректировке материалов ей в голову не пришла бы. Есть гипотеза — должна быть проверка, такова логика познания. И пусть время окажется потраченным впустую, это не страшно, ибо в познании отрицательный результат — тоже результат. Отброшенная после тщательной проверки гипотеза позволяет не распылять силы, сокращая объем того, что нуждается в дальнейшем исследовании, и дает толчок новым выводам.

— Давайте попробуем реконструировать картину, — сказала она Петру, когда они возвращались домой с тубусом, в котором лежали новенькие, только что купленные листы.

Тубус Настя прихватила с собой. Привычка рисовать схемы и таблицы зачастую требовала использовать листы большого формата, и тубус она купила лет двадцать назад, чтобы удобнее было носить на работу результаты домашних занятий. После выхода в отставку засунула его на антресоли, пребывая в полной уверенности, что он больше не понадобится. Ан нет, пригодился старичок.

— Предположим, что все дело целиком перефотографировал адвокат. Это естественно, потому что ему нужно прочесть внимательно каждый документ для подготовки к процессу в суде первой инстанции, а потом иметь все материалы под рукой для составления жалоб. Адвокату нужна каждая бумажка, если он добросовестно работает, и вряд ли он что-то пропустил, ну если только совсем уж устал и внимание притупилось. Но в этом случае речь шла бы о нескольких единицах, а не о десятках и сотнях. Согласны?

— Согласен.

— Все инстанции пройдены, кассационная жалоба оставлена без удовлетворения, попытки добиться от прокуратуры принесения протеста на приговор в порядке надзора тоже ни к чему не привели. Годы идут, Сокольников сидит, отбывает пожизненный срок. Адвокат счел свою миссию законченной. Он сообщает об этом родителям Сокольникова...

— И они просят передать им материалы, — подхватил Петр. — Они хотят попытаться действовать через прессу, через журналистов, привлечь внимание к делу и добиться пересмотра дела и оправдания. Да?

— Совершенно верно. Очень похоже на правду. Теперь вспоминаем, что мы с вами успели выяснить о матери Сокольникова.

— Она, — начал Петр, но вдруг осекся и залился краской. — Ну... она считает себя очень ловкой, обманывает на каждом шагу и уверена, что ее ложь не раскроется.

Настя понимала, что отныне любое упоминание о лжи будет заставлять Петра нервничать и краснеть, по крайней мере в ближайшее время, пока он не свыкнется с ее словами, сказанными утром, и не поймет, что ничего плохого не случилось. Надо уметь принимать себя таким, каков ты есть, но при этом неплохо бы понимать, почему ты стал таким, каким стал. Переделывать не обязательно, но понимать механизм полезно. Да, парню сейчас больно, но это пройдет, а знание и опыт останутся.

— И снова совершенно верно, — кивнула она. — Мать Сокольникова, скорее всего, хочет предоставить журналистам улучшенную версию дела, создать впечатление о своем сыне как о непорочном идеале, а следователей вывести монстрами. Обратите внимание, что из тома, в котором подшиты все жалобы матери и сына Сокольниковых и ответы на них, не изъята ни одна страница. Ни одна! Чего не скажешь об остальных шести томах. С чего этого одному-единственному тому так повезло в этой жизни?

— Да уж... А дальше как было?

— Откуда ж мне знать? Давайте фантазировать. Мать тщательно вычищает дело, убирает из него все, что может бросить тень на сына, и идет к журналистам. К одному, другому, третьему, десятому... Если бы хоть кто-нибудь заинтересовался и написал материал, он был бы в интернете?

— Сто пудов был бы, — уверенно откликнулся Петр. — Я все прошерстил, после приговора ничего нигде не было, ни в одном издании.

— Это хорошо, — задумчиво протянула Настя. — А до приговора?

— До приговора интернет-издания были еще мало распространены, я нашел только два материала, в одном истерически кричали, что в Москве уже начали убивать из-за квартир, и приводили в пример дело Сокольникова, в другом призывали спасать борца за Русь и за чистоту русской крови. Такое, с явным душком национализма.

— Ну да, ну да... Фотографии, на которых Андрей с группой молодых нациков... Литературка соответствующая, которую сестра выдала... Темы курсовой и диплома... Матушка-то у Андрея очень самоуверенная, но не очень внимательная, протокол выемки упустила. И фотографии тоже. И выписку из диплома. Как же это она так? Все ошибаются, Петр, все поголовно. В основном только это и спасает оперов при раскрытии преступлений. Следователи обязательно должны были допросить всех друзей и более или менее близких знакомых Сокольникова, и в протоколах непременно должны быть отражены его участие и роль в пронацистской группировке, это важно. В описи четвертого тома — сплошь протоколы допросов свидетелей. И именно в четвертом томе самая высокая доля пропущенных листов. Смело можем делать вывод, что мать именно это и пыталась замаскировать. Ну и попутно еще что-нибудь, если находила. Она была уверена, что сделать вывод о причастности ее сына к неонацистскому движению можно только из показаний свидетелей, им она уделила особое внимание, а про другие документы даже не подумала. Да, пожалуй, мы с вами правильно определили: очень самоуверенна, как большинство самоуверенных людей — очень доверчива, но при этом не очень умна и предусмотрительна.

— А про доверчивость — это откуда?

— Ниоткуда, — улыбнулась Настя. — Из головы, жизненного опыта и из ваших рассказов. Самоуверенные люди, как правило, считают, что их никто не может обмануть, поэтому верят легко и всему, на самом же деле ввести их в заблуждение ничего не стоит. А вы сами мне совсем недавно пересказывали историю про мать Сокольникова и оплату услуг адвоката. Сын плел всякую фигню про свою работу у крутого юриста, про то, что они — одна команда и его в обиду не дадут, и денег не потребуют, кинутся на защиту, забыв о сне и отдыхе, а она всему верила, принимала за чистую монету, даже не усомнилась, не задала себе вопрос: какую такую важную и нужную работу может выполнять ее сыночек в адвокатской конторе, имея полученное заочно педагогическое образование?

— Но вопрос же очевидный! — искренне удивился Петр. — Как можно было не подумать об этом?

— Очевидный для вас, но не для матери, влюбленной в своего сына, а заодно и в себя саму. Материнский ум лукав необыкновенно, равно как и сердце, и глаз, и ухо. Итак, мы остановились на том, что попытки привлечь внимание журналистского сообщества провалились. Никто из тех, к кому обращалась мать Сокольникова, не усмотрел в материалах зерна, из которого можно было бы вырастить громкий скандал. Как вы думаете, почему?

— Не знаю. Может быть, из-за того, что объем очень большой, нужно потратить много времени, чтобы все прочитать, а им же неохота, им надо быстро и эффективно. Начнут читать, придут в ужас, тем более там многое от руки написано, читать трудно, поковыряются час-другой и бросят, потом для приличия подержат у себя материалы недельку-другую и сообщают матери, что не берутся. Типа «главред не дает добро», или «меня отправляют в длительную командировку», или «вчера было принято судьбоносное решение, и с сегодняшнего дня у нашего издания меняется профиль».

— Принимается как версия. Еще какие варианты?

— Могли сразу увидеть, что дело с дырами, проявили осторожность, побоялись делать выводы и писать материал, не обладая всей полнотой информации.

— Замечательно! Еще?

— Журналисты могли действительно внимательно прочитать начало, первый том, а фотография, копия диплома и протокол выемки у сестры как раз там и находятся. Поняли, что речь идет о молодом нацике, и ушли в отказ. Может, погуглили и нашли тот пронацистский материал, о котором я вам говорил. Защищать нацистов — это не комильфо, даже если преступление никак не связано с идеологией.

— Отлично! Тем более что преступление с идеологией все-таки связано, пусть и не впрямую. Что же дальше? Мать у нас тридцать... какого года рождения?

— Не обратил внимания, — признался Петр. — А это важно? Сейчас придем — я посмотрю.

— А я обратила. Тридцать второго. К моменту походов по журналистам ей прилично за семьдесят. Она разочаровывается в прессе и начинает действовать сама, пишет во все инстанции, даже в Синодальный отдел по взаимодействию с Вооруженными силами и правоохранительными учреждениями, там на флешке в отдельном файле есть «рыба», читали?

— Читал. Только не понял, почему «рыба».

— Потому что этот текст в Синодальном отделе не писали. Мать Сокольникова написала это сама, направила в отдел и хотела, чтобы они опубликовали это за своей подписью. Мы же с вами исходим из того, что она самоуверенна донельзя, значит, потерпев фиаско с журналистами, вполне вероятно, делает вывод, что все кругом тупые идиоты, никто не в состоянии вникнуть и правильно написать, стало быть, нужно написать самой, все изложить, как она видит и как хочет, а они все равно материалы читать не станут, подпишут не глядя.

— Уверены, что так и было?

— По стилю видно. Жалобы, написанные матерью, и эта «рыба» одной рукой написаны. Человек, несущий службу в Синодальном отделе, имеет как минимум два образования, пользуется другими словами и выражениями и излагает мысли совершенно иначе. Этот документ датирован две тысячи тринадцатым годом. После этого мать, уже состарившаяся и ослабевшая, свои попытки реабилитировать сына прекращает. На сегодняшний день ей восемьдесят шесть лет, может быть, ее уже нет в живых. Похоже?

— Анастасия Павловна, почему надо обязательно гадать на кофейной гуще? Вот не понимаю я этого! Можно же поехать к матери Сокольникова и все у нее спросить. Если она жива, конечно.

Они подошли к подъезду, Настя полезла в сумку за ключами, чтобы достать «таблетку», открывающую электронный замок.

— Что спросить? Кастрировала ли она материалы дела и если да, то для чего? И что вы собираетесь услышать в ответ?

Дверь распахнулась, им навстречу из подъезда вышла пожилая соседка с третьего этажа, внук которой одно время регулярно обращался к Чистякову за помощью в решении задач по математике.

— Ой, Настенька! — запричитала соседка. — А Лешенька где? Что-то его не видно.

— Он в командировке.

— Далеко? Опять в Америке?

— Куда ближе, в Новосибирске.

— А-а... А ты, значит, молодого гостя к себе ведешь, пока муж в отъезде?

Тетка была вредной и обожала сплетни, но ее внук был таким славным мальчишкой и так горячо жаждал овладеть премудростями математической науки, что Настя все ей прощала. Еще в седьмом классе он с упоением решал задачи из физматовского курса и порой приятно удивлял Чистякова нестандартностью мышления. Но сейчас почему-то не было настроения прощать и не обращать внимания.

— Да, — Настя лучезарно улыбнулась соседке, — вот, познакомилась только что на улице, веду к себе юного любовника. А что такого? Имею право. Надеюсь, вы Леше не скажете, не выдадите меня?

— Конечно-конечно, — торопливо закивала тетка с третьего этажа. — Но ты, Настасья, все же поостереглась бы, совесть иметь надо, не в твои года уже... вот это самое...

— Вы правы, в мои года еще рано, вот в ваши — в самый раз, пора начинать.

— Хамка ты, Настасья!

Настя снова улыбнулась, ничего не ответила и направилась к лифту.

— Что это было? — оторопело спросил Петр, когда кабина двинулась вверх.

— Это была Зоя Леонидовна с третьего этажа. А в чем дело?

— Вы с ней так разговаривали... Мне даже не по себе стало.

— Видите ли, Зоя Леонидовна — особа крайне неприятная, грешит любопытством и злоязычием, но она единственная из всех соседей, кто знает нас по имени и вообще в курсе, что мы есть на этом свете. Звучит банально, но в случае надобности к ней хотя бы можно обратиться за щепоткой соли или за таблеткой, если нет возможности купить самой. Ее внук бывает у нас дома, он хороший парень, умный, учится в МИФИ, общается с моим мужем на разные математические темы. Иногда Зоя бывает совершенно невыносима, как, например, только что...

Двери лифта разъехались, они вышли, и Настя продолжила:

— Но я всегда терпела и молчала. Все-таки единственный человек во всем доме, с которым мы более или менее знакомы, не хотелось обострять отношения. А сегодня не промолчала. Все равно мы скоро переедем, так какой смысл наступать себе на горло и терпеть?

Она сняла кроссовки, сунула ноги в тапочки и прошла в комнату.

— На чем мы остановились?

— На том, что можно поехать к матери Сокольникова и спросить, кому и зачем она передавала материалы. Чего гадать-то попусту? Если мать уже умерла, нужно найти сестру, она наверняка полностью в курсе. И про отца мы совсем забыли, а он ведь тоже может знать.

— Скучно с вами, Петр. Вы все время ищете самый легкий и самый ненадежный путь: задать вопрос и получить ответ. Способ, конечно, работает часто, но не всегда, даже на допросе в кабинете следователя или в зале суда свидетеля просят дать подписку о том, что он предупрежден об ответственности за дачу ложных показаний. Допущение, что человек соврет, отвечая на вопрос, заложено в закон. В закон! А вы надеетесь на то, что вам, человеку с улицы, все немедленно кинутся говорить правду. Очередная иллюзия. И потом: ответы на вопросы — это всего лишь слова, они могут быть какими угодно. Нужно анализировать поступки, потому что они неподдельны, они отражают то, чего человек на самом деле хочет, чего добивается, к чему стремится. Анализ поступков и поиск мотивов этих поступков — вот что важно и интересно, а вовсе не слова.

Она вытащила из тубуса один лист, разложила на полу, прижала уголки снятыми с полки книгами, достала длинную метровую линейку, взяла со стола карандаш.

— Сразу предупреждаю: юношескую гибкость я давно утратила, у меня больная спина, поэтому зрелище дамы в возрасте, ползающей на карачках, вряд ли доставит вам эстетическое удовольствие. Но вы уж потерпите.

Она вдруг вздохнула, неуклюже уселась на пол, вытянула ноги.

— Знаете, Петр, я чувствую себя отвратительно.

— Вам нездоровится? — испугался он. — Принести лекарство? Может, «Скорую» вызвать? Вы только скажите...

— Да я не в этом смысле, — грустно засмеялась Настя. — Не физически. Морально. Со стороны выглядит так, будто я все время вас поучаю, читаю вам длинные лекции и нотации, морализирую и все такое. Я сама себе противна в этой роли. Могу предположить, что и вас это сильно раздражает.

— Нет, ну что вы...

— Я не умею быть учителем, никогда этим не занималась, у меня нет опыта. И нет таланта объяснять сложный ход вещей коротко, в двух словах, мне все время кажется, что нужны мелкие подробности и детали, чтобы собеседник меня понял. Наверное, это заблуждение, и люди гораздо умнее и соображают быстрее, чем мне представляется, им не нужны мои пространные разъяснения и аргументы, они уже все поняли после первых двух фраз. Признаю за собой этот недостаток, но предупреждаю честно: пытаться избавиться от него не буду. Во всяком случае, не сегодня и не в ближайшее время. Вы — мой первый ученик и, вполне возможно, последний, так что дидактические навыки мне вряд ли пригодятся в будущем. Если вам показалось, что я пытаюсь быть ментором и учить вас жизни, то это не так, честное слово, поверьте. Поэтому прошу вас не сердиться и не раздражаться, извинить меня и смириться с моей педагогической неполноценностью.

Петр растерянно молчал, не зная, что ответить, и Настя по его молчанию поняла, что ее длинные объяснения и в самом деле воспринимаются им как поучения. Понятно, что молодого человека такое не может не бесить. Должно и бесить, и раздражать, и вызывать отторжение, желание непременно опровергнуть или сделать наоборот. «Никуда я не гожусь, — уныло констатировала она. — Знаний и опыта выше крыши, могла бы научить многому, а умения, таланта научить бог не дал. Ничего, кроме отвращения и злости, я у своих учеников вызывать не буду».

— Не пытайтесь найти слова, — мягко добавила она, — мне не нужен ваш ответ, мне нужно, чтобы вы услышали мои извинения и поверили в то, что они искренние. А теперь будем чертить. Как раз до отъезда на свидание с Лёвкиной успеем сделать рамку и надписать строки и столбцы, а когда вернемся — начнем искать и вписывать информацию. Работа предстоит долгая, кропотливая и муторная, предупреждаю честно. Но если мы хотим что-то понять, ее нужно проделать.

* * *

К месту, указанному Гусаревым, Настя подъехала совсем другим маршрутом и с другой стороны. Спасибо бывшему коллеге Коле Селуянову, знавшему Москву не хуже собственной квартиры и постоянно следившему за всеми изменениями как в строительстве и ремонте, так и в расстановке дорожных знаков. Для него это после выхода в отставку превратилось в хобби, и Настя, равно как и все давние сослуживцы, регулярно получала от него письма о том, что в конкретном месте затеяли ремонт дороги или поменяли разметку и знаки, и если ехать вот так, то получается, например, 40 минут, а если вот эдак — то на 7 минут быстрее. А еще вот в этом месте поменяли длительность светофоров, из-за чего начали скапливаться пробки, хотя их там отродясь не бывало, поэтому он рекомендует объезжать... И так далее. Колины советы Настя всегда принимала с благодарностью и активно ими пользовалась, уже много лет назад признав, что они действительно очень дельные и на них можно полностью полагаться. А уж сколько раз эти знания помогали сыщикам в работе — и не перечислить!

Когда навигатор веселым голосом известного спортивного комментатора сообщил, что до конца маршрута осталось 5 минут, Настя, стоя на перекрестке, позвонила Гусареву.

— Я выхожу вам навстречу, — ответил он. — Маргарита Станиславовна уже освободилась.

Настя ожидала увидеть импозантного мужчину лет сорока пяти, моложавого и стройного, с хорошей стрижкой, но из здания на крыльцо выкатился низкорослый толстячок с густой бородой на темно-красном от загара лице, сильно оттопыренными ушами и абсолютно лысым черепом.

— Еще раз напоминаю: постарайтесь поменьше говорить, хорошо? — шепнула она Петру, пока помощник Лёвкиной семенил к ним по ведущей к крыльцу дорожке, вымощенной симпатичной плиткой.

Глядя на Маргариту Станиславовну, трудно было поверить, что между нею и личным помощником есть романтическая связь. Но ведь слухи об их отношениях курсировали еще двадцать лет назад, и они продолжают быть вместе. Почему? Дружат? Или дербанят все эти годы какой-то общий источник доходов, о котором не хочется говорить вслух? Вместе замазались когда-то, вместе и продолжают.

Лёвкина была в хорошем расположении духа, похоже, только что прошедшие переговоры закончились полным успехом. Элегантная, ухоженная, со следами как минимум двух подтяжек, благодаря которым линия подбородка и шеи смотрелась пока еще безупречно, Маргарита Станиславовна выглядела почти точно так же, как на фотографии двадцатилетней давности, сделанной во время осмотра местности. Казалось, и не постарела вовсе, и фигура такая же красивая, только одета не в форму, а в дорогие брендовые шмотки. Даже волосы той же длины, хотя и пострижены совсем иначе, и окрашены в другой цвет.

— Здравствуйте, юноша, — насмешливо произнесла Лёвкина, когда ей представили Петра. — Судя по тому, что вы пришли сюда, в полиции вам не понравилось. Можете не извиняться, но совет примите: никогда не пытайтесь подойти на улице к людям, которые ходят с охраной, если, конечно, это не ваши хорошие знакомые. Человек пользуется охраной именно потому, что имеет основания чего-то или кого-то опасаться, и любая попытка несанкционированного контакта с ним будет заканчиваться как раз так, как в вашем случае.

— Да я понимаю, Маргарита Станиславовна, я и не собирался ничего такого делать, просто стоял и смотрел на здание, где ваш офис, а тут вы вдруг выходите... Ну, я и кинулся, не подумав.

— Хорошо, закончим с этим, — решительно сказала она и перевела взгляд на Настю. — Можете считать, что ваши извинения приняты. У вас есть еще вопросы?

— Вопросов нет, но я хотела бы объяснить причину случившегося. У Петра есть фотокопии материалов старого уголовного дела по обвинению Андрея Сокольникова в тройном убийстве, он журналист, но хочет попробовать себя в художественной литературе, и обратился с просьбой научить его разбираться в процессуальных документах, чтобы его будущий текст не страдал вопиющей недостоверностью. Я взяла на себя смелость прочитать ему краткий курс уголовного процесса, совсем поверхностный, примитивный. Петр еще молод и, как настоящий журналист, предпочитает получать устные ответы из первоисточников, а не копаться в документах. В какой-то момент ему стало скучно читать бумажки и разбираться, что к чему и что было сначала, а что потом, и он предпочел найти следователя и спросить, чтобы было быстрее, проще и понятнее. Я не снимаю с себя вины за то, что недоглядела и не смогла вовремя удержать Петра. Как говорится, хороший хозяин должен держать невоспитанного щенка на коротком поводке. Я этого не сделала, за что еще раз приношу свои извинения и обещаю впредь быть внимательнее и аккуратнее.

Никакой особенной реакции на свои слова Настя не заметила ни в лице Маргариты Станиславовны, ни в лице Геннадия Валерьевича. Получалось одно из двух: или исполнитель циркового номера на перекрестке скупо доложил об исполнении задания, не вдаваясь в детали, и они не знают, что именно он сказал Каменской в тот момент, или Лёвкина и Гусарев вообще ни при чем, никого не нанимали и не посылали. Но если не они, то кто тогда? Зачем кому-то их защищать и оберегать от возможных проблем, которые могут возникнуть в будущем, если в прошлом были какие-то косяки и если вдруг прыткий журналист их обнаружит и обнародует? Слишком много «если»... Конструкция должна быть проще, ибо давно известно: чем проще — тем надежнее. Может быть, муж Маргариты так печется о супруге, не ставя ее в известность?

Лёвкина задумчиво кивнула:

— О каком деле идет речь? О деле Сокольникова, я правильно услышала?

— Да, о нем.

— И что вас заинтересовало в этом деле?

В голосе Лёвкиной зазвучала настороженность, а сидящий рядом с ней помощник слегка нахмурился.

— Меня — абсолютно ничего, — улыбнулась Настя. — Могу только рассыпаться в комплиментах вашему профессионализму. Как я понимаю, вы оба вели предварительное следствие?

— Да, мы тогда работали вместе в Центральном округе, на том деле нас поставили в одну бригаду. Вас ничего не заинтересовало, а вашего протеже? О чем он хотел со мной поговорить?

Лёвкина теперь вела себя так, словно Петра здесь вообще не было.

— Он поразился количеству жалоб, поданных на действия следователей. Уж в чем только вас обоих не обвиняли! Подследственный и его мать жаловались на вас, адвокат жаловался на прокуратуру, которая отвергала все обвинения в ваш адрес, а в суде по этому поводу даже допрашивали зампрокурора Темнову.

Маргарита Станиславовна улыбнулась в первый раз с начала встречи. Улыбка была скупой и быстрой, но вымученной и неискренней не выглядела.

— Помню, помню. Само дело уже забылось, а вот муть с жалобами мы с Геной помним очень хорошо. Темнова потом еще несколько лет нам эту историю припоминала при каждом удобном случае. Ваш юноша хотел спросить, правда ли, что мы с Геной были любовниками, украли фамильные ценности и крышевали черных риелторов? Что мы там еще делали? Смотрели сквозь пальцы на то, что опера выбивают из подследственного признательные показания? Или даже сами избивали его, собственными руками и в своих кабинетах?

— Нет, — покачала головой Настя, — для его будущего сюжета не имеет никакого значения, правда это или клевета. Он только хотел спросить, что вы чувствовали как следователь, которому предъявляют подобные обвинения. Что думали, как реагировали, как к этому отнеслись ваши коллеги и начальники. Одним словом, то, что важно для художественного произведения, но никак не отражено в процессуальных документах. И еще он хотел узнать, какое впечатление на вас произвела мать Сокольникова.

— Гена, — обратилась Лёвкина к помощнику, — ты мать помнишь? Что-то у меня ничего о ней не отложилось, кроме жалоб, которые она писала.

— Жуткая баба, — коротко и категорично сказал Гусарев. — Детали забыл, конечно, но общее впечатление осталось. И не в жалобах дело. На следователей жалуются все, кому не лень, это нормально, все давно привыкли. И то, что матери на допросах выгораживают детей и клянутся, что они хорошие и «не могли такого сделать», тоже в порядке вещей. А с этой мамашей... Примеры привести не могу, много времени прошло, но в памяти осталось, что пока разговариваешь с ней — все или сладко, или горько, а как только она уходит, появляется такое чувство, будто тебя вымазали в дерьме.

— Сладко — это о сыне, а горько — обвинения и претензии? — понимающе спросила Настя.

— Именно.

— Откуда же ощущение дерьма, если и то, и то другое для следователя нормально?

— Ощущение от чувства, что тебя считают круглым идиотом и пихают тебе на голубом глазу чистое враньё.

— Ясно, спасибо большое.

Настя подумала, что пора уходить, и собралась было встать, но неожиданно Лёвкина снова заговорила:

— О том, что мы с Геной любовники, шушукалась вся контора. На самом деле Гена — сын давнего друга моего отца. Если помните девяностые, то знаете, что времена были непростые, молодых сотрудников ломали быстро, заставляя играть на стороне денег, а не на стороне закона. Не берусь никого судить, но так сложилось. Мне было проще, мои отец и муж занимали довольно высокие посты в ФСБ, и меня трогать боялись, поэтому я имела счастливую возможность вести следствие так, как требует закон, а не так, как нравилось тем, кто платил и заказывал музыку. Можно сказать, мне очень повезло в жизни. Но так всло мало кому. Гене не повезло, его отец был горным инженером на Кузбассе, а не шишкой в столице и не офицером ФСБ. Мой папа, чтобы помочь старому другу, задействовал свои возможности и отправил Гену под мое крыло. С самого первого дня было известно, что Гену назначили на должность в наш округ под давлением с верхних этажей конторы, ну а про меня и без того все всё знали. Я опекала Гену, помогала ему, чем могла.

— Дня не проходило, особенно в первые недели, чтобы я не прибегал к Рите за советом, — вставил

Гусарев. — С работой более или менее справлялся, все-таки за плечами в то время было уже три года следственной практики, а вот как уворачиваться от требований начальства, как не подставиться, как избежать открытой конфронтации — это всё Рита, ее наука. Поскольку я все время шнырял к ней в кабинет, слухи и пошли.

— Как только мы в первый раз услышали, что мы, оказывается, любовники, сразу же взяли мужа и втроем поехали к моему отцу, — снова заговорила Лёвкина. — Хотели посоветоваться. Папа подумал и сказал: пусть говорят, так даже лучше, Генку заведомо трогать не будут, дадут ему возможность нормально работать, а не бандитам подпевать. Муж не возражал, только посмеялся. Говорил, что у него теперь есть право ухлестывать за Генкиной невестой.

— Но нормально работать вам все-таки не дали, — заметила Настя.

Лёвкина чуть приподняла красиво очерченные брови.

— В каком смысле?

— В интернете висит материал, где сказано, что с вами расправились за доведенное до суда дело против какого-то не то банкира, не то олигарха.

Лёвкина хмыкнула, потом улыбнулась, на этот раз свободно и широко.

— Расправились — слишком сильно сказано. Впрочем, журналисты чего только не напишут для красного словца, не в обиду будь сказано вашему юноше... К тому времени мой отец умер, муж вышел в отставку, мы с Геной остались без прикрытия, и нам просто дали понять, что либо нам придется играть по тем правилам, по которым играют все, либо мы должны уйти и освободить место для тех, кто спит и видит, чтобы их «прикарманили» и дали заработать. У мужа остались крепкие связи, он сказал, что поможет мне наладить бизнес, найдет деньги, будет поддерживать своим ресурсом, если я решу уйти. Вот я и ушла. И Гена вместе со мной. Я ему предлагала стать партнером, но он отказался.

— Почему?

— Видите ли, Анастасия Павловна, — снова заговорил Гусарев, — вы в той передаче, в прямом эфире, сами же говорили, что каждый имеет право заниматься тем, подо что у него мозги заточены. У Риты они заточены под бизнес, под руководство делом и людьми, а у меня — нет. Я по природе своей идеальный ассистент. Поэтому меня вполне устраивает должность личного помощника.

— Гена — единственный человек, которому я могу полностью доверять, — добавила Лёвкина с неожиданной теплотой в голосе. — Мы с ним знакомы еще с тех времен, когда мне было пятнадцать лет, а ему пять. Его родители привезли к нам и велели мне с ним сидеть, а сами в театр ушли, все четверо, его мама с папой и мои. Их семья тогда жила в Москве, это еще до перевода на Кузбасс было. А у меня свидание назначено с мальчиком! Представляете, как я взбесилась? Как готова была на куски порвать малыша? Орала на него как ненормальная, что он, дескать, мне всю жизнь испортил. А Генка был такой серьезный, спокойный, слушал меня, слушал, потом говорит: «Ты иди, куда тебе надо, я один посижу, ничего не сломаю, честное слово». Я и умчалась, задрав хвост. Вернулась до прихода родителей, еле-еле успела, смотрю — Гена сидит за столом, рисует, в квартире порядок, тишина, даже телевизор не включен. С того момента я всегда точно знала, что на Гену Гусарева можно положиться, он не подведет.

Геннадий Валерьевич жестом подозвал официанта и попросил счет. Настя поняла, что спектакль окончен, актеры вышли на поклоны, вот сейчас действительно пора прощаться. Она сделала вежливую попытку заплатить за выпитый ею и Петром кофе, но Гусарев пресек это поползновение одним коротким, но очень выразительным взглядом.

Он поднялся следом за Настей.

— Я провожу вас.

Лёвкина протянула ей руку с таким отстраненным выражением лица, словно моментально забыла о только что состоявшемся разговоре, о забавных воспоминаниях и рассказах о многолетней дружбе и целиком сосредоточена на предстоящей деловой встрече.

Гусарев, напротив, по пути от крыльца до машины успел наговорить Насте кучу комплиментов и сказать, как он рад познакомиться наконец лично с человеком-легендой. Ей было смешно и немного странно. Столь хвалебные слова она привыкла расценивать исключительно как грубую лесть, имеющую под собой корыстные побуждения. Хотя какая такая корысть может быть у личного помощника Лёвкиной? Только одна: не дать копнуть поглубже старое дело.

— Скажите, у Маргариты Станиславовны есть явные недоброжелатели? — спросила она, уже стоя возле машины.

— В смысле — враги? — нахмурился помощник. — Конечно, есть. А у кого в бизнесе их нет? Конкуренция, сами понимаете.

— Понимаю. Вы позволите еще раз вас побеспокоить, если придется?

— Буду счастлив оказаться вам полезным. Только не представляю чем. Я ведь совсем не помню дела, их столько было за годы службы... — развел руками Гусарев.

— Но вы наверняка не забыли профессию следователя. Я ведь была опером, это совсем другая работа, а в следствии я разбираюсь плохо и очень многого не знаю. Можно, я вам буду звонить, если возникнут трудности чисто процессуального характера или я не разберусь в каком-то документе?

— Всегда пожалуйста! Анастасия Павловна, почему вы спросили про врагов? У вас есть основания?

— У меня есть предчувствие. Скажите, муж Маргариты Станиславовны в полном здравии?

— Вполне.

— И в полной силе?

— Соответственно возрасту и социальному статусу, — произнес Геннадий Валерьевич с некоторой печалью в голосе. — Он уже немолод, к сожалению. Равно как и коллеги, на которых он мог положиться.

— Но он все еще может эффективно защищать ваш бизнес и вашего шефа?

— Никаких сомнений. Вы меня пугаете, Анастасия Павловна. Есть что-то, о чем я должен знать и начинать волноваться?

— Надеюсь, что нет, — с улыбкой успокоила его Настя. — Интуиция часто меня подводит, и сейчас, видимо, как раз такой случай. Мой начальник Гордеев всегда говорил, что у меня чутье полностью отсутствует. Похоже, он был прав.

Время близилось к трем часам, началась вторая половина дня пятницы, количество машин на дорогах возрастало с каждой минутой. Настя вдруг поняла, что голодна. Надо постараться скорее добраться до дома, пообедать и начать наконец работать, а не выделывать дипломатические фортели.

— Что скажете? — спросила она Петра, который с угрюмым видом сидел рядом. — Какие у вас впечатления?

— Могу в ответ процитировать вас.

— Валяйте, — разрешила она радостно, потому что успела проскочить сложный перекресток на самых последних миллисекундах зеленого сигнала.

— Все не то, чем кажется. Вы ведь так говорили, правильно? Похоже, Лёвкина и Гусарев были единственными честными следователями во всем округе.

— Если не врут, — уточнила Настя.

— Думаете, это всё неправда насчет мужа и отца, из-за которых им позволили нормально работать?

— Не знаю. Может быть, правда, может быть, нет. Рассуждайте, задавайте себе вопросы и ищите ответы.

— Какие же вопросы тут надо задавать?

— Например...

Она сделала паузу, притормаживая и пропуская полицейскую машину с включенным спецсигналом.

— Например, почему для расследования дела Сокольникова была создана бригада в составе

Лёвкиной и Гусарева. Если не все чисто, если есть сторонние интересы, если кто-то давит и платит, то какого, извините меня, рожна вышестоящее руководство выносит постановление о создании следственной бригады и включает в нее двух совершенно неуправляемых сотрудников, которых нельзя ни купить, ни заставить? Он что, сумасшедший? Самоубийца? Как он с таким составом бригады собирается решать вопросы?

— И как же? — с интересом спросил Петр.

Его угрюмость как рукой сняло. Понятно, что поведение Лёвкиной, ее демонстративное игнорирование журналиста показались ему неприятными и даже обидными, если не оскорбительными. Но он умеет легко забывать о чувствах, когда речь заходит о деле, и это его качество было Насте глубоко симпатично. Сама она в его возрасте еще была обидчивой, легко расстраивалась и надолго застревала в эмоциях, мешавших ей сосредоточиться на работе. Позже, с годами, удалось постепенно избавиться от неудобной привычки, но это пришло годам к сорока пяти и потребовало значительных постоянных усилий. А Петру, похоже, дано от природы. Счастливчик! Удачи своей не понимает.

— А никак, — все так же весело ответила она. — Вопросов никаких не было. Дело чистое, никто заинтересованности не выказывает, кроме родителей, но с них ничего не возьмешь, бюджетники, живущие на зарплату. Трое потерпевших, три разложившихся трупа, три разных орудия убийства, изрядная давность события преступления, значит, много сложных экспертиз, много допросов, трудные поиски улик и доказательств, которые давно остыли и перестали быть горячими. Слишком много писанины и бумаг, значит, нужна бригада, один следователь просто зашьется с такими объемами. Тройное убийство, при этом один из потерпевших — малолетний ребенок, такое дело обязательно попадет на контроль в вышестоящих инстанциях и у сыщиков, и у следствия, и у прокурорских, стало быть, надо постараться, чтобы все было в лучшем виде и ни к одному следственному действию, ни к одному документу, ни к одному решению нельзя будет придраться. Кто лучший следователь округа? Рита Лёвкина, вот пусть она и работает, назначим ее старшей в бригаде, у нее дело будет в идеальном виде, любую проверку выдержит. Кого ей в помощь дать? Да этого ее хахаля, все равно от него в «нужных» делах никакого толку, а в деле Сокольникова даже подчищать ничего не придется, оно идет так, как идет, без всяких намеков на чьи-то финансовые интересы.

— Получается, никто признания не выбивал, никто никого не выгораживал?

— Ну вот опять! — рассмеялась Настя. — Не забывайте: все не то, чем кажется. Все могут ошибаться. И все лгут, одни чаще, другие реже, но лгут все поголовно. Я всего лишь предложила вам одну-единственную версию, объясняющую некоторые факты, а вы уже готовы считать ее истиной и делать окончательные выводы. Да мы с вами, пока до дома доберемся, таких версий еще десяток настрогаем. Теперь ваша очередь, подумайте, как могли сложиться обстоятельства, чтобы на дело Сокольникова поставили двух неуправляемых следователей, о которых все думают, что они состоят в интимных отношениях.

* * *

Не зря Настя вчера так старалась, не зря бегала в магазин под дождем: мясо с овощами действительно удалось на славу. Она даже пожалела, что столь удачный кулинарный эксперимент пришелся на то время, когда Чистяков в отъезде. Он бы похвалил ее и порадовался, ибо знал, как редко старания его жены в части приготовления еды увенчиваются триумфом. А Петр принимает вкусное блюдо как должное. Ну, приготовила женщина мясо, ну, очень вкусно, так это же нормально, разве бывает иначе? Наверное, его мама хорошо готовит, он привык.

Утолив голод, они занялись таблицей. Допросы каких свидетелей указаны в описях? Сколько листов, согласно описи, занимает каждый из них? Наличествует ли протокол в материалах? На скольких листах? Использованы ли его показания в обвинительном заключении? Допрошен ли этот свидетель в суде? Есть ли в протоколе судебного заседания этот допрос? Целиком или частично? Упомянут ли данный свидетель в тексте приговора? В чём суть его показаний? Называл ли он какие-либо имена?

— Но описи же тоже с пропусками, — заметил Петр. — Если протокол указан как раз в изъятом листе и из материалов его удалили полностью, то мы с вами никогда не узнаем, что этого человека вообще допрашивали. Мы только увидим по нумерации листов дела, что каких-то документов нет, а каких?

— Правильно, — кивнула Настя. — Именно поэтому мы и составляем таблицу. Мы пытаемся уловить общую закономерность и попутно найти ошибку, если повезет. Тот, кто чистил дело после матери Сокольникова, старательно убирал все упоминания о каком-то факте или персонаже. Если мы найдем ошибку, я смогу понять, что это за факт или человек.

— А потом что?

— Потом мы с вами будем придумывать объяснения, зачем это было сделано, то есть в чем состоял мотив.

— А потом?

— А потом будем соображать, у кого мог быть такой мотив. Иными словами: кто пытается дергать за ниточки. Кто шляпку спер, тот и тетку убил, помните?

— Но это же глупо!

Настя, лежа на полу на животе, сделала очередную отметку в таблице, потерла поясницу, перевернулась на спину, согнула ноги в коленях, чтобы отдохнуть. Так было значительно легче.

— Перерыв три минуты, — объявила она. — Почему это глупо? Давайте обсудим. Если вы правы, то изменим подход.

— Смотрите, — начал Петр горячо, — вы исходите из того, что кто-то взял флешку у матери, подправил содержание материалов и передал дальше по цепочке, в конце которой была Ксюша. Зачем? Если он боялся огласки какого-то факта, то мог просто все стереть и никому ничего не передавать. И спал бы себе спокойно.

— Согласна. Но он так не поступил. Флешку передал. И нам нужно понять почему. У нас с вами два «почему», а не одно. С какой целью изымал часть материалов и почему отдал остальное. Не мог не отдать? Или не захотел?

— Это да, — вздохнул Петр.

Настя понимала, что ему скучно. Сама она очень любила систематизировать информацию самыми разными способами, могла заниматься этим сутками напролет, но она устроена неправильно. Нормальному человеку подобное монотонное занятие, в котором нет ни малейшего драйва, должно казаться тягомотным и пресным. А Петр как раз нормальный, он энергичный активный молодой мужчина, и ему невыносимо часами сидеть с ноутбуком на коленях и диктовать номера файлов и страниц, фамилии, количество листов, да еще при этом наблюдать, как немолодая женщина ползает на полу вокруг разложенного листа ватмана, принимая далеко не самые изящные позы. Ему гораздо интереснее было бы искать людей и разговаривать с ними. Но ее задача — научить его выжимать из материалов уголовного дела все, что возможно, сведя получаемую устно информацию к строго необходимому минимуму. Ибо, как известно, мысль изреченная есть ложь. Правдивы только поступки. Сшитое уголовное дело и есть результат длинной цепи поступков. И разукомплектованное, как в данном случае, дело — тоже результат цепи поступков, только цепи более длинной и сложной, с участием еще большего числа заинтересованных людей.

— Я вам очень сочувствую, Петр, — сказала Настя. — И все понимаю. Но давайте продолжать.

Петр снова защелкал мышкой, листая фотографии.

* * *

Допрос такого-то, есть в описи, есть в материалах целиком... Допрос такого-то, есть в описи, в материалах есть только один лист из трех, титульная отсутствует... Допрос непонятно кого, в описи лист пропущен, в материалах отсутствуют титульный, второй и последний листы... В обвинительном заключении... В протоколе судебного заседания... В приговоре...

Настя Каменская старалась не терять сосредоточенности и запоминать как можно больше, а главное — не наделать ошибок в таблице, иначе придется все переделывать с самого начала. Усталости она не чувствовала, ею овладел давно не посещавший ее азарт, заставляющий забывать посматривать на часы.

В последние минут сорок работа шла медленнее, потому что они шли по той части третьего тома, по которой отсутствовал один из листов описи.

— Очную ставку надо? — спросил Петр.

В его голосе звучала безнадежность. Понятно, устаешь гораздо быстрее, когда тебе скучно.

— Надо обязательно. Это тот же допрос, только двух человек одновременно.

— Есть только последний лист, тут вообще непонятно, сколько листов занимает протокол.

— А что перед ним?

— Доверенность операм на этапирование Сокольникова из следственного изолятора в прокуратуру. Файл сто пятьдесят девятый, лист дела двадцать седьмой, — отрапортовал Петр, быстро усвоивший, какая информация требуется Насте, и отвечающий теперь по всей форме. — Окончание очной ставки — файл сто шестьдесят шесть, лист дела тридцать четвертый.

— Шесть листов, — пробормотала Настя. — Минус титульный — пять. Еще полстраницы на формальности и предупреждения. Четыре с половиной... В принципе нормально, можно считать, что этапировали как раз на очную ставку, документы подшиты один за другим, и сам протокол занимает семь листов, шесть пропущено, один есть, последний. И что там на последнем листе? Кого допрашивали вместе с Сокольниковым?

— Какого-то Щетинина. Тут сверху самое окончание, на машинке напечатано, буквально две строчки, а потом все от руки.

— Читайте.

— «...больше в квартире на Чистопрудном бульваре не бывал. Вопрос защитника свидетелю: имеется ли у вас личный или служебный автотранспорт? Ответ: нет, ни личного, ни служебного автотранспорта не имею, машина есть только у руководства. Защитник: иных вопросов к обвиняемому и свидетелю не имеется». Дальше от руки: «Протокол мною прочитан лично, с моих слов мои показания записаны верно, ход очной ставки отражен правильно. Щетинин», подпись. То же самое написал и Сокольников и подписался. Только еще приписал: «...отражены верно, за исключением того, что я не говорю, что не хочу давать объяснения, а в данный момент не могу». Слова «не могу» подчеркнуты. Потом замечания адвоката.

Кажется, это и есть тот самый документ, который заставил Настю думать, что материалы дела прореживали дважды с разными целями. Точно, это он! Трясясь на сиденье старенького пикапа, она не вникла в суть, не углублялась, но отметила и запомнила.

— И что адвокат? Ему что-то не понравилось?

— «Замечание адвоката: на мой вопрос, бывал ли свидетель после третьего сентября в квартире на Чистопрудном бульваре, он ответил, что в сентябре бывал три-четыре раза». Подпись адвоката. Подпись следователя. Всё.

— Доверенность на этапирование на какую дату?

— Сейчас, момент... Доверенность составлена двадцать первого января, само этапирование двадцать второго.

— Следующий после очной ставки документ с какой датой?

Снова щелканье мышкой.

— Протокол допроса сестры Сокольникова, двадцать пятого января. Есть титульный лист и третий, второго нет. На третьем она подтверждает, что никогда не видела Щетинина за рулем и брат никогда не упоминал, что Щетинин его куда-то возил на автомобиле.

— Понятно. Стало быть, можем с полным основанием полагать, что очная ставка была проведена двадцать второго января. Щетинин этот где-то мелькал, как мне помнится...

— Так допрос же его есть, почти целиком изъятый, там одна страничка всего, вы только недавно записывали. И еще один, правда, тоже неполный, во втором томе. Вы забыли?

— Да нет, — Настя потерла ладонью лоб, — про допросы я помню, но было что-то еще.

Она посмотрела на часы и ужаснулась: почти девять вечера!

— Петр, вам домой не пора? — испуганно спросила она. — Я вас так задержала. Извините, увлеклась.

— А то, что вы сейчас подумали об этом Щетинине, — это важно?

— Кажется, это и есть та ошибка, которую мы искали. Но я не уверена.

— Вы сегодня еще будете работать, Анастасия Павловна?

— Обязательно. Мы же на самом интересном месте остановились. Теперь не успокоюсь, пока в голове всё не уляжется.

— А можно, я останусь и поработаю вместе с вами?

Настя скептически подняла брови.

— Останетесь до утра? Вы серьезно?

— Ну пожалуйста, Анастасия Павловна! Можно, я останусь, пока вы работаете, а когда будете спать ложиться, вызову такси и уеду. Хоть в три часа ночи, хоть в четыре! Правда, завтра утром все равно к вам ехать, вы же мне обещали субботу вместо четверга...

Н-да, кажется, поисковый азарт — болезнь заразная. Еще пять минут назад парню было скучно и тошно, а сейчас глаза загорелись, даже готов ночь провести без сна.

— Тогда давайте ужинать.

Она медленно и неловко поднялась с пола. Все тело болело и стонало.

— Разносолов не предлагаю, их просто-напросто нет, но мясо осталось. Будете?

Петр просиял.

— С удовольствием! Было очень вкусно. Значит, вы разрешаете остаться?

— Разумеется. Помощь мне не помешает. Да и баба Зоя порадуется. Если дело дойдет до сна, постелю вам на диванчике в кухне.

Она разогревала остатки мяса с овощами, раскладывала по тарелкам, жевала, почти не чувствуя вкуса, мыла посуду, пила кофе, а в голове постепенно складывалась картинка. Какой-то документ, не то справка от оперативников, не то ходатайство о продлении сроков, не то еще что-то, где указано, что свидетель Щетинин не может быть допрошен, так как находится в больнице... Протокол допроса Щетинина, неполный, в котором на какой-то оставшийся на изъятом листе вопрос следователя он отвечает, что «не мог» чего-то сделать, потому что с начала сентября и до конца октября находится сначала в командировкс, потом в больнице... Протокол без титульного листа, у Насти в таблице все отмечено, она точно помнит, что смогла найти в обрывках показаний и в других документах только фамилию, инициалы, место работы и должность — заместитель директора какого-то фонда. Все это она вписала в соответствующую графу таблицы. Ни года рождения, ни адреса, ни сведений о наличии судимостей... И дату вписывала, самый конец октября.

Вроде все понятно, ничего подозрительного. Но вот ведь какая странность: почему-то через три месяца, ближе к концу января, Щетинина допрашивают снова, причем от этого допроса чья-то заботливая рука оставила только жалкий хвостик, и в этот же день следователь пишет доверенность на этапирование, то есть принимает решение о проведении очной ставки. Почему в январе, а не в октябре? Что такого стало известно следствию, что вдруг возникла необходимость перекрестной проверки показаний обвиняемого и свидетеля? И в чьих именно показаниях возникло сомнение, в показаниях Сокольникова или какого-то замдиректора какого-то фонда? Этих фондов и сейчас-то как собак нерезаных, а уж в девяностые — и вовсе не перечесть, и не обязательно это был действительно фонд, могла быть просто шарашкина контора или «отмывалка» с красивым названием. Знает Настя таких директоров и замов, навидалась достаточно. Да и Елисеев хорошую лекцию Пете прочел, судя по всему, так что Петя теперь тоже в курсе.

Так, теперь сама очная ставка. Пять листов текста на пишущей машинке. Это много. Это очень много. Если б от руки — другое дело, но на машинке — это до фига и больше. Значит, либо вопросов было много, либо не много, но сложных, и ответы на них давались абсолютно противоречивые. Что за вопросы? Ясно одно: следствию они казались в тот момент чрезвычайно важными. Или нет? Просто очередной трюк для создания видимости активной работы, чтобы не было явных провалов в датах, которые при прокурорской проверке вызовут недоумение: почему по делу в течение длительного времени ничего не делалось? Кто убирал из материалов очную ставку? Мать Сокольникова или следующий персонаж? И почему оставили последнюю страницу? Лист из описи изъят, убери весь протокол — и никто никогда не догадается. Хотя...

До протокола судебного заседания они с Петром еще не дошли, надо посмотреть, упоминается ли там эта очная ставка. Если упоминается, стало быть, изымать ее целиком из дела бессмысленно, любой, кто возьмет на себя труд ознакомиться с ходом судебного процесса, имеет возможность обнаружить, что в ходе суда появилось то, чего не было на следствии, а этого быть не может и не должно. То есть случается, конечно, но тогда должны быть заявлены ходатайства одной из сторон, обвинения или защиты, о допросе или о приобщении нового доказательства, потом суд должен вынести решение об удовлетворении этого ходатайства, разговоров много — и все должны быть в протоколе. Если что-то убирать из материалов следствия, но пренебречь материалами судебной стадии, то могут ведь и заметить: а вот новое имя появилось, на следствии не фигурировало, процедура в судебном заседании не соблюдена, стало быть, что-то не так. И пошло-поехало! Если же факты, фигурировавшие в ходе очняка, имели значение для решения по делу, то они не только в протокол заседания, но и в приговор попали, более того, с точной ссылкой на протокол очной ставки и с указанием тома и страниц дела. Даже если убрать протокол полностью вместе с соответствующим листом описи, при желании и определенной внимательности можно докопаться.

Надо проверять. Надо всё проверять. Бедный, бедный Петя... Зато у нее, Анастасии Каменской, сегодня праздник и именины сердца!

Настроение резко скакнуло вверх и сделало кульбит: ей вдруг захотелось быть великодушной и доброй.

— У вас с покойной Ксюшей были общие знакомые? — спросила она.

— Если только чисто теоретически, — грустно усмехнулся Петр. — Из числа сокурсников.

— Вы можете им написать и выяснить, с кем Ксюша общалась в последние месяцы перед смертью? Не по телефону, а именно в соцсетях. Если найдете тех, с кем она переписывалась более или менее активно, попросите скинуть вам скрины их переписки. Или просто копии ее сообщений. Все подряд не надо просить, там наверняка много личного и ни для кого, кроме участников разговора, не предназначенного, нас интересуют только определенные вопросы. Шансов маловато, я понимаю, Ксюша почти год как умерла, переписку с ней могли стереть за ненадобностью. Но вдруг у кого-то осталась. Попробуете?

— Вы думаете, она кому-нибудь рассказывала, откуда у нее флешка?

— Могла. Ее странички в сетях закрыли?

— Алла закрывала, это точно, она мне сама сказала. Разместила посты с некрологом, чтобы народ оповестить, а через неделю ликвидировала все: и ВКонтакте, и Фейсбук, и Инстаграм, и Твиттер. А вы что, хакерством пробавляетесь, Анастасия Павловна?

Глаза его сверкнули лукавством и пониманием.

— Не стану врать, — рассмеялась она, — бывало. Но редко и только в случае крайней необходимости. И не сама. Есть у меня юное дарование, даже двое, они хоть Пентагон, хоть Силиконовую долину взломать могут. Но в данном случае мы пойдем законным путем. Не буду учить вас плохому, не возьму грех на душу. Сейчас допьем кофе, и я продолжу заниматься таблицей, а вы займитесь, пожалуйста, Ксюшиной перепиской.

— Но так нечестно! — возмущенно запротестовал Петр. — Вы же сказали, что мы остановились на самом интересном месте, а сами меня отстраняете.

— Мне показалось, что вам в тягость такой метод работы, и я хотела дать вам дело поинтереснее, более живое. Но если хотите таблицу — милости прошу, буду только рада, а соцсетями займетесь завтра.

— Объяснять ничего не будете?

В его голосе Насте послышался упрек. Ну да, все умозаключения она продумала, но не озвучила. Побоялась показаться занудной училкой. Бросается из крайности в крайность: то читает длинные проповеди и лекции, то вообще молчит, только указания раздает. Вот не дал же Бог таланта учить... Не подарил способность придерживаться золотой середины. Эх!

— Видите ли, Петр, смущает меня господин Щетинин. Вот смотрите: с начала сентября и до конца октября он то в командировке, то в больнице. Уверяю вас, если бы у следствия были основания думать, что Щетинин располагает важной информацией, его достали бы и в другом городе, и в другой стране, и на больничной койке. Это ни разу не вопрос. Существуют так называемые отдельные поручения, кроме того, существует телефон, которым никто и ничто не мешает воспользоваться. Да, мобильники в то время были далеко не у каждого, это верно, но вряд ли Щетинин так долго находился за границей, это потребовало бы довольно больших материальных затрат. Он утверждает, что находился именно в командировке, а не в отпуске, то есть допущения о самом дешевом турецком курорте мы сразу отметаем, тем более что даже самый дешевый курорт обойдется дорого, если жить там больше двух недель. Как вы думаете, могло так быть, чтобы фирма оплачивала своему сотруднику полтора месяца жизни за рубежом и при этом платила ему такую маленькую зарплату, что он ни собственным автомобилем, ни мобильным телефоном обзавестись не смог?

— Сомнительно.

— Вот и мне так показалось. Значит, Щетинин если и был в командировке, то никак не за границей. Пределы России он не покидал. Почему же его не допросили по отдельному поручению и даже по телефону с ним не связались, если полагали, что он знает что-то необыкновенно важное? Почему к нему в больницу никто не пришел поговорить?

— Может, он в реанимации лежал, туда не пускают, — предположил Петр.

— И сразу после реанимации он резво прискакал к следователю в прокуратуру на допрос?

— Ну да вообще-то... После реанимации в палату переводят, сразу домой не отпускают. А как же тогда?

— А вот не знаю как, — Настя развела руками и взяла очередную сигарету. — Пока не знаю. Давайте смотреть дальше. В октябре Щетинин утверждает, что был в командировке, потом в больнице, поэтому не являлся на допрос. На очной же ставке в январе он, согласно замечанию адвоката, говорит, что в квартире на Чистопрудном бульваре, где проживал Сокольников, бывал в течение сентября, после третьего числа, три или четыре раза.

— Но в протоколе же...

— Минутку! — Настя предостерегающе подняла руку. — Протокол — результат действия следователя, к этому мы вернемся чуть позже. Пока что на повестке дня сам Щетинин, имеющий инициалы Д.А. На один из вопросов защитника господин Щетинин отвечает, что собственного автомобиля у него не имеется, и служебного тоже. Эта информация перепроверяется через три дня при допросе сестры Сокольникова. Складывайте два и два. И не говорите, что у вас получается четыре.

— А сколько должно получиться?

— Где-то пять, может быть, шесть, — улыбнулась Настя. — Или даже шесть целых и три десятых. Давайте.

— Я не понял, при чем тут сестра Сокольникова.

— Думайте, Петр. Это важно. Складывайте в картинку три пазла: сестру, автомобиль и визиты в квартиру на Чистопрудном. Подскажу: визиты в квартиру уже после того, как состоялись явка Сокольникова с повинной и его задержание, а потом и арест.

— Но как это может быть? В квартире же никого нет, Сокольников в камере, соседи убиты. Кто ему дверь-то открыл?

— Отлично! Дальше?

— Значит, у него был ключ?

— Значит. Дальше?

— Либо ключ дали мать или сестра, либо когда-то раньше сам Сокольников. Так?

— Так. Дальше.

— Выходит, Щетинин — друг семьи, раз ему спокойно дают ключи. Или родственник даже. Или близкий друг самого Сокольникова, который и дал ему запасной ключ, чтобы приходил в любое время. Теперь я понял! Он действительно близко знал Сокольникова, потому его и хотели допросить. Правильно?

— Правильно, но это не все. Думайте еще.

— Еще... — Петр слегка сдвинул брови, уставив сосредоточенный взгляд на собственные руки. — Все-таки в семье его знали, по крайней мере, сестра была с ним хорошо знакома. Иначе она не могла бы сказать, что Щетинин никогда ее не подвозил и брат не упоминал о том, что у его друга есть машина.

— Правильно. Следователь не стал бы ее спрашивать об этом, если бы у него не было информации об их давнем знакомстве. Дальше?

— А это не все? — удивился Петр.

— Далеко не все, там еще много всего. Думайте.

— А... Вот, сообразил! Как Щетинин мог приходить в квартиру на Чистопрудном в сентябре, да еще три-четыре раза, если его вообще в Москве не было? Он же был в командировке, потому и на допрос не являлся.

— А если он не был в командировке?

— Получается, что он солгал следователю на первом допросе. Может быть, и на втором тоже, в январе, но этого мы пока не знаем.

— Почему же? Знаем. На втором допросе, от которого нам любезно оставили крохотный кусочек, Щетинин говорит, что не поверил Сокольникову, который рассказывал ему, что в одиночку убил троих человек, своих соседей, и вообще он об этом почти не думал, потому что весь сентябрь и до середины октября был в командировке, с Сокольниковым до ареста об убийстве больше не разговаривал и искренне полагал, что его друг фантазирует и привирает, желая показаться крутым.

— Но на очной ставке он почему-то вдруг говорит, что в сентябре бывал в квартире несколько раз... А следователь не внес это в протокол. Значит, не заметил, что ли?

Настя пожала плечами.

— Мог не заметить. А мог и умышленно исказить сказанное. Зато адвокат заметил и не упустил. Чья подпись под протоколом, не помните? Кто проводил очняк? Лёвкина или Гусарев?

— Не знаю, титульного нет, а на последнем листе полностью не написано, только закорючка.

— Не вопрос, посмотрим подписи под другими документами и узнаем. Обратите внимание: ни свидетель Щетинин, ни следователь на поправку адвоката никак не отреагировали. Мы с вами пусть и не прочитали дело от первой до последней буквы, но просмотрели до конца хотя бы по диагонали. Вы помните, чтобы где-нибудь мелькнули слова о заведомо ложных показаниях Щетинина, запросы по месту его работы насчет дат пребывания в командировках в сентябре девяносто восьмого года, запросы в лечебные учреждения по поводу пребывания в стационаре в октябре?

— Не помню.

— И я не помню. Человек солгал на допросе, будучи предупрежденным об ответственности за дачу заведомо ложных показаний, и все утерлись и смолчали. Адвокат попытался возникнуть, но дальше этого дело не пошло, в дальнейшем он никаких шагов не предпринимал. Если читать только очную ставку, то можно подумать, что следователь ошибся, в этом нет ничего необычного, именно для таких случаев и предусмотрена возможность вносить замечания в протоколы, и адвокат своим правом воспользовался. Но если вспомнить два предыдущих допроса, то получается странная штука: свидетель дважды лжет, потом случайно проговаривается, и тогда вместо него лжет уже следователь. Вернее, пытается лгать, но адвокат фактически схватил его за руку. О чем это говорит?

— Ну... — Петр немного подумал. — Наверное, о том, что поступила команда «брэк». Типа «не трогайте Щетинина, и будет вам счастье». Да?

— Возможно. А что Сокольников? Почему он, читая протокол, не обратил внимания на то, что следователь записал не так, как сказал Щетинин? Он ведь читал внимательно, даже заметил, что вместо «не могу» следователь написал «не хочу». Как вы думаете, насчет каких обстоятельств Сокольников не мог давать объяснения в присутствии Щетинина? И почему не мог? Боялся?

— Вот же вопросы у вас, Анастасия Павловна! Откуда я знаю почему?

— А вы придумайте. Вы — будущий писатель, фантазируйте, создавайте свою реальность, но так, чтобы она не отклонялась от правды жизни. Вы с Сокольниковым почти ровесники, попробуйте представить себя в роли обвиняемого на очной ставке. В какой ситуации вы сказали бы следователю, что не можете давать пояснения по какому-либо факту? Что вами должно было бы двигать, чтобы вы так себя вели? Страх вы уже назвали, а что еще?

— Данное кому-то обещание, — почти не раздумывая, ответил Петр. — Если бы я, допустим, дал кому-то слово о чем-то молчать, то я уперся бы насмерть.

— Даже во вред самому себе?

— Да, — твердо произнес он. — Поведение Сокольникова я могу объяснить, а поведение следователей — нет. Почему они позволили Щетинину лгать, если они такие честные и независимые? Почему прикрывали его? Выходит, все, что мы с вами сегодня услышали от Лёвкиной и Гусарева, тоже вранье?

Настя вздохнула.

— То, что мы сегодня услышали, было прекрасно отрепетированным и много раз сыгранным спектаклем, это же слепому видно. Гладко выстроенные фразы, выверенные словосочетания, реплики подхватываются очень вовремя, дополняя рассказ партнера. Полная видимость искренности и даже откровенности. И с кем? С незнакомыми людьми, которых они видят впервые в жизни? Смешно! Нам выдали добротную, хорошо продуманную легенду, но не потрудились сделать ее похожей на экспромт. Вероятно, рассказывали свою историю столько раз, что давно выучили наизусть. Я готова поверить, что Лёвкина и Гусарев и в самом деле знакомы с детства и не являются любовниками, это похоже на правду. Не знаю, что там с детством, но любовными отношениями там и не пахнет, это я могу сказать точно. И Лёвкина действительно доверяет своему помощнику, как никому другому. Муж Лёвкиной действительно служил в ФСБ, и ее отец тоже. А все остальное сомнительно. Мы с вами пока что гадаем, пора идти проверять.

Настин организм понял, что сейчас его снова начнут сгибать, корчить и распластывать по полу, и заявил о себе внезапным головокружением, словно предупреждая: будешь мной злоупотреблять — жестоко отомщу. Наверное, она сильно побледнела, потому что Петр при взгляде на свою наставницу перепугался и кинулся к ней.

— Вам плохо? Воды?

Она тяжело плюхнулась на стул и кивнула.

— Да, будьте добры.

От выпитого залпом стакана воды стало легче. Настя немного отсиделась, довольно быстро пришла в себя и аккуратно разместила капризное тело на полу рядом с таблицей. Они продолжили работать. Петр первое время то и дело бросал на Настю опасливые взгляды, видимо, боясь, что она начнет падать в обморок, но ничего эдакого не происходило, и примерно через полчаса он окончательно успокоился.

Фамилия... Опись... Протокол... Файл номер... Страница номер... Обвинительное заключение...

Фамилия... Опись... Протокол... Файл...

Фамилия... Опись... Протокол...

ГЛАВА 12

Суббота

— **П**етр, а попробуйте сложить еще один пазл из того, что случилось с нами за последние три дня.

Уже светало, Петр измучился и хотел спать, а старая вобла почему-то бодра и весела. Ему было сначала очень интересно, потому и попросился остаться и продолжить работу, ему казалось, что вот-вот, еще пять минут, еще три минуты, еще один файл — и они найдут ответы на все вопросы. Но время шло, документ следовал за документом, Каменская ползала вокруг листа ватмана, в глазах у Петра началось мелькание, цифры и буквы расплывались, тем более что качество фотографий было плохим, а «эврики» все не слышалось...

И вдруг такие неожиданные слова. Что она имеет в виду? Его разговор с незнакомцем в среду, инцидент с ней самой в четверг, а что еще?

— Сложите эти два факта с тем, что мы услышали от Лёвкиной и Гусарева, — пояснила Каменская в ответ на его недоуменный вопрос.

— И что должно получиться?

— Не знаю. Придумайте. И на объявление смотреть не забывайте, — она ткнула длинной линейкой в ту сторону, где висел написанный им собственноручно плакатик об одних и тех же фактах, из которых можно составить совершенно разные истории.

Он устал, и мысли не желали собираться ни во что хотя бы относительно внятное. Кто-то хочет закопать поглубже более успешного конкурента. Это понятно. Кто-то, кто защищает этого конкурента, а может быть, и он сам пытаются противодействовать. Тоже нормально. А дальше... Дальше не получалось. Из того, что говорили вчера бывшие следователи, к первым двум кусочкам имели отношение только слова Гусарева о том, что у его босса, как и у любого бизнесмена, есть недоброжелатели. И что? Тоже мне, великое открытие!

— У фирмы фээсбэшная «крыша», они открыто это признают. Как вы думаете, Петя, человек, который передал вам заказ, об этом знал?

Петр так растерялся оттого, что Каменская впервые за все время назвала его Петей, а не Петром, что не смог быстро сообразить, о чем она спрашивает.

— Наверное, знал, — ответил он наконец. — В бизнесе всегда знают, кто кого крышует.

— Вот и я так думаю. Выходит, этот таинственный заказчик полагает, что один молодой никому не известный журналист без связей сможет в одиночку свалить хозяйку фирмы, которую много лет поддерживает могущественная контора. Вам такое не кажется странным?

Об этом Петр вообще не думал. Ему и в голову не приходило... Средства массовой информации — это мощная сила, четвертая власть, так его учили. Прессу все уважают и боятся. Акулы пера — огромная опасность, перед ними нужно заискивать и преданно заглядывать им в глаза. Да, он, Петр Кравченко, молод, но не настолько, чтобы с ним не считаться. Он не ребенок. Он — журналист, имеющий определенную репутацию, пусть и на уровне только своего города, и тронуть его не посмеют. Если к нему обратились и готовы платить, значит, уверены в его силах и способностях, видят в нем необходимый потенциал. В чем тут нужно сомневаться?

— Муж Лёвкиной держит руку на пульсе, обладает солидным ресурсом, даже будучи в отставке, он жену в обиду не даст. Тот, кто захочет ей навредить любым способом, вынужден будет затевать большую и сложную игру с вовлечением ударных сил. Вы не можете этого не понимать. Петр, я отношусь к вам с огромным уважением, ценю вашу целеустремленность, ваш ум, настойчивость, упрямство. Я верю, что всё задуманное у вас получится и вы добьетесь своего. Честно. Но я не вижу вас в роли такой ударной силы, которая сможет противостоять «крыше», защищающей Лёвкину.

Он поскреб пальцем висок. Действительно... Почему он упустил из виду такую очевидную вещь?

— Тогда что же получается?

— Получается, что мы с вами стали пешками в какой-то комбинации, которую осуществляют совершенно посторонние люди, не имеющие отношения ни к бизнесу, ни к мадам Лёвкиной. Сначала вам указывают на Лёвкину и говорят: «Фас!» На следующий день мне указывают на вас и говорят: «Лёвкину не трогать». Что это? Клин, который пытаются вбить между нами? Меня напугают, я начну вас отговаривать и ставить вам палки в колеса, вы рассердитесь, хлопнете дверью... Нас хотят поссорить? Или как?

— Но зачем, Анастасия Павловна? — несмотря на усталость, у Петра все-таки хватило сил изумиться. — Для чего кому-то нужен конфликт между нами? Кому вообще мы с вами нужны-то?

— Не знаю, — вздохнула она.

Поднялась с пола, положила карандаши и фломастеры на стол.

— Мозг перегружен и кипит, сейчас мы все равно ни до чего не додумаемся. Надо поспать несколько часов, потом продолжим. Идите в душ, — Каменская протянула ему вынутое из шкафа чистое полотенце, — а я пока вам постелю.

Потом снова открыла шкаф и стянула с полки мужской халат из тонкой ткани.

— Возьмите. Не в футболке же вам спать, вы в ней почти сутки проходили

Когда он вышел из ванной, диванчик в кухне был готов: простыня, подушка, еще одна простыня и теплый плед.

— Если вы во сне мерзнете, могу дать одеяло! — крикнула Каменская из комнаты.

— Нет-нет, спасибо, пледа достаточно, ночи еще теплые, — отозвался Петр. — Можно я чаю выпью? Иначе не усну, привык.

— Конечно. Чай в шкафчике, выберите сами, там есть черные, зеленые и фруктовые. Разберетесь.

Халат по объему был впору, а вот длина... Петр считал себя крепким и широкоплечим, и муж у Каменской, похоже, такой же, только значительно выше ростом.

Он украдкой заглянул в комнату, ожидая увидеть, как вобла раскладывает диван и застилает его бельем. Но Каменская сидела за столом перед компьютером и что-то читала, хотя постель и впрямь была готова. Наверное, ждет, пока ванная освободится.

Он включил чайник, нашел полку, где стояли коробочки и банки с чаями, начал по очереди вынимать каждую и читать этикетки. Звук шагов из комнаты в ванную, полилась вода. Что-то позвякивало и шуршало. Петр заварил чай и с удивлением почувствовал, что спать почему-то расхотелось. Интересно, Каменская тоже выйдет после душа в халате? Вобла в халате... Смешно!

Она действительно вышла в халате, махровом, теплом, длинном, до самого пола, и с капюшоном. И выглядела, как ни странно, совсем даже не смешно. Уютно выглядела, как-то очень по-домашнему.

— Я думала, вы уже спите, — заметила она, стоя на пороге кухни.

Ему показалось, что голос ее звучит недовольно. Петр вдруг смутился и заторопился, быстрыми глотками допивая горячий чай и обжигаясь.

— Уже ложусь, Анастасия Павловна, ложусь, не мешаю вам.

— Вы не мешаете, я все равно пока спать не буду, у меня через полчаса сеанс связи с мужем, в другое время ему неудобно разговаривать, из-за разницы во времени мы с ним не совпадаем.

Петр почти обиделся. Зачем же она погнала его спать, если сама не собирается ложиться? Могли бы еще поработать. А вдруг именно сейчас они нашли бы то, что искали! Или не «они», а «она»... Он будет дрыхнуть, как дурак, а она продолжит работу и всё найдет сама.

— А вы работать будете? — ревниво спросил он.

— Нет, не буду. Устала. Внимание притупилось, а ошибок делать нам нельзя. Почитаю, пока жду звонка, поговорю с мужем, потом лягу.

— Чаю хотите? Налить вам? — предложил он.

— Петя, вам нужно отдыхать, а не чаи со мной распивать. Ложитесь спать.

— Да не хочется, правда. Еще десять минут назад умирал — так хотел спать, а потом как рукой сняло.

— Тогда наливайте, — улыбнулась Каменская.

Она принесла айпад, установила его на подоконник, уселась за стол, взяла чашку с чаем.

— Мне выйти, когда ваш муж позвонит?

— Зачем? Не нужно. Я не собираюсь скрывать от него ваше присутствие. Кстати, можно будет заодно и познакомить вас. В первый раз, когда вы приходили, мы этого не сделали, он был занят, собирался в поездку.

— Познакомить?! Тогда мне нужно одеться. Я же в халате... В его халате... Он же увидит меня...

Каменская тихонько рассмеялась.

— Петя, вы — прелесть! Ну конечно, вы в халате. А в чем еще вы должны быть? И конечно, вы в ЕГО халате, потому что не со своим же вы пришли ко мне поработать. Да, мой муж — математик, и да, он профессор, но он не с Луны свалился и не думает, что добропорядочные гости должны спать в пальто и куртках, а если халат, то, значит, что-то неприличное.

— Он у вас совсем не ревнивый?

— Он слишком умный, чтобы быть ревнивым.

Петр подумал, что за последние дни слышит эти слова уже во второй раз. В первый — в разговоре с Катей Волохиной, которая примерно то же самое сказала о своем муже. Он в тот момент в смысл не особо вникал, услышал только сигнал, дескать, ее муж самый лучший, она его любит, и никакие ухажеры-поклонники-любовники девушку не интересуют. А теперь вот и Каменская повторяет. Интересно, можно ли отсюда вывести закономерность, что у некрасивых женщин чаще всего бывают умные мужья, потому что глупые женятся на красивых? Забавно!

— Значит, никогда морду вашим поклонникам не бил?

— А у меня их и не было, — спокойно ответила вобла.

Ну да, откуда у нее поклонники возьмутся? Серая, незаметная, ничего яркого. В глаза не бросается. Хотя, может, это она к старости такой стала, а в молодости была ничего. Макияж, юбка покороче... Но это только если у нее ноги приличные. Она их под джинсами прячет, теперь вот под длинным халатом, наверное, ноги-то не очень, кривоватые или волосатые.

— Морды обычно бьют поклонникам явным, — заметил Петр. — А о тайных мужья не знают.

— Тайных тоже не было. По крайней мере, мне о них ничего не известно. Ну, на то они и тайные, чтобы оставаться в тени.

— А...

Он начал говорить и запнулся. Глупо как-то всё это. Но почему-то очень хочется рассказать.

— Да? — Каменская вопросительно посмотрела на него. — Вы хотели что-то спросить?

— Насчет тайных поклонников... Это вроде как-то старомодно. Я о таком только в книжках читал, да и то в детстве.

— Я тоже читала. Так в чем вопрос? Вас что-то удивляет?

— Мне одна девушка на днях сказала, что у нее есть тайный поклонник, который то и дело оставляет перед дверью ее квартиры белую розу. И я никак не могу понять, правда это или нет. С одной стороны, зачем ей врать? Мы ведь почти не знакомы, я за ней не ухаживаю, так что цену себе набивать вроде незачем. Но, с другой стороны, звучит невероятно. В наше время — и тайные поклонники с розами! Да кто сейчас так поступает? Получить в личку неизвестно от кого стикер с романтическим смыслом — это я бы еще понял, но покупать розу, потом переться за тридевять земель, нести ее к квартире... Нет. Не верю. А вы?

— Нести к квартире, — пробормотала Каменская.

Лицо ее стало задумчивым, казалось, мысли ушли куда-то в неведомые дали.

— Может быть, нести-то и недалеко, всего лишь на другой этаж, — продолжала она медленно и вполголоса. — Или вообще к соседней двери. Но купить нужно, тут вы правы.

— Так вы верите в тайных поклонников с розами или нет? — настойчиво допытывался Петр.

— Я верю в закон парных случаев, — очень серьезно, но совсем непонятно ответила Каменская.

Айпад ожил, затренькал вызывным сигналом, Каменская нажала пальцем на иконку, и на экране появилось улыбающееся лицо седого красавца, которому впору в кино сниматься. Это что, ее муж? Ну дает вобла! И кто бы мог подумать?!

* * *

Настя проснулась около 11 утра. Прислушалась, уловила мерный храп, доносящийся из кухни. Очень хотелось выпить кофе, но жаль мальчика, пусть поспит, она его вконец загоняла.

Она умылась, стараясь не шуметь, прокралась на цыпочках в кухню, взяла бутылку воды, большую чашку и чайник с оставшейся заваркой. Хорошо, что Петя не позарился на пакетики, а заварил чай по всем правилам, в фарфоровом чайнике, теперь у Насти есть возможность выпить. Не чаю, конечно, ибо недопустимо назвать этим благородным словом то, что получится в чашке после того, как в заварку добавят воды из бутылки. Ну и что? Будет «напиток на основе чая». Холодненькое и бодрит. Пили же раньше «кофейный напиток» из цикория — и ничего, все выжили.

Закрыла дверь, ведущую в кухню, потом дверь комнаты. Теперь можно и позвонить, Петр не услышит и не проснется. Время неудачное, позднее утро субботы, да в хорошую погоду... Все, кто может, уезжают на выходные за город. Но ждать до понедельника просто нет сил. Она лопнет, если немедленно не начнет получать ответы на вопросы.

Из этих ответов могут получиться недостающие кусочки пазла.

Но могут и не получиться. Пока не попробуешь — не узнаешь.

С Игорем Дорошиным повезло сразу, и Настя сочла это добрым предзнаменованием. Она опасалась, что Игорь увез детей на дачу или к своим родителям, но оказалось, что сегодня днем они с Ниной ведут ребят в цирк.

— Я сейчас позвоню Илоне и сообщу вам результат, — пообещал Дорошин. — Но она почти все время дома, никуда не ходит, так что, думаю, можете смело планировать встречу.

Буквально через несколько минут он перезвонил и подтвердил: старушка-филолог Илона Арнольдовна готова принять визитеров в любое время в течение дня.

— Она будет счастлива поговорить про те вскрытые квартиры, это ее любимая тема. Я-то был обыкновенным участковым, и то она мне все уши просверлила, а тут и сыщик, и журналист!

— Бывший сыщик, — уточнила Настя.

— Неважно, — отмахнулся Игорь. — Сыщики бывшими не бывают, сами знаете. Короче, представление у нас дневное, начало в двенадцать, начиная с трех часов я в полном вашем распоряжении, приезжайте в любое время.

Организовать другую встречу было труднее: Настя не была знакома с нужным человеком, и сперва следовало найти тех, кто его знает лично, и договориться, чтобы ее представили. Но и эту задачу ей удалось решить. Спасибо отчиму, много лет проработавшему в НИИ МВД и в Академии.

— Предупреждаю сразу, ребенок, — строго проговорил Леонид Петрович. — Евгений Витальевич Ярош — человек крайне малоприятный, но очень и очень знающий. Он может нахамить, причем открыто, может нагрубить и оскорбить. Может оказаться нетрезв, причем глубоко, водилось за ним такое, уходил в запои периодически. В общем, характер тяжелый, но если найти к нему подход, то он — золотое дно. Больше, чем знает о проблеме Ярош, не знает сегодня никто. И еще: если он будет говорить тебе, что прошло много лет и он чего-то не помнит, — не верь, настаивай, делай что хочешь, но добивайся, чтобы он открыл свои архивы. У него все есть, все записано, и не на компьютере, а вручную, он же начал собирать информацию еще в конце восьмидесятых.

— Как же он работал у вас с такими особенностями характера? Как служебную дисциплину соблюдал? Все-таки погоны — не шутка, они налагают определенные ограничения.

— Вот так и работал. Короче, ребенок, все поняла?

— Всё, — отрапортовала Настя.

Ребенок! Наверное, это хорошо, когда есть, кому так назвать тебя, пятидесятивосьмилетнего.

— Как Лешка?

— Все в порядке, утром разговаривала с ним. Работает. Их сегодня на два-три дня увезут куда-то на природу, не то на рыбалку, не то на шашлыки, Чистяков сам толком не вник, но ужасно злится из-за вынужденного перерыва. Ты же знаешь, он такие мероприятия не выносит, но отказаться неудобно, политесы, понимаете ли.

— Понимаю, конечно. Сам через это не один раз проходил. Как дела с ремонтом?

— Все потихонечку двигается, не волнуйся.

— Сама здорова? Не болеешь? Голосок у тебя подсевший. Простыла?

— Папуля, все нормально, как обычно, много разговаривала и мало спала.

— Ладно, поверю. Потом отзвонись, доложи, как тебя Ярош встретил. Когда я только что уговаривал его принять тебя, он уже был слегка навеселе, и это с утра. Если тебе нужна консультация именно сегодня — не затягивай с визитом, пока он по уши не набрался.

Значит, сначала к Ярошу, социологу, на протяжении многих лет глубоко изучавшему молодежные неформальные движения и собравшему огромный массив информации. Если отчим прав, то следует поторопиться. Старушка Илона Арнольдовна, будем надеяться, к алкоголю не склонна и к вечеру ясности ума не утратит.

Социолог милостиво разрешил Леониду Петровичу дать Насте номер телефона, теперь следовало позвонить и договориться о времени, а также записать адрес. Слушая голос Яроша, Настя не могла не признать, что отчим прав: две-три рюмки крепкого напитка звучали в трубке весьма явственно. Без малого тридцать лет, проведенных в сугубо мужском коллективе, научили Настю почти безошибочно определять количество выпитого по голосу и манере речи.

— Могу я узнать, чем вызван ваш интерес к моей скромной персоне? — напыщенно поинтересовался Ярош.

— Безусловно. Но не по телефону. Только при личной встрече.

— В таком случае я оставляю за собой право отказать вам в этой встрече, — сварливым тоном отозвался тот. — Я должен принимать решение сознательно и добровольно, с открытыми глазами. Если вы хотите, чтобы мои глаза оставались закрытыми, то я решение принимать не буду.

— Разумеется. Меня интересуют неонацистские группировки в Москве в середине и конце девяностых. Вы мне поможете?

— Смотря что конкретно вам нужно. Вы ответили очень обтекаемо, это колоссальный массив данных. Я человек занятой, у меня мало свободного времени, и тратить его на то, чтобы излагать непрофессионалу и неспециалисту историю вопроса, я не намерен...

— Евгений Витальевич, у меня есть фотография и список фамилий. Речь, по-видимому, идет об одной-единственной группировке, и мне нужна помощь, чтобы узнать о ней все, что можно. О самом движении есть много информации, и множество специалистов могли бы о нем рассказать, но то, что знаете вы, не знает больше никто, я в этом уверена.

— Ладно, — смягчился Ярош. — Привозите свою фотографию, я посмотрю. Запишите адрес.

Значит, вот как с вами нужно разговаривать, Евгений Витальевич Ярош... Вас не устраивает позиция первого среди средних и обыкновенных, вы хотите, чтобы вас признавали первым среди лучших. Понятно, выиграть у слабого противника — невелика честь, а вот победить чемпиона — совсем другая песня. Хотя и в том, и в другом случае ты — победитель. Но, как говорится, есть нюанс. Поэтому при встрече с Ярошем ни в коем случае нельзя говорить, что никто, кроме него, ничего не знает и не понимает в проблеме. Следует всячески подчеркивать, что специалистов много, и специалистов прекрасных, очень знающих, и любой мог бы, конечно, но... есть нюанс.

Всё, хватит разводить санаторий, пора будить Петра. Завтракать и бегом к Ярошу, пока он еще относительно трезв.

* * *

Магазин с отделом кулинарии, где можно было купить незамысловатую еду и кофе «навынос», попался на глаза почти сразу, как только Настя и Петр вышли из дома социолога Яроша. Неподалеку виднелась скамейка. Идеальное место для того, чтобы прийти в себя.

— Я сейчас умру, — простонала Настя. — Разбаловала меня жизнь на пенсии, утратила я выносливость. Раньше была более тренированной, чужой негатив переносила легко, даже не замечала и не уставала от него.

— Да, тяжело было, — согласился Петр. — Приходилось постоянно делать над собой усилие, чтобы не нагрубить в ответ. Язык так и чесался, если честно.

Петр взял какие-то котлеты, которые ему любезно подогрели в микроволновке, Настя — винегрет, к контейнерам прилагались пластиковые маленькие вилочки. И кофе, конечно же, два высоких картонных стакана с крышками и трубочками. Вот такой у них сегодня получается обед.

— Сейчас отдышимся немножко, и я позвоню Дорошину, — сказала Настя.

Встреча с Евгением Витальевичем Ярошем и вправду прошла тяжело, зато результативно. Хорошо, что отчим заранее предупредил о характере и алкоголизме социолога, Настя подготовилась, внутренне собралась, проинструктировала Петра. Пока они добирались до Яроша, тот успел, по-видимому, пропустить еще пару рюмочек. Некоторые люди от выпитого расслабляются и добреют, некоторые же, как Ярош, становятся мрачными и агрессивными. Настя напрягалась изо всех сил, чтобы говорить правильные слова и избегать неправильных реакций на откровенное хамство хозяина дома, и теперь чувствовала себя разбитой, раздавленной и ослабевшей. Ну ничего, бывает. Переживем. Главное — результат.

А результат был очень и очень неплохим. Настя показала Ярошу длинный список фамилий, составленный ею на рассвете, уже после того, как Петр заснул. В этом списке были фамилии всех свидетелей, так или иначе фигурировавших в деле Сокольникова. Для чистоты эксперимента она включила в список всех подряд, даже тех, кто по возрасту или статусу никак не подходил на роль «участника молодежной группировки». Например, мать и отца Андрея Сокольникова, сотрудников и друзей убитых супругов Даниловых, одним словом, всех без разбору. После долгих вежливо-льстивых уговоров Ярош, преисполненный осознанием собственной значимости, забрал список и унес в другую комнату, запретив гостям идти вслед за ним. Слышались звуки выдвигаемых и задвигаемых ящиков, злобное чертыхание, шлепанье на пол тяжелых папок. Когда Евгений Витальевич вернулся, в списке стояли крестики напротив четырех фамилий. Одна из них — Сокольников, другая — Щетинин.

Ярош поведал, что в апреле, как обычно, вокруг даты дня рождения Гитлера активность неонацистов оживала, но в 1998 году они уж слишком яростно ринулись пропагандировать свою идеологию, и в соответствующих органах решили больше не ждать и провести наконец давно готовившуюся операцию по обезглавливанию движения хотя бы в столице России. На представленной фотографии запечатлен один из отрядов, в который входил Андрей Сокольников. Группенфюреры и активисты отрядов, а также более крупных звеньев были арестованы, в их числе и командир Андрея. Группа стала распадаться, пацаны растерялись, никаких указаний сверху не поступало. Постепенно все сошло «на нет». Неонацизм, конечно, уничтожить на корню не удалось, он и по сей день живет, но в тот момент удар нанесли сильный, и молодые фашистики на какое-то время примолкли, некоторые группы потом возродились, а некоторые так и канули в безвестность.

Дмитрий Щетинин числился в том же отряде, что и Сокольников, и был лет на шесть-семь старше Андрея. И два других свидетеля, чьи фамилии Ярош отметил крестиком, тоже из этого отряда. Щетинин был одним из ближайших помощников арестованного командира. Поскольку отряд был совсем небольшим, никого, кроме «главного», не тронули, остальные члены группы, по-видимому, считались не представляющими опасности. Скорее всего, им не могли предъявить обвинений ни в чем уголовно наказуемом, прямых доказательств не собрали. На момент развала отряда Дмитрий числился заместителем директора фонда, а примерно через полгода сменил место работы. Сокольникова посадили за тройное убийство.

— В общем, как всегда, контора рулит, — злобно процедил сквозь зубы Ярош.

— Контора? — непонимающе переспросил Петр.

— Ну а как вы думали? — неожиданно взъярился Евгений Витальевич. — Приличный мальчик, тихий, никому не нужный — и садится за убийство, а дважды судимый Щетинин мало того, что фондом каким-то командует, так еще и переходит в службу безопасности к какому-то фирмачу.

— У Щетинина были судимости? Мы не знали.

— А вы вообще что-нибудь знали?! Сыщики, мать вашу! У Димы Щетинина за плечами были две ходки за грабежи и разбои. Ну, времена были такие, что можно было и с пятью судимостями хорошую должность занимать, ничего удивительного.

— Тогда при чем тут контора, если и без нее всё было возможно? — не унимался Петр.

— Уголовники без конторы проживут, это верно, а вот контора без них — нет, — усмехнулся Ярош. — Закон жизни. Еще есть вопросы?

Настя сказала, что больше вопросов нет, и поблагодарила, стараясь экономить слова и побыстрее закончить: социологу хотелось выпить, и он ерзал как на иголках, желая, чтобы гости поскорее вымелись из его обители.

И вот теперь они с Петром сидели на скамейке, поедали свой обед из контейнеров, запивая горячим, но невкусным кофе, и пытались подвести итоги и вставить в картинку очередной пазл.

— На что Ярош намекал? На то, что Щетинин стучал в ФСБ? — спросил Петр.

— Угу, — кивнула Настя.

Винегрет был весьма ничего, огурцы островаты, на ее вкус, а так — вполне достойно. Судя по лицу Петра, котлеты похвалы не заслуживали.

— Тогда получается, что Лёвкина и Гусарев...

— Получается, — согласилась Настя, не дав ему договорить. А чего тут говорить, когда и так все понятно? Только силы зря тратить. Мужья не только защищают своих жен и помогают им, но и используют, когда есть необходимость и возможность. Точно так же, как и жены помогают мужьям и используют их. А в деле Сокольникова и необходимость была, и возможность.

Что имеется по фактам? Андрей Сокольников дружит с Дмитрием Щетининым, это можно считать установленным точно. Они в одном отряде. Андрей рассказывает Щетинину о том, что совершил убийство, значит, отношения более чем доверительные. Правда, Щетинин утверждает, что не поверил, счел фантазиями-похвальбушками. Но все равно, кому попало о таком рассказывать не станешь, даже если это ложь, значит, отношения близкие или хотя бы давние. Нет, все-таки близкие, ведь Андрей познакомил Щетинина со своей сестрой, иными словами — практически ввел в семью. Знакомство Щетинина с сестрой Сокольникова, причем отнюдь не шапочное, — факт, установленный следствием, в противном случае женщину не стали бы допрашивать по поводу наличия автомобиля. Да и визиты в пустую квартиру возможны только при наличии ключей, получить которые можно лишь у родственников Андрея или у него самого.

Следователи быстро и должным образом отреагировали на информацию о причастности Сокольникова к неонацистской группировке и дали задание оперативникам установить круг друзей обвиняемого по отряду. Оперативники назвали три имени, все трое были вызваны на допросы, двое явились, один — нет. В командировке он. В больничке. Следователи проявляют настойчивость, ведь двое допрошенных утверждают, что с Щетининым Андрей Сокольников общался теснее всего, как же можно с ним не побеседовать? А вдруг он знает что-то важное, что позволит получить новые доказательства! В ответ на настойчивость поступает вежливо, но твердо высказанная «просьба» проявить максимальную деликатность: если уж никак нельзя обойтись без допроса Щетинина, то ладно, так уж и быть, вызывайте, допрашивайте, но в рамочках, в рамочках, без самодеятельности, Щетинин — фигура нужная, полезная, нам очень пригодится. В конце октября Щетинина наконец-то допрашивают, все нейтрально: ничего не знаю, не в курсе, долго отсутствовал. В общем, ему объяснили, как нужно себя вести и что говорить, и все получилось гладко.

Через три месяца что-то пошло не так, и Щетинина снова вызывают на допрос. Он повторяет все то же самое: отсутствовал, не в курсе, но почему-то добавляет, что Сокольников рассказывал ему про какое-то убийство, однако Щетинин решил, что это глупая выдумка, потому что вряд ли Андрей мог убить трех человек. Андрей вообще был склонен фантазировать о себе. Вероятно, именно эти новые факты в показаниях заставили адвоката настаивать на проведении очной ставки. Следователям это было сто лет не нужно, у них же есть указание насчет Щетинина. Чего добивался адвокат? Вероятнее всего, он хотел, чтобы во время очной ставки оказались опровергнутыми слова свидетеля, утверждавшего, что «Андрей сам рассказывал». Не мог Андрей ничего рассказывать, это ложь и оговор, он невиновен и убийств не совершал! К тому времени Сокольников уже вовсю отпирался, отказывался и от явки с повинной, и от собственных показаний, данных ранее. А защитник обязан поддерживать позицию своего доверителя, даже если не согласен с ней или знает, что доверитель лжет.

Что могло пойти не так? Почему Щетинина снова допрашивали в январе? Зачем он сказал, что Андрей признавался ему в убийстве? Поведение глупое и необъяснимое, если исходить из единственной задачи: как можно дальше дистанцироваться от человека, обвиняемого в тройном убийстве, ведь в анамнезе уже есть две судимости, ни к чему лишний груз на себе таскать.

А если задача была другой? Если состояла совсем не в этом? Тогда в чем? Это вопрос, на который Настя еще будет искать ответ, а пока надо идти дальше по фактам. После нового допроса назначается очная ставка, во время которой адвокат Сокольникова проявляет хватку и ловкость, стараясь изобличить свидетеля хоть в какой-нибудь лжи и вызвать тем самым у следствия недоверие к его показаниям в целом, а Дмитрий Щетинин то ли под напором опытного юриста, то ли по скудоумию, то ли от напряжения и нервозности допускает грубейший промах, проговаривается, что несколько раз в течение сентября бывал в квартире на Чистопрудном. Следователь промах замечает и пытается исправить, у него же есть указание насчет «рамочек», но не таков адвокат, чтобы спустить подобное с рук. Это тоже факты, подтвержденные записями в протоколе.

Что за отношения связывали Андрея Сокольникова и Дмитрия Щетинина, который был старше на несколько лет? Почему в его присутствии Сокольников «не мог» давать объяснения по некоторым обстоятельствам? И по каким именно? Или по всем, которые выяснялись в ходе очной ставки?

Опять сплошные вопросы...

— Анастасия Павловна, у вас есть какие-то предположения, почему все так вышло? — спросил Петр.

Они уже все доели и выпили, даже выбросили пустую тару в урну и теперь сидели на солнышке, наслаждаясь теплом. Минут через десять пора будет возвращаться к машине и ехать к Дорошину, а пока можно расслабиться и никуда не бежать.

— Есть одно, но хилое. Даже озвучивать стыдно.

— Да бросьте! У меня вообще никакого нет.

— Я думаю, что они совершили убийство вдвоем, Сокольников и Щетинин. Но Сокольников признался, а Щетинин — нет, и подельник его не сдал.

— Почему?

— Этого мы никогда не узнаем, но можем придумать. Три убийства, совершенные в одном и том же месте, в квартире, в короткий промежуток времени, исчисляемый минутами, и при этом три разных орудия и три разных способа. Это похоже на дело рук одного и того же человека, не являющегося профессиональным киллером?

— Не похоже, — согласился Петр.

— Три трупа, которые нужно вынести на себе с четвертого этажа вниз и запихнуть в легковой автомобиль. Один труп — шестилетнего ребенка, это еще так-сяк, но двое других — взрослые мужчина и женщина. Сокольников производит впечатление спортсмена-штангиста?

Для убедительности Настя вынула из сумки фотографию и подержала перед глазами журналиста.

— Не производит. Но если у Сокольникова был подельник, то почему вы думаете, что именно Щетинин? Может, кто-то другой.

— Может, — легко согласилась Настя. — Но тогда откуда взялся отказ давать объяснения в присутствии именно Щетинина? Вы сказали вчера одну очень правильную вещь: мотивом может быть данное кому-то обещание. Сокольников обещал Щетинину молчать. Он, конечно, не герой, вполне мог проявить слабость и, может быть, наедине со следователем ответил бы на все вопросы, но сделать это, глядя в глаза тому, кого предаешь, — окаянства не хватило. А вот адвокату Сокольников как раз мог во всем признаться и получить четкие инструкции. Тут ведь какие варианты? Первый: я убил, и я был один. Второй: я убил, но нас было двое, а это уже «по предварительному сговору группой лиц», то есть состав более тяжкий. И третий: я не убивал. А вдруг повезет и удастся выскользнуть? Шансов, конечно, мало, но в любом случае идти в суд одному лучше, чем в составе группы. Адвокат это очень хорошо понимал и подзащитному своему разъяснил: как бы дело ни повернулось, соучастников у тебя быть не должно, при группе ответственность не делят на всех, а наоборот, умножают. Внезапно возникший конфликт — совсем не то же самое, что заранее сформировавшийся умысел, сговор и последовавшая за ним подготовка к совершению преступления.

— Что-то я вашу логику не улавливаю, — в голосе Петра зазвучало сомнение. — Зачем надо признаваться следователю, если иметь соучастника в любом случае хуже? В чем признаваться-то?

— Это я так, фантазирую, — Настя улыбнулась девочке-подростку, проходившей мимо них с кокер-спаниелем на поводке. Собака кинулась к Петру, ткнулась носом в брючину, учуяв оставшийся на его руках запах кулинарных котлет, попыталась лизнуть пальцы, девочка резко дернула поводок и испуганно посмотрела на молодого человека: не испугался ли? Не начнет ли сейчас громко браниться? — Например, убийство Даниловых мог совершить кто-то другой, тот же Щетинин, возможно, вместе с кем-то еще, а Сокольникова каким-то манером уговорили взять преступление на себя. И следователю он вполне мог бы в этом признаться. Если бы он назвал имена настоящих преступников и убедительно описал обстоятельства, при которых его сподвигли на самооговор, то все могло повернуться совсем иначе. Но он ведь почему-то этого не сделал.

— Или сделал, — горячо заговорил Петр. — Но этим показаниям не дали хода, потому что Щетинин работал на контору, стучал на своих друзей по отряду, то есть внес определенный вклад в дело разгрома движения. Значит, его труд оценили и в ситуации с убийством Даниловых помогали выскочить, оказывали давление на следствие и суд. Типа «пусть лучше сядет невиновный, но своего человека мы не отдадим». Могло же так быть? Смотрите, как все сходится!

— Могло быть всё, что угодно. Жизнь такая, — философски заметила Настя. — Мы и сейчас-то живем в стране чудес, а уж в девяностые... Ни одна писательская фантазия не породит того, что могло быть и реально бывало в те годы на самом деле.

Посмотрела на часы и поднялась.

— Пора, Петя. Поехали к Игорю, попробуем разобраться с розами.

* * *

— Ну ни фига ж себе! — восхищенно присвистнул Петр, оглядывая увешанные постерами стены прихожей и коридора в квартире Игоря Дорошина. — Они же все с автографами, Анастасия Павловна, вы видите? Он что, с ними со всеми знаком?

Настя понизила голос до таинственного шепота:

— Скажу вам больше, Петя: Игорь не просто с ними знаком, он на них деньги зарабатывает. Большие, между прочим.

— Крышует, что ли?

— Песни им сочиняет.

— Да ладно! — не поверил Петр. — А чего вы раньше молчали, не предупредили?

— Времени не было, мы же с вами всю дорогу только о деле говорили. Сокольников — Щетинин, Щетинин — Сокольников...

— Вы где там застряли? — послышался из комнаты голос Игоря. — Проходите сюда, сейчас я позвоню Илоне, предупрежу, что мы поднимаемся к ней. Она двумя этажами выше живет.

Настя огляделась, ища глазами зеленоглазого Айсора и пару молодоженов-сибиряков.

— А где ваши зверята?

— Я их закрыл от греха подальше, Айсор научил молодых искусству вредить всем незнакомцам, могут и на ботинок гостю напрудить. Всю жизнь мне попадаются кошки, не переносящие чужаков. Я сперва думал, что это планида у меня такая, а потом понял, что они передают опасливость и осторожность от старых к молодым, вроде как опытом делятся. Кто-то из самых первых был сильно напуган, наверное, с ним какой-то чужак плохо обошелся, вот и пошло.

Насте при первом знакомстве очень понравилась Нина, и она надеялась сегодня снова с ней встретиться, но оказалось, что подруга Игоря после циркового представления повезла детей на дачу к их маме, бывшей жене Дорошина.

— Высокие у вас отношения, — хмыкнула Настя, — прямо как в «Покровских воротах».

— Не высокие, а деловые. У новой Юлькиной свекрови китайские хохлатые, целых три души, собирается бридингом заняться, надеется разбогатеть на этом. Ну и дергает Нину по каждому поводу, хочет, чтобы собачки были здоровенькими и активно размножались.

Выходит, бывшая жена Игоря успела выйти замуж во второй раз. А Нина ни словом не обмолвилась об этом. Видно, и в самом деле жестко соблюдает принцип: с посторонними о личном, даже о чужом личном, не разговаривать, если не спрашивают в лоб.

Дверь квартиры Илоны Арнольдовны Игорь открыл своим ключом.

— Я у бабушки доверенный сосед, — пояснил он. — У меня есть ключи на всякий случай, а то мало ли что в таком-то возрасте. Упадет, до телефона не дотянется, дверь открыть не сможет. У нас с ней договоренность: каждый день я звоню в определенное время, и если она не отвечает — бегу проверять, не случилось ли чего. Заходите, Илона в комнате сидит, небось работает.

— У нее что, родных нет?

— Почему нет? Полно. Дочь, зять, внучка с мужем, внучкины дети, еще куча каких-то родственников. Все в Москве. Но бабушка у нас упрямая до невозможности, ни с кем жить не хочет, предпочитает одиночество и независимость. В гости приходить — пожалуйста, она всегда рада, но вместе жить — ни за что. Такой характер. Ей и сиделку предлагали, и просто помощницу — ни в какую.

Хозяйка квартиры, худощавая невысокая седовласая дама в очках, действительно сидела за большим письменным столом, обложенная книгами и бумагами. При появлении гостей Илона Арнольдовна с трудом встала и потянулась за прислоненными к книжному шкафу ходунками. Теперь стало заметно, насколько она сгорблена. Настя с сочувствием подумала, что когда такие проблемы с позвоночником, то и при здоровых-то ногах сложно удерживать равновесие, а уж при больных...

Они принесли с собой торт, который выбирали в магазине по подсказке Игоря, знавшего вкусы своей соседки. Чай пили за овальным столом, гости — на стульях, как положено, Илона Арнольдовна восседала в кресле с высокой спинкой и подставкой для ног.

— Когда я была маленькой, у нас была соседка, старая полька, которая все время жаловалась, что не может купить себе удобное кресло, — рассказывала Илона. — Мой папа ей говорил: «Пани Кароля, очень вы капризная, удобное кресло — это барство, а у нас страна рабочих и крестьян. Мы всей семьей на табуретках сидим — и ничего, а вам кресло подавай, да еще удобное. Постыдились бы!» А она ему отвечала: «Вот доживешь до моих лет, тогда и узнаешь, каково это, когда все тело болит и ни на одном стуле сидеть не можешь». Папа смеялся над ней, и я тоже не понимала, какая разница, на чем сидеть, как сидеть? Да хоть на корточках или на полу! Я тогда совсем девчонкой была, что я могла понимать? А дожила до старости и болезней — и ой как хорошо поняла пани Каролю.

— А почему вы сказали, что она старая полька? — спросил Петр.

— Потому что пани Каролина была полькой и была старой, — с улыбкой ответила Илона. — И я тоже полька по отцу, потому и имя у меня такое... м-м... нерусское. Мы жили в западной части Украины, эти территории раньше принадлежали Польше, и в нашем доме польских семей было больше, чем украинских или русских.

— Илона Арнольдовна, — начала Настя, — Нина мне рассказывала о вскрытых квартирах...

— Ниночка! — перебила ее профессор. — Золотко мое! Она всегда так внимательно меня слушает, не то что ты, обалдуй.

Она бросила на Игоря укоризненный взгляд.

— Ты думаешь небось, что старуха совсем из ума выжила, и все, что я говорю, мимо ушей пропускаешь. А Ниночка твоя слушает, вникает, запоминает. И, как видишь, не зря, профессионально подготовленные люди заинтересовались.

Во время разговора с Ниной в консерватории история не была рассказана до конца, их прервали, и больше они к вскрытым квартирам не возвращались. Теперь же выяснилось, что кроме эпизодов с розой и тортом, Илоне удалось найти в своем микрорайоне еще две квартиры, хозяева которых поведали о похожих случаях. В одной квартире неизвестный затейник оставил трехрублевую купюру, положив ее на кухне в центр стола и придавив стеклянной пепельницей, в другой — снова розу. Илона Арнольдовна, занимавшая в те годы активную жизненную позицию, потратила немало времени не только на то, чтобы найти «пострадавших», но и на то, чтобы довести до сведения милиции: происходит что-то странное и опасное. Если первая часть ей более или менее удалась, то со второй профессор потерпела полное поражение. Ее никто не хотел слушать. Ее выгоняли из всех кабинетов. Над ней смеялись. Ее избегали и давали указание «не пропускать».

— Вот если в нашем районе произойдет серия квартирных краж, тогда...

— Вот если люди, на которых вы ссылаетесь, заявят, что у них что-то пропало, тогда...

— Вот если кого-то убьют, тогда...

В конце концов, Илона Арнольдовна устала и сдалась. Но ничего не забыла.

— В каком году это произошло? — спросила Настя.

— В восемьдесят седьмом, я точно помню.

Две розы, торт «Птичье молоко», три рубля... Школьник? Только если сам уже начал воровать. Для школьника при доходах и ценах того времени подобные траты не характерны. Самый дорогой билет в кино на вечерний сеанс на широкоформатный односерийный фильм — 70 копеек, а днем можно и 10—20 копейками обойтись, если сидеть в первых, самых неудобных, рядах. Брикет пломбира за 48 копеек одному не съесть, покупали на троих-четверых, а если не сливочное, а фруктово-ягодное, то вообще 7 копеек за стаканчик. Проезд на метро и автобусе — пятачок, на троллейбусе — 4 копейки, на трамвае — 3. Взрослые работающие мужчины, получающие зарплату, планировали бюджет из расчета «рубль в день на обед и сигареты». У школьников собственных доходов не было, им родители выдавали «на кино, мороженое и булочку со стаканом сока в школьном буфете». Сколько же должно быть у подростка в кармане денег, чтобы он покупал розы, раздаривал трешки и тратился на торты? И кстати, о торте: «Птичье молоко» невозможно было просто купить в любом магазине, его нужно было либо «доставать» по блату, через знакомых, либо выстоять огромную очередь в кулинарии при гостинице и заказать. Мест, где принимали подобные заказы, было совсем немного, то ли два на всю Москву, то ли три, то ли вовсе одно, этого Настя в точности припомнить не могла, потому что заказывать торт не приходилось ни разу. «Птичье молоко» ей не нравилось, она не фанатела от нежного суфле и не понимала, почему вкус торта называют божественным. Они с Лешкой всегда предпочитали простенькие недорогие шоколадно-вафельные тортики, которые можно было почти всюду купить без проблем.

Нет, обычный школьник не годится. Школьник-вор, пожалуй, тоже: если уж вскрыл чужую хату, так укради. А ни у кого ничего не пропало. Наоборот, прибавилось.

Стало быть, человек постарше. Имеет хороший отработанный навык вскрытия замков, делает это очень аккуратно, можно сказать — виртуозно, не повреждая механизм. Скорее всего, имеет набор профессиональных воровских инструментов. Вор, который не ворует? Это вообще как? Доктор Джекилл и мистер Хайд? Сегодня я ворую, а завтра раздаю? Раздвоение личности? Шизофрения?

Все четыре эпизода в одном районе, дома находятся в шаговой доступности друг от друга. Затейнику удобно? Он где-то поблизости живет или работает? Или он развлекался по всей Москве? Нет, не очень похоже: если бы эпизодов было действительно достаточно много, то при разбросе по всему городу информация рано или поздно всплыла бы. Кто-то кому-то поведал как анекдот, тот рассказал другому... Профессиональная среда на самом деле довольно узкая, и пусть тех, кто халатно относится к своей работе, всегда было много, все равно когда-нибудь история достигла бы ушей человека внимательного и сообразительного. «Вот она и достигла, — насмешливо сказала себе Настя. — Только через тридцать лет. Поздновато. Но все равно любопытно».

Что же это за спец по замкам такой таинственный, который обладает воровским мастерством, но при этом не ворует?

Хорошую историю про старую пани Каролю рассказала бабушка Илона, спасибо ей.

И злой сплетнице, соседке Зое Леонидовне, тоже спасибо большое, очень вовремя она со своим выступлением подоспела.

Закону парных случаев — отдельный низкий поклон.

* * *

— Я отвезу вас домой? — предложила Настя Петру. — Уже семь вечера, день почти закончился. Вы мне обещали поискать Ксюшиных друзей...

— Давайте я лучше у Аллы спрошу, так будет проще и быстрее. Она наверняка всех их знает, и телефоны есть.

— А давайте не надо, — рассердилась Настя. — До тех пор, пока мы не поймем, для чего вокруг нас с вами устроили пляски с бубнами, мы должны сидеть тихо и не подавать виду, что нас интересует переход флешки с материалами из рук в руки. Неонацистское движение — ради бога, про него есть упоминание в деле. Торт, съеденный тридцать лет назад, — еще лучше. Но вопросы, задаваемые Алле Владимировне, Ксюшиной родственнице, это совсем другая песня. Эти наши хореографы, любители плясок, знают о вас, знают обо мне, и не только наши имена, но и адреса. Они даже знают про мой ремонт и финансовые проблемы. Они легко нас вычисляют, где бы мы ни находились. Вас нашли в кафе, меня поймали на перекрестке. Это означает, что они все время рядом, наблюдают за нами, следят, смотрят. Возможно, подходят очень близко и даже слушают, о чем мы разговариваем. Вы меня поняли, Петя?

— Понял, — буркнул он. — Вы опять меня отодвигаете?

— Я хочу, чтобы вы отдохнули. Но я понимаю, что вы мне не верите.

— Я верю...

— Нет, — Настя покачала головой и свернула под арку. Этот сквозной проезд недавно открыли, раньше его не было, и благодаря Коле Селуянову Настя теперь имела возможность сокращать дорогу на целых три минуты даже при свободных трассах, а уж в часы пик, да при девятибалльных пробках, экономия выходила минут в 20, а то и все 30. — Вы мне не верите. Вы думаете, что я сейчас приду домой и начну делать что-то жутко интересное и невероятно важное, а вы останетесь в стороне. Но вы правы, Петя. Зная ваше упрямство и вашу непослушность, будет лучше, если вы какое-то время помаячите у меня перед глазами. Искать Ксюшиных друзей вы можете и у меня дома, ноутбуку без разницы, где вы его включаете. Мы сейчас поедем к вам, вы подниметесь, переоденетесь, возьмете все, что вам нужно, на два-три дня. Хорошо?

— Конечно, Анастасия Павловна! — радостно отозвался Петр.

«Мальчишка, — подумала она почти с нежностью. — Рвется в бой, хочет успеха и славы. Не понимает, во что ввязывается».

— Говорите адрес.

* * *

«У сушеной воблы паранойя, — насмешливо думал Петр, глядя на скользящие мимо окна зданий, вывески, рекламные щиты. — Сама же сказала недавно, что для большой игры мы не годимся и дело не в ФСБ и не в Лёвкиной. А в чем тогда? Лёвкина со своими связями, деньгами и с сомнительной профессиональной биографией — да, это фигура, и интерес к ней легко мог вызвать реакцию. А больше в деле ничего нет, все остальное быльем поросло. Вобла все время упирает на логику, а тут дала маху. Если нас щиплют за задницы серьезные люди, значит, дело в Лёвкиной и Гусареве. А если дело не в них, стало быть, и люди не серьезные, и не фиг их бояться. Уж что-нибудь одно. А воблу послушать, так выходит, что нас обложили со всех сторон, следят за каждым нашим шагом, но происходит это вовсе не потому, что следователи когда-то за большие деньги посадили невиновного, а по совсем другой причине. Ну и по какой же, интересно? По какой такой причине, если во всем деле этих причин — одни только Лёвкина и Гусарев? Не фамильные же ценности, в самом-то деле! Хотя... Почему бы и нет? А вдруг они действительно были? Кто-то их спер, имя вора есть в деле, какой-нибудь свидетель, или эксперт, или понятой, или опер, может, участковый. Узнал, что делом заинтересовались, и боится, что мы докопаемся».

— Анастасия Павловна, а если это те фамильные ценности, которые украли из квартиры Сокольникова? — спросил он осторожно.

— Нет, — Каменская отрицательно мотнула головой.

— Но почему сразу «нет»? Вы считаете, что дело не в следователях. Ладно. Тогда в чем? Столько усилий прилагается — и ради чего? Реликвии вполне подходят.

— Вот и я не понимаю, ради чего, но очень хочу понять. А в наличие ценных реликвий я не верю, мы это уже обсуждали.

Старая зануда. Сушеная вобла. Логики вообще ни грамма, одно упрямство.

— Петя, а где живет эта ваша девушка с розами? Вы адрес знаете?

— Нет, — удивленно протянул Петр. — Вы что, хотите с ней встретиться? Поговорить?

— Для начала я хотела бы просто посмотреть на дом, подъезд и дверь ее квартиры.

— Для чего? Вы думаете, что тридцать лет назад и сейчас розы раздаривал один и тот же человек?

— Вполне возможно. Мы же именно эту гипотезу и проверяли, когда ходили к Илоне Арнольдовне. И вы с этим соглашались. А теперь почему-то удивляетесь.

— Да я не удивляюсь, просто не получается же! — с досадой воскликнул Петр.

Вобла не просто нелогичная, она еще и тупая, оказывается. Если бы Илона рассказала, что в некоторых случаях квартиры вскрывались, а в некоторых — нет, и подарки оставлялись под дверью, на лестничной площадке, тогда другое дело. А так получалось, что тридцать лет назад замки открывали, а сейчас не открывают. Кажется, по-научному это называется «модус операнди», вобла что-то такое говорила. Так вот, модус этот совершенно разный, и какой смысл... Мутит она что-то, крутит, недоговаривает. Или плохо соображает.

— Давайте сперва посмотрим своими глазами, а потом решим, получается или нет, — миролюбиво ответила Каменская. — Можете адрес узнать?

— У меня даже телефона этой девушки нет, — признался Петр.

— А у кого есть?

— У Аллы должен быть.

Он полез в карман за телефоном, но Каменская его остановила.

— Сначала подумайте, что вы скажете Алле Владимировне. Зачем вам номер телефона девушки, за которой вы, по вашему собственному признанию, не ухаживаете? Какое у вас к ней дело?

— Алла хотела, чтобы я как журналист...

— Прекрасно. Вот на этом и стойте. А девушке что скажете? Зачем вам ее адрес?

— Ну, тоже что-нибудь в этом роде, наверное. Ей про наш интерес к розе тоже не надо говорить, что ли?

— Никому не надо, Петя. До тех пор, пока мы не поймем, в чем засада, надо как можно меньше говорить с третьими лицами и вообще вести себя тихо.

Нет, ну точно, у воблы паранойя. Интересно, это старческое или остатки профессионального? И чего она затеяла докапываться про розу? Ей-то какое дело? Хотя история и впрямь любопытная, и если выяснить, что произошло тридцать лет назад с этими вскрытыми квартирами, можно забацать шикарный материал. Руководство будет в восторге, такие материалы всегда отлично идут с кучей рекламных ссылок, ведущих любознательного читателя с сайта на сайт, а каждый сайт и каждая реклама — это деньги, капающие в редакционный карман.

Номер Катиного телефона Алла дала, не задав ни единого вопроса. Похоже, она заметила первоначальный интерес Петра к девушке и сочла, что интерес этот получил дальнейшее развитие, так о чем тут еще спрашивать? А вот о том, что сказать Кате, пришлось подумать пару минут. Но он придумал.

— Это далеко? — спросил он у Каменской, назвав ей адрес. — Нужно совсем в другую сторону ехать?

— Как ни странно, нам сегодня необыкновенно везет, — ответила она. — Это в той же части города, куда мы и направляемся. Ваша Катя живет в пяти минутах езды от вашего дома, поближе к МКАД.

Ну надо же, как бывает! Он думал о девушке, вспоминал ее чудесную улыбку, даже позволял себе мечтать, как могло бы быть, если бы... А она находилась совсем рядом, всего в нескольких минутах езды на машине. Впрочем, теперь это уже не имеет никакого значения. Катя Волохина перестала быть интересной Петру Кравченко. Одна только мысль о возможном разговоре с ней вселяла ужас: опять про страшное, про тяжелое и неприятное, про болезни, страдания и смерти... Нет! Он не хочет. Он хочет успеха и славы, яркой и красивой жизни, он хочет радости и любви, а не вот этого всего, мрачного и невыносимого, от которого мгновенно портится настроение.

* * *

Такой тихий субботний вечер нечасто выпадал в нынешней жизни Кати Волохиной.

День получился тяжелым, она вместе с психологом ездила к родителям их домашнего подопечного. Бывшего. К сожалению, этому ребенку больше ничего не потребуется, а ведь столько всего осталось... Препараты, предметы гигиены и ухода, приспособления, детское инвалидное креслице, игрушки. Некоторые родители отдавали всё хоспису безвозмездно, хотя и покупали когда-то за свои деньги, некоторые брали плату чисто символическую, но бывали случаи, когда осиротевшие взрослые вели себя, на сторонний взгляд, не вполне адекватно.

На сторонний, но не на взгляд Кати. Она слишком хорошо знала, как могут вести себя и дети, измученные страхом и физической болью, и взрослые, истерзанные болью душевной. Знала и умела относиться к этому с пониманием.

Потому и Славика простила. Ведь он ездил к Дмитрию Алексеевичу не денег выпрашивать и ни словом не заикнулся о примирении с богатым тестем. Он просил помочь найти работу. Да, хорошо оплачиваемую, но он готов за высокую зарплату выкладываться по полной, работать без выходных, выполнять все самое тяжелое и неприятное, от чего порой пытаются отстраниться даже очень близкие. Он не подарков хотел, не безвозмездной помощи, не подачек от Катиного папы.

А то, что наговорил ей сгоряча гадостей и мерзостей... Так именно что сгоряча. От усталости, от овладевшего им на несколько секунд чувства безысходности. Уж чего только Катя не наслушалась на своей работе от взрослых людей! Всё бывает. И нужно уметь прощать и забывать. Надо только четко разделять позицию и момент. Вот у отца — именно позиция, убеждение, принципы, поэтому его слова и то, что он сделал, выкинув дочь и зятя из своей жизни, никакому прощению не подлежат. А то, что наговорил ей по телефону муж, — отражение всего лишь тяжелого момента. И единственная правда, которая есть в его словах, состоит в том, что он безумно устал, а вовсе не в том, что он ее не любит и женился только по расчету.

Женя ушел в гости к однокласснику, у них сегодня какой-то онлайновый турнир, Светочка на занятиях в танцевальной студии, у Славика свободный день. Так редко получается провести пару часов вдвоем в тишине, просто посидеть рядом, помолчать или посмотреть телевизор.

— Кто звонил? — вяло поинтересовался Славик, когда она положила телефон.

— Тот журналист, с которым меня познакомили, я тебе рассказывала.

— Чего хотел?

— Сказал, что подумывает написать статью о нас. Если окажется по делам в нашем районе, то заедет поговорить, адрес спросил.

— А-а, — протянул Славик, — понятно.

Катя видела, что мыслями он где-то далеко, и ее ответы про журналиста его не сильно интересуют.

— Кать...

— Да?

— Я что хотел спросить... А как ты вообще узнала, что я ходил к Дмитрию Алексеевичу? Он сам тебе сказал? То есть ты с ним общаешься, а мне запрещаешь?

«Набрался храбрости наконец-то», — подумала Катя. В тот вечер, во вторник, вернувшись от Аллы Владимировны, Катя сказала мужу всё, что сочла нужным. Славик выслушал ее и облегченно вздохнул. Он так радовался, что обошлось, и не будет ни развода, ни разрыва, ни даже скандала, что счел за благо не затрагивать опасную тему и ни о чем не спрашивать. Но узнать все-таки очень хотелось. Несколько дней терпел, мучился, но сейчас, видно, решил, что можно спросить.

— Я с ним не общаюсь. Мне сестра написала.

— Сестра? Которая из? Старшая или совсем старшая?

— Совсем старшая, Людмила.

— Ты никогда не говорила, что вы переписываетесь, — с упреком заметил Славик.

— Мы не переписываемся. Она прочитала в интернете про наш аукцион, вот и решила написать мне. В первый раз. Отец им помогал, пока Людмила не стала взрослой, и делал это не сам, а через дядю Диму, так что Людмила с ним контачит. Он ей рассказал о тебе, а она — мне.

— Понятно, — снова задумчиво протянул он. — Ты ей ответила?

— Нет. Зачем?

— Как — зачем? — искренне удивился Славик. — Это же твоя сестра! Родная сестра!

— Всего лишь единокровная, — поправила его Катя.

— Да какая разница! Родной человек, старшая сестра!

— Я ее не знаю.

— И что? Так узнай. Напиши ей, расскажи о себе, подружись, пригласи в гости.

— Она живет не в Москве.

— Ну и что? Приедет. Или давай мы все вместе к ней съездим, познакомимся поближе.

Катя чуть отодвинулась от мужа, сняла с плеча его руку, потянулась к пульту, убавила звук телевизора.

— Ты что, Славик? Зачем тебе все это?

— Потому что это неправильно — отказываться от родственников, — с горячей убежденностью проговорил Славик. — Мы с тобой оба через это прошли. Я бросил родителей, но они алкоголики, которые сами первые бросили нас ради своей водки и вольной жизни. Я по ним не скучаю, с ними нам очень плохо жилось, но я скучаю по семье, понимаешь? Мне хочется, чтобы рядом были и младшие, которых я люблю, и старшие. Младшие есть, а старших нет. Ты не хочешь мириться с отцом, твоя мать вообще неизвестно где, и мы с тобой оба...

Он никак не мог подобрать нужные слова, чтобы объяснить, но Катя примерно догадывалась, что он хочет сказать. Они — сироты при живых родителях.

— У меня есть хотя бы Женька и Светочка, — продолжал Славик. — А у тебя совсем никого нет.

— У меня есть ты, — возразила она. Ее задело, что Славик назвал только брата и сестренку, а о ней, жене, даже не вспомнил, словно Кати нет в его жизни. Но обострять разговор ей не хотелось. — Я понимаю, что ты имеешь в виду. Но Людмила — не вариант. Она злая.

— Откуда ты знаешь?

— Из письма видно. Она ненавидит отца и ищет себе соратников в этом деле. Я — пас.

— Ты тоже ненавидишь его, — заметил Славик.

— Я? Нет. Он меня оттолкнул, он так решил, и я это приняла. Моя жизнь сильно осложнилась, но ненависти к нему я не испытываю.

— Значит...

— Нет, — резко оборвала она, — не значит. Ненависти не испытываю, но и на поклон к нему я не пойду.

— А если он сам предложит? Захочет помириться? А, Кать?

— Не захочет и не предложит. А даже если и захочет, все равно после того, что было, помощь не приму. Я сама.

Подумала немного и поправилась:

— Мы сами.

Она посмотрела на часы и вздохнула. Пора идти за Светой, через пятнадцать минут занятия закончатся. Обычно девочку приводил брат, но сегодня его отпустили на весь вечер, до окончания турнира. У парня нет своего компьютера, так пусть хоть в гостях наиграется. Ничего, когда-нибудь все наладится, и у детей будет все, что нужно. Надо только верить в себя и в свои силы, не опускать рук, очень много работать и какое-то время потерпеть.

* * *

Дом, в котором жила Катя Волохина, был типичным «муравейником», многоэтажным и многоподъездным, по нс элитным. «Хорошо, что сейчас субботний вечер, — подумала Настя, паркуясь на свободном месте, — народ на дачах, есть куда машину приткнуть». Они с Петром медленно прошли вдоль фасада, высматривая камеры. Не факт, что камеры работающие, но они были. В подъезд вошли вместе с юной парочкой, правда, для этого пришлось некоторое время подождать, кода домофона они не знали, а повода спросить его у Кати Петр вовремя не придумал. Поднялись на нужный этаж, тихонько подошли к двери.

Дверь тяжелая, стальная, современная. И замок современный, сложный, такой за несколько минут не вскроешь.

— Пошли, — шепнула она Петру, — я увидела все, что хотела.

В лифте можно было разговаривать, не понижая голоса.

— Тридцать лет назад не было ни камер, ни домофонов, в подъезд любого дома, кроме тех, где сидели консьержки, кто угодно мог войти без проблем и остаться полностью незамеченным. И замки у подавляющего большинства стояли типовые, простенькие. Человек, который легко справлялся с такими замками в восемьдесят седьмом году, вполне мог спасовать перед современной инженерией. Он достаточно осторожен и понимает, что даже если удастся вскрыть дверь, в ход пойдут камеры.

— То есть вы думаете, что это один и тот же человек? — обрадовался Петр.

Мальчишечка почуял запах сенсации. Что ж, его можно понять.

— Я этого не исключаю.

— Но ведь целых тридцать лет прошло! Даже тридцать один, если быть точным. Он же...

— Что? — насмешливо спросила Настя. — Старый уже? А может, даже умер давно?

По тому, как смешался Петр, она поняла, что примерно угадала ход его мысли. Ясное дело, двадцатипятилетний молодой человек считает, что живет на свете уже достаточно долго, а тридцать лет — это больше, чем он прожил, то есть вообще неизмеримая вечность. На самом же деле если затейнику-дарителю в восемьдесят седьмом году было лет двадцать или чуть больше, то сегодня он моложе самой Насти, а она... Ну да, она чувствует возраст, ощущает начало старения, но она еще не старуха, далеко не старуха! И — да, есть вещи, которые когда-то она выполняла с легкостью, а теперь стало труднее, но пока еще нет ничего, о чем можно было бы сказать: вот раньше могла, а сейчас уже не могу совсем. Она всё может, только теперь на это требуется больше времени и тратится больше сил.

Хотя нет, есть такая вещь, есть. Одна. Анастасия Каменская, скорее всего, не сможет больше влюбиться так, чтобы потерять голову, наделать глупостей и изменить Лешке. Когда-то в молодости могла, а теперь — вряд ли. Но это связано не столько со старением, сколько с характером и жизненным опытом.

Она завела двигатель и собралась тронуться, когда Пстр вдруг схватил сс локоть:

— Вот она!

И тут же сполз пониже. Он успел пристегнуться, и теперь ремень безопасности мешал и давил.

— Кто?

— Катя, — прошипел он. — С девочкой идет, с сестрой мужа.

Настя постаралась внимательно рассмотреть девушку, которая прошла мимо машины, ведя за руку симпатичную худенькую девчушку лет десяти. Самая обыкновенная, лицо усталое, глаза за стеклами очков видны не очень хорошо. Одета просто и практично, Настя и сама всю жизнь так одевается: джинсы, майка или джемпер, куртка, удобная обувь без каблуков. Походка легкая, красивая, осанка идеальная, и при достаточно невзрачной внешности, упакованной в дешевую одежду, Катя Волохина оставляла впечатление силы и целеустремленности.

— Она занималась танцами? — спросила Настя, проводив глазами Катю и девочку до самого подъезда. — Да сядьте вы нормально, они уже в дом вошли.

Петр, кряхтя, уселся как положено.

— Насчет танцев — не в курсе. Я почти ничего о ней не знаю, кроме того, что она замужем и что с ними живут младшие брат и сестра ее мужа. Ну и с отцом у нее какие-то терки, на прессухе журналисты об этом спрашивали. Почему вы спросили про танцы?

— Походка, осанка. Впрочем, бывает, что и от природы. Не суть важно.

До дома, где Петр снимал квартиру, они доехали ровно за 4 минуты.

— Действительно, совсем рядом, — удивленно хмыкнул Петр, вылезая из машины. — Подниметесь?

Настя отрицательно покачала головой.

— Мне нужно сделать пару звонков, я внизу подожду.

— Я быстро, — пообещал Петр. — Мне только побриться, принять душ, переодеться, всё нужное в сумку побросать.

— Не торопитесь, — улыбнулась она. — Мы никуда не спешим.

Первый звонок — Сереже Зарубину, заместителю начальника отдела, в котором Анастасия Каменская проработала много лет.

— Ты где? — спросила она, когда Сергей ответил. — Не на службе, надеюсь?

— На даче.

Ну слава богу! Мир не перевернулся, стоит на

ногах, и хоть кто-то в этот чудесный теплый субботний вечер оказался за городом, на природе, как
и положено добропорядочному обывателю.

— Сержик, помощь нужна.

— Срочно? Мне складывать себя в штаны
и куда-то лететь?

В его голосе сквозило беспокойство. В кои-то
веки выехал с семьей на дачу — и на тебе! Настя
знала Зарубина очень давно и понимала, что ради
старой дружбы он сорвется и поедет, куда нужно
и когда нужно, даже рискуя нарваться на скандал
с женой. У них и без того все непросто в отношениях...

— Без жертв, Сержик. Все решается по телефону.

— Говори! — потребовал Зарубин с нескрывае-
мым облегчением. — Ты же знаешь, матушка Пална,
я с виду неказист и невелик, а по телефону я — гигант возможностей.

— Надо подсветить персонажа по фамилии Щетинин.

— Ща, момент, бумажку и ручку возьму. Так...
Щетинин... Имя-отчество?

— Только инициалы. Д.А. Предположительно
Дмитрий, но не точно.

Ярош назвал Щетинина «Димой», но нельзя
забывать, из каких источников социолог черпал
информацию. Какое имя на самом деле записано
в паспорте? Настя могла бы с ходу припомнить
десятки и сотни случаев, когда люди в бытовом
и дружеском общении именовались не тем именем, которое дано при рождении и фигурирует
в официальных документах. Да тот же Владислав
Стасов, которого все называют Владом или Вла-

диком, а его жена Татьяна — почему-то Димой. Марина может оказаться по паспорту Матлюбой, Артем — Сергеем (да-да, и такое было!), Евгений — Евсеем... Не каждого устраивает его настоящее имя, и причины могут быть разными, например, оно неудобно для окружающих, непривычно слуху или труднопроизносимо, оно кажется неблагозвучным или плохо сочетается с фамилией, да просто не нравится, в конце концов. Человек ощущает себя Робертом, с двумя угрожающе рычащими «р», а родители нарекли его сладкозвучным нежным именем «Валентин». За инициалом «Д.» может скрываться не только Дмитрий, но и Денис, и Давид, и Диоклетиан, и бог весть кто еще.

— Год рождения?

— Неизвестен, но не позже семидесятого и вряд ли раньше шестидесятого.

— Ну ты даешь! И как с такими убогими данными его искать?

— Погоди, это еще не все. У него могут быть две судимости по сто сорок пятой и сто сорок шестой в период до девяносто восьмого года.

— Это по старому УК или по новому? Компьютер составов не понимает, он только номера статей знает, а по новому УК номера-то другие.

— Если он к девяносто восьмому году уже отсидел и вышел, значит, первая судимость точно по старому, а вторая — не знаю, но думаю, что тоже.

— Все равно маловато, фамилия не выдающаяся, без имени, отчества и года рождения трудно будет найти правильно, однофамильцев куча, страна-то огромная.

— Круг поисков можно сузить. В девяносто восьмом — девяносто девятом он проходил свидетелем по делу об убийстве. В протоколе указано, что на момент октября девяносто восьмого он числился заместителем директора какого-то фонда, но ты же понимаешь, что мог и наврать, на допросе у свидетелей справку с места работы не требуют, так что сведения ненадежные. Дело вели следователи из Центрального округа Москвы. Есть вступивший в законную силу приговор, дело находится в архиве Мосгорсуда.

— Ну, матушка Пална... — заблажил было Сергей.

— Не «матушка Пална», а номер дела запиши, — засмеялась Настя в ответ.

Она продиктовала шестизначный номер, который видела за последние дни столько раз, что все-таки запомнила наизусть, за что мысленно похвалила себя.

— Это тебе для работы? — деловито поинтересовался Зарубин.

Настя правильно понимала смысл и подтекст вопроса. Частные детективные агентства постоянно и активно пользовались услугами действующих сотрудников полиции как в части наружного наблюдения или охраны, так и в части добывания информации. За это полагалось платить. Зарубин, конечно, денег с нее не взял бы, но не сам же он будет собирать информацию о Щетинине.

— Нет, — честно призналась она, — не для работы. Это частный заказ, мой собственный. Если нужно, я заплачу сколько положено, расценки мне известны.

— Ладно, разберемся по ходу. Как срочно?

— Сутки-двое терпит.

— То есть убиваться насмерть и делать за пять минут не надо?

— Надо, — снова рассмеялась она, — но я не настаиваю. Я же понимаю, выходные.

— Люблю я тебя, матушка Пал48на, — вздохнул Сергей. — Всегда-то ты утешишь, всегда развлечешь, с тобой не скучно.

— И я тебя люблю, батюшка Кузьмич, всегда-то ты поможешь, всегда поддержишь, — поддразнила Настя.

Второй звонок она сделала своему бывшему начальнику Гордееву, но по мобильному он не ответил, абонент оказался вне зоны действия сети, а по городскому внук сообщил, что Виктор Алексеевич с супругой плавает на круизном теплоходе по Средиземному морю и вернется в Москву дней через 10. Ладно, тогда будем звонить Бычкову.

— Дочка! — обрадовался Назар Захарович. — А я уж решил, что ты меня забыла.

— Имейте совесть, дядя Назар, мы с вами месяц назад разговаривали, — возмутилась Настя.

— В моем возрасте каждый разговор может оказаться последним, — спокойно заметил Бычков, — так что месяц — это очень много. Ты вот как-нибудь позвонишь, а тебе Элка моя скажет: нету дяди Назара, уж месяц как схоронили.

— Да тьфу на вас! Типун вам на язык!

— Ладно-ладно, — дробно захихикал он. — Просто так звонишь, проведать, или надобность какая?

— Мне надо найти людей, которые работали инспекторами по делам несовершеннолетних в Москве в Черемушкинском районе в период с середины семидесятых по середину восьмидесятых. Реально?

— Эк ты замахнулась, дочка! Это ж сколько лет прошло!

— Много, — признала Настя. — Но вы же в здравом уме и при твердой памяти, значит, и они могут быть такими же. Шанс небольшой, но есть.

— Да мне-то скоро восемьдесят стукнет. Не все доживают, не всем так везет. Кстати, придешь поздравить?

— Обязательно! Так как, дядя Назар?

— Поищем, подумаем, попробуем... Что конкретно нужно — скажешь?

— Скажу. Мне нужно знать, не проживал ли в Черемушках в те годы опытный медвежатник с бурным прошлым, вышедший на покой. Понимаю про сто первый километр и про прописку, но всякое ведь бывало, вы сами знаете. Мать-инвалид, единственный кормилец и все такое. Или вообще проживал без прописки.

— А малолетки тут каким боком?

— Да вот подумала, может, он от скуки и одиночества мастерство передавал, молодняк обучал. Инспекторы могли знать об этом, они же в те годы всех проблемных подростков на контроле держали.

— Это да, — согласился Бычков, — если такое было, инспекторы точно знали. Я уже сообразил, кому позвонить и кого поспрашивать. Ладно, с этим решим. Скажи-ка, ты Ромку моего рыженького давно видела?

— Давно, где-то с полгода назад, а что?

— Он женится! — торжественно сообщил Назар Захарович. — Созрел наконец-то!

— Правда? На ком? На Дуне?

— Ну а на ком еще-то?

Бычков, казалось, даже обиделся за своего ученика, заподозренного в легкомысленном донжуанстве и быстрой смене невест. А Настя ужасно обрадовалась. Молодой оперативник Роман Дзюба был ей очень симпатичен своей открытостью, готовностью принимать и обдумывать все новое и неожиданное, гибкостью мышления и незашоренностью. А его Дуняша — просто чудо, золотой лучик, озаряющий светом и обогревающий теплом все вокруг себя. Дай бог им счастья.

* * *

Петр проявил хозяйственность и вместе с туалетными принадлежностями и сменой белья прихватил всё, что смог выгрести из своего холодильника: упаковки мясных, рыбьих и сырных нарезок.

— Купил себе на бутерброды, — пояснил он, — чего добру пропадать?

— Отлично! На ужин и употребим.

Журналист нарезал толстыми ломтями хлеб, Настя сварила кофе. Съеденная на лавочке скудная еда из кулинарии пробежала через желудки и куда-то провалилась давно и глубоко, у Илоны Арнольдовны оба деликатно пили только чай и к принесенному торту не притронулись, потому сейчас оба сжевали бутерброды со зверским аппетитом.

— Если я буду искать Ксюшину переписку, то как же вы с таблицей одна справитесь? — с беспокойством спросил Петр. — Вы же замучаетесь.

— А я и не буду заниматься таблицей. Я буду искать подтверждения тому, что убийц было двое, может быть, трое, но точно больше одного. На самом деле я почти на сто процентов убеждена, что так оно и было, но подозрения к делу не пришьешь, нужны аргументы. Три разных способа убийства — хорошо, но не достаточно. Поведение Сокольникова на очной ставке — тоже неплохо, наводит на размышления, но по факту ничего не доказывает. Прямых доказательств я, конечно, не найду, даже нечего надеяться, но при убедительном количестве косвенных буду чувствовать себя увереннее. Как только на что-то наткнусь — сразу же вам покажу и все объясню, не сомневайтесь.

— Но вы по-прежнему считаете, что одним из убийц был Сокольников? Вы полностью отвергаете вариант, что он сознательно взял на себя чужое преступление, к которому не имел никакого отношения?

— Петя, мы с вами для чего по буквам разбирали акт судебно-психиатрической экспертизы? У специалистов не возникло никаких сомнений в том, что, говоря об убийстве Георгия Данилова, подэкспертный описывал то, что пережил в реальности. Из троих потерпевших как минимум один совершенно точно на совести Андрея Сокольникова. А вот с двумя другими трупами — большой вопрос. Как погибла Людмила? Кто в нее стрелял? Как погиб ребенок? Идеально было бы, конечно, иметь полный текст протокола первого допроса Сокольникова, чтобы сопоставить его с текстом явки с повинной, последующими показаниями, которые он давал, пока не начал от всего отказываться, и с результатами экспертиз, но увы... Самый главный для нас на данный момент протокол тщательно раздербанен на кусочки. В нем оставлены все жалобы на то, какими плохими соседями были Даниловы и как тяжело жилось рядом с ними интеллигентному молодому человеку, привыкшему к порядку и аккуратности, зато все, что касается ситуации преступления, имеется лишь частично.

— И как же теперь?

Настя пожала плечами и открыла папку с фотографиями первого тома.

— Ну, как-нибудь. Будем работать с тем, что есть.

— А вдруг вы ничего не найдете?

Она повернулась к Петру и протянула ему чистый лист бумаги.

— Пишите еще один плакат. Всегда что-нибудь есть. Роберт Пенн Уоррен. «Вся королевская рать». Написали? Берите кнопки, прикрепляйте. Если я не найду, значит, я плохо искала. Или мозгов не хватило, или внимательности. Но оно есть. Потому что всегда что-нибудь есть.

Но Петр почему-то проявлял упрямство и не отставал.

— Ну да, есть, и вы это уже нашли: три разных способа и очная ставка. Почему вы так уверены, что есть что-то еще?

— Я ни в чем не уверена. — Настя сделала глубокий вдох, чтобы не дать вырваться раздражению. — Моя задача — учить вас читать дело, я сто раз это повторяла. Мне совершенно все равно, был у Сокольникова подельник или нет, я не оперативник и не следователь, я не работаю по этому делу, поймите же, наконец! Но если в материалах есть документы, на примере которых я могу вас чему-то научить, то я должна это сделать.

— Все равно я не понимаю ваших методов, вашей логики. То вы говорите, что нами кто-то манипулирует и вы хотите понять, кто и почему, то вас интересует, кто почистил материалы, то занимаетесь Щетининым, то затейником с розами, а потом вдруг все бросаете и начинаете искать доказательства того, что Сокольников совершил преступление не в одиночку. Если вы считаете, что всё это между собой связано, то почему ничего не объясняете? Или вы так привыкли: за все хвататься и ничего не доводить до конца?

Он прав. То, что она дслает, действительно может производить странное впечатление, если ничего не объяснять. А она привыкла не объяснять, просто делать и выдавать результат. Не дано ей быть учителсм. С другой стороны, какие еще объяснения нужны? Всё же очевидно, хотя и не доказано.

— Извините, — тихо сказала Настя. — Я не права. Манипулировать пытается тот, кто удалил часть документов. Мы не закончили работу с таблицей, но уже сейчас видно, что помимо информации, негативно характеризующей обвиняемого, довольно тщательно из материалов убирали упоминания о Щетинине. Негатив убирала, скорее всего, мать.

— Может, она и Щетинина убрала. Почему вы думаете, что это сделал кто-то другой?

— Рука другая, — усмехнулась Настя. — Если кто-то из свидетелей говорил о ее сыне что-то не очень хорошее, она удаляла эту страницу, но оставляла титульную. Ей даже в голову не приходило, что при желании можно разыскать человека и задать ему вопросы, ведь на титульной странице указываются паспортные данные, в том числе и адрес. А тот, кто пытался спрятать от нас Щетинина, о титульных листах помнил очень хорошо. Манипулятор, чистка флешки и Щетинин — эти три точки между собой связаны. Почему нужно прятать Щетинина? Потому что он был информатором ФСБ? Или потому, что он был соучастником убийства? Таким образом, к указанным трем точкам добавляется четвертая: вопрос наличия подельника. Вы сейчас меня снова спросите, почему мы не пытаемся найти мать или сестру Сокольникова, чтобы узнать у них, кому они передали флешку, ведь это так просто!

— Ну да, а вы мне ответите, что ваша задача научить меня искать ответы в материалах дела, а не действовать, как все нормальные люди. Правильно?

— Почти. Попробуйте представить, что будет, если мы пойдем вашим путем. Мы приходим к матери Сокольникова, задаем вопрос, она отвечает, что не помнит имени, какой-то журналист, или адвокат, или депутат, или правозащитник, или одноклассник, или она вообще его не знает. Это в лучшем случае. В худшем же она называет нам имя, но оно оказывается липовым, а в самом худшем варианте через полминуты после нашего ухода звонит ему и сообщает, что мы приходили и интересовались. Человек начнет беспокоиться, нервничать, и кто знает, чего еще он удумает? Пока что ему кажется, что все идет, как он задумал, по его плану, по его схеме. Разговор с вами в кафе и слова, сказанные мне на перекрестке, — вещи совершенно невинные, я даже испугаться не успела, а вы-то и вовсе обрадовались. Он дергает за ниточки — и мы послушно поворачиваемся в нужную сторону. Он умный, чертовски умный, Петя. Он легко и с блеском проделал свой фокус, заставил нас пойти к Лёвкиной и убедиться, что она и ее дружок Гусарев — это не то направление, по которому интересно идти. Манипулятор хочет, чтобы мы шли в другую сторону, только я не могу сообразить пока, в какую именно, поэтому не хочу делать резких движений. Если он поймет, что схема не работает, то может пустить в ход более тяжелые орудия. Нам это надо?

— Я понял. А вскрытые квартиры и розы? Они тут при чем?

— Не знаю. Может, и ни при чем. Но я не люблю совпадений, не верю в них, они меня нервируют. Я знаю, что они бывают, и довольно часто, но предпочитаю сначала проверить, случайность это или нет.

Настя посмотрела на часы.

— Время идет, а мы все разговоры разговариваем. Дело не двигается. Давайте работать, Петя.

* * *

Настя примерно представляла, что именно хотела найти. Где-то в первом томе были показания свидетеля, видевшего из окна, как в июне Сокольников ночью уезжал на своей машине. Следователь, как и полагается, давал участковым и оперативникам задание на поквартирный обход с целью выявления возможных свидетелей. Может быть, кто-то слышал крики из квартиры, где проживали Сокольников и Даниловы? Может, кто-нибудь видел, как по лестнице тащили трупы? Прошло два с половиной месяца, и крайне маловероятно, что люди смогут указать точную дату, но пусть бы припомнили сам факт. Однако поиски ничего не дали. Ни криков, ни «габаритного груза». Разве может один человек, не имеющий специальной подготовки, совершить три убийства тремя разными способами с такой скоростью, так молниеносно, что никто и пикнуть не успел? Сомнительно. Или крики все же были, но никто не обратил на них внимания, потому что Даниловы и в самом деле постоянно и сильно выпивали, приводили к себе таких же пьющих друзей, и шум, доносящийся из квартиры, давно стал привычен соседям и никого не удивлял?

Теперь перемещение тел из квартиры в машину. Есть свидетель, который видел, как кто-то ночью открывает багажник автомобиля «Мазда» белого цвета (именно такой автомобиль и принадлежал Андрею Сокольникову, и ставил он его обычно на одно и то же место, то самое, которое указал свидетель. Других автомобилей того же цвета или той же марки у жильцов дома не числилось). Более того, называет точную дату и почти точное время. Этот же свидетель утверждает, что через какое-то время, довольно долгое, автомобиль уехал. Феноменальная память у этого свидетеля, право слово! В середине сентября безошибочно вспомнить событие, которое наблюдал почти три месяца назад, и при этом не старался специально зафиксировать в памяти, потому что не мог даже предположить, насколько это может оказаться важным впоследствии. Эх, всем бы следователям хотя бы по одному такому свидетелю на каждое уголовное дело, они бы горя не знали.

Почему следователи не засомневались в точности показаний свидетеля, обладающего подозрительно хорошей памятью? А вот и объяснение: «Я проснулась от боли и поняла, что начинается приступ. Посмотрела на часы, было начало первого. Время помню хорошо, потому что это важно. Если бы было часов семь, я бы потерпела до открытия аптски, у мсня прспарат для инъскций закончился, дома не было. Я вызвала «Скорую» и стала ждать, думала, они быстро приедут. Выглянула в окно и увидела, что белая «Мазда» трогается с места, где была припаркована, и подъезжает вплотную к двери подъезда, потом увидела, как поднимастся крышка багажника. На этой «Маздс» ездит Андрей, фамилии не знаю, он живет в доме напротив и ставит машину на это место. Автомобиль стоял передним бампером в сторону нашего дома, при поднятой крышке мне не было видно, кто стоит у багажника. «Скорой» не было очень долго, я несколько раз смотрела в окно, не могла дождаться медиков, потому что приступ был очень сильным. Примерно через час я услышала, как хлопнула дверца, подумала, что приехали врачи, посмотрела в окно и увидела, что белая «Мазда» выезжает из двора. Это было в ночь с 20 на 21 июня. Дату помню точно, потому что на двадцать первое июня у меня были билеты в театр и я переживала, что не смогу пойти, если боли будут продолжаться».

Что ж, убедительно. Воспоминание привязано к значимому событию. Плюс природная внимательность и хорошая память. Показания свидетеля вполне подтверждают то, что говорил Сокольников. Целый час — достаточно для того, чтобы даже в одиночку перенести и уложить в машину три тела: два в багажник и одно на заднее сиденье. Правда, сил на такой «подвиг» израсходуется столько, что вряд ли захочется сразу после этого сесть за руль. Но на адреналине человек может горы свернуть, проверено практикой.

Однако... Да, пожалуй...

Действительно ли между «поднимается крышка багажника» и «белая «Мазда» выезжает из двора» прошел час? Положение, в котором находился свидетель, говорит о том, что времени прошло куда меньше. Намного меньше. Раза в два как минимум. Жаль, что минуло двадцать лет! Если бы речь шла о совсем свежем преступлении, проще всего было бы запросить справку у диспетчера «Скорой»: в котором часу поступил вызов и когда бригада прибыла по адресу. Но кто ж теперь даст такую справку... Если уж в СИЗО, где находятся преступники, срок хранения документов всего два года, то на «Скорой»... Шансов нет.

— Как ваши успехи? — осторожно спросила она Петра. — Удалось кого-нибудь найти?

Тот быстро что-то печатал, прикусив нижнюю губу. Лицо его было сосредоточенным и как будто немного обиженным.

— И да, и нет, — ответил он, поставив точку и отправив сообщение. — Нашел Ксюшиных друзей, нескольких отловил онлайн, вступил с ними в контакт, наплел какую-то хрень. Двое послали меня подальше, правда, вежливо, три человека только поздоровались и больше не отвечали на мои сообщения, еще трое написали, что переписку с Ксюшей давным-давно удалили за ненадобностью. Из этих троих один парень вспомнил, что она что-то говорила ему насчет материалов из анонимного источника. Якобы ей кто-то вручил запечатанный конверт, в котором лежали флешка и типа сопроводительного письма, мол, внимательно изучите представленные материалы, в них очень много интересного для пытливого добросовестного журналиста. Что-то в таком духе. Парень якобы посоветовал ей не связываться с информацией из анонимных источников, потом проблем не оберешься, но Ксюша якобы ответила, что сама информация в части достоверности сомнений не вызывает, и она уже начала читать и видит кое-что любопытное. Обещала в дальнейшем делиться находками, но через пару недель уже заболела и попала в больницу, а потом... Ну, сами знаете.

— Мне нравится трижды повторенное слово «якобы», — улыбнулась Настя. — Значит, наши с вами занятия не прошли даром, вы начинаете понимать цену словам, не подтвержденным фактами и документами. Хотите лабораторную работу?

Петр оживился.

— Давайте! А то я уже изнемог от общения с этими друзьями-подругами, которым нужно объяснять, кто я такой, откуда знаю Ксюшу и почему интересуюсь последним периодом ее жизни. Вы что-то нашли?

— Еще не знаю, сейчас будем проверять.

Она открыла входную дверь, вернулась в комнату, сняла с полки два толстенных тома энциклопедии.

— Вам придется взять меня на руки вместе с книгами, — заявила она. — И спуститься с грузом на восемь лестничных пролетов, что равно четырем этажам.

— А книги зачем?

Похоже, само по себе предложение поносить своего наставника на руках у молодого человека вопросов не вызвало. Значит, сообразил, что к чему. Умничка!

— Из троих потерпевших Георгий был, по идее, самым тяжелым. Помните, в деле есть прижизненная фотография Даниловых на каком-то застолье, эту фотографию направляли вместе с черепами на вторую судмедэкспертизу для идентификации? На снимке видно, что Георгий покрупнее и потяжелее супруги. Допустим, он весит килограммов семьдесят, это самое малое, в действительности, я думаю, побольше. Мой вес — шестьдесят, плюс два тома для утяжеления. Представьте, что вам нужно вынести мое бездыханное тело. Как понесете?

— Через плечо.

— Разумно, это удобнее. Тогда мне придется положить книги в сумку. Будем исходить из того, что преступник начал с самого тяжелого тела, пока силы еще не растрачены, то есть с Георгия. Потом он перенес женщину и в самую последнюю очередь — ребенка. Или вы поступили бы иначе?

— Да нет, — Петр пожал плечами, — пожалуй, так бы и поступил. Так что, нести?

— Несите.

— Не боитесь, что уроню вас? Я не хилый, конечно, но все-таки не штангист.

— Боюсь, — призналась Настя. — А что делать?

— У вас что, чемодана нет? Набейте его книгами до нужного веса, и не будем рисковать вашим здоровьем.

— И как вы его на плечо поднимете? Такой вес ни одна ручка не выдержит. И потом, человеческое тело, даже мертвое, но еще не окоченевшее, это совсем не то же самое, что чемодан. Другая технология движений. Вам предстоит сделать три похода: со мной и с книгами, со мной и без книг, и с шестью томами в сумке.

— Но лифт же! Он там есть, выносной, мы с вами видели!

— В девяносто восьмом году его не было.

— Откуда вы знаете?

— В деле есть документы из РЭУ, они на всякий случай предоставили не только план квартиры, но и план этажа целиком, а следователь приобщил все до кучи. Так вот на плане этажа видно, что никакой лифтовой шахты, ни внутренней, ни выносной, там не было.

Петр посмотрел на нее с уважением.

— Уели вы меня, Анастасия Павловна. Ну, погнали.

Он легко подхватил ее и одним махом закинул на плечо. Настя едва успела сжать в руке кожаные ручки дорожной сумки с томами энциклопедии. Она висела вниз головой, держа сумку обеими руками. Было ужасно неудобно и тяжело, сумка при каждом шаге норовила ударить Петра по ноге. Несколько раз ей казалось, что она вот-вот свалится и ударится теменем о ступеньку лестницы.

Петр быстро устал. Если первый пролет он преодолел довольно резво, то на втором уже притормозил, а к концу восьмого пыхтел, задыхался и делал паузу на каждой ступеньке. Опустил он Настю неловко, и она все-таки упала и ударилась, правда, не головой и не очень, как ей показалось, больно.

— Простите, — пробормотал он сконфуженно. — Нагрузка непривычная.

— Все нормально. Отдышитесь, и пойдем наверх.

— Пешком? — безнадежно спросил Петр.

— Пешком. У Сокольникова лифта не было.

— Сколько минут можно отдыхать?

— Сколько нужно, столько и отдыхайте. Это не проверка на выносливость, а лабораторная работа. Сокольников был физически слабее вас, и ему тоже нужно было отдыхать, особенно если он действовал в одиночку, без соучастников и помощников.

Когда все три прохода остались позади, Петр с трудом переводил дыхание. Выпив залпом два стакана воды, он плюхнулся на диван и закрыл глаза.

— Жуть какая. Сколько получилось?

Настя назвала время.

— Это только чисто три прохода этажей. А еще укладывание в машину, тоже требует времени, сноровки и сил.

— Говорят, что нести труп тяжелее, чем живого человека такого же веса. Это правда? — спросил Петр, не открывая глаз.

— Правда. И не забудьте эмоциональную составляющую: у вас на плече мертвый человек, вы держите его руками, касаетесь щекой. Такие впечатления сильно выматывают, отнимают силы, даже если вам кажется, что вы гигант цинизма и равнодушия и вам всё по фигу. Сознание подбрасывает вам иллюзии, но подсознание знает всё и видит, как оно есть, а не как вам хочется.

— Ясно... Но за час Сокольников, пожалуй, мог справиться.

— За час — мог, — согласилась Настя. — А если прошел не час, а значительно меньше?

— Тогда вряд ли. Но свидетель же сказал, что прошло не меньше часа. Вы сами говорите, что воспоминания привязаны к значимым событиям и в них можно не сомневаться.

— Сомневаться всегда можно. И нужно. Свидетель посмотрел на часы, когда проснулся от боли, ему нужно было принимать решение, вызывать ли врачей или дождаться открытия аптеки и купить лекарство, чтобы сделать укол самостоятельно. В этой части показаниям можно доверять. Но когда белая «Мазда» выезжала из двора, свидетель на часы не смотрел, и его ощущение, что прошло очень много времени, не меньше часа, является субъективным. Когда испытываешь сильную боль и ждешь, что тебе помогут, восприятие времени искажается, каждая секунда кажется вечностью. Спросите любого врача, работавшего на «Скорой», и он вам расскажет сто пятьдесят историй о том, как бригада прибыла на вызов в течение семидесяти минут, а больной кричит: «Почему так долго?! Я вас три часа жду, я больше не могу терпеть, я чуть не умер!» Думаю, что в нашем с вами случае прошло на самом деле минут двадцать, возможно, чуть меньше. Ночь, пробок нет.

— Ну да... Тогда получается, что Сокольников в одиночку вряд ли смог бы уложиться в такое время. А следователи почему не обратили внимания на это?

— На психологические особенности формирования показаний очевидцев вообще мало кто обращает внимание, хотя в науке все давно исследовано и разработано. Но кому эта наука нужна? Кто читает научные книги? Наука в нашем деле, Петя, востребована тогда, когда позволяет ответить «да» или «нет». Точно и определенно. Принадлежат ли следы рук Иванову? — Да. Выстрелена ли пуля из пистолета, изъятого у Петрова? — Нет. А когда наука заставляет сомневаться, она только мешает. Сами подумайте, кому нужна наука, которая говорит: если очевидец утверждает, что видел серый автомобиль с красной полосой, то имейте в виду, что это может оказаться голубой автомобиль без всяких красных полос. Что опер или следователь будут делать с этими знаниями? Куда их приткнуть?

Петр открыл наконец глаза, оторвал затылок от подголовника, выпрямил спину.

— Да ладно! Насчет серого автомобиля с красной полосой — это вы серьезно? Или так, для наглядности преувеличили?

— Абсолютно серьезно.

Настя поискала глазами нужную книгу, сняла с полки. Книга о психологических особенностях показаний очевидцев была старой, в мягкой обложке, между страниц торчали многочисленные разноцветные самоклеющиеся полоски-закладки, а поля испещрены карандашными пометками. Когда-то давно она заглядывала в эту книгу чуть ли не каждую неделю, потом — реже, ибо выучила почти наизусть.

— Вот послушайте, описан реальный случай из практики: «При расследовании автопроисшествия потерпевшая в своих показаниях утверждала, что сбившая ее машина была «Скорая помощь», марки «Волга», светло-серого цвета. В действительности ее сбила машина специальной медицинской службы, марки «Москвич», темно-вишневого цвета. Такое несоответствие показаний потерпевшей в действительности можно объяснить тем, что воспринятый ею красный крест на стекле автомашины, сбившей ее, вызвал привычное представление об автомашине «Скорой помощи», которые бывают чаще всего марки «Волга», светлых тонов. Это написано в начале семидесятых. О том, что боль влияет на восприятие временны́х промежутков, предопределяя их переоценку, известный советский ученый Борис Ананьев писал еще в шестьдесят первом году. Психологические аспекты в криминалистике разрабатываются очень давно, много десятилетий, проведена куча исследований, написано множество томов, а толку? Никто не обращает внимания, никто не берет в голову, не использует в раскрытии и расследовании преступлений.

А зря. И вы только что имели возможность в этом убедиться.

— Ну ни фига ж себе! — Петр даже присвистнул. — Перепутать светло-серый цвет с белым — это ладно, это я бы еще понял. Но с темно-вишневым — это вообще запредельно!

— Потерпевшая не перепутала, — терпеливо поправила Настя. — Она стала жертвой очередной иллюзии. Она вообще не видела ни цвет машины, ни марку, она увидела только красный крест, связанный в ее сознании с понятием «медицина», а все остальное мозг достроил сам.

— А наоборот бывает? — с любопытством спросил Петр. — Чтобы прошло много времени, а человеку казалось, что буквально пять минут?

— Конечно. Алкоголь — лучший друг всех искаженных восприятий. Даже один бокал сухого вина дает неправильную оценку временных промежутков, расстояний, громкости, температуры окружающей среды, цвета. Состояние опьянения — это, пожалуй, единственное, о чем никогда не забывают и что почти всегда учитывается при оценке показаний, если нужно внести сомнение и расшатать доказательства чьей-то виновности или причастности. Мол, что ж вы хотите, человек был нетрезв, полагаться на его показания нельзя. Но это же бытовые знания, доступные каждому, ведь каждый из нас с самого детства видел пьяных и хорошо знает, какими они бывают. А знания более специальные уже отвергаются: да ну их к черту, только суматоху вносят, пользы от них никакой. Особенности распознавания цифр и букв в условиях дефицита времени — на помойку! Особенности распознавания слов на фоне «белого шума» — да ерунда, кому оно надо?

— «Белый шум»? Я не понял, при чем тут расследование преступлений.

— Шум в вагоне метро, например. Свидетель дает показания о том, что ехал в метро и слышал, как рядом с ним разговаривали два человека, пересказывает услышанное. Следователь добросовестно записывает в протокол. Свидетель был трезвым и выспавшимся, в деле не заинтересован, с подозреваемыми или обвиняемыми не знаком, то есть нет никаких оснований ему не верить. А о том, что на фоне «белого шума» односложные слова, особенно начинающиеся на согласный звук, правильно распознаются только в двенадцати процентах случаев, никто и не вспоминает. Двенадцать процентов — это очень мало, Петя, это всего лишь одно из восьми. Вы подумайте: из восьми услышанных коротких односложных слов только одно свидетель распознал правильно, все остальное — замена на близкое по звучанию, то есть еще одна иллюзия. Двухсложные слова распознаются значительно лучше, а шестисложные, если начинаются на гласный звук, да еще с ударением на последнем слоге, — вообще почти со стопроцентной точностью. Аудирование речевых сигналов исследуется в инженерной психологии более полувека, всем всё давным-давно известно, но в полиции и следствии это никому не нужно, особенно в девяностые годы, когда властные полномочия и связанные с ними возможности стали предметом купли-продажи, базарной торговли.

У Насти внезапно испортилось настроение. «Милиция, которую мы потеряли...» — подумала она с горечью. Были же, были когда-то люди, руководители, готовые бросить на дело раскрытия и расследования преступлений всю мощь достижений мировой науки. Пик пришелся на шестидесятые-семидесятые годы. Когда Настя Каменская в начале восьмидесятых пришла на службу в милицию, на ее долю досталось еще несколько «умных» лет, а потом все пошло на спад, постепенно уступая место нарастающим непрофессионализму и корыстолюбию. И вот куда теперь пришло... Об этом даже думать было тошно.

Лучше уж она будет думать о деле Сокольникова, чтобы окончательно не впасть в тоску.

Странная ситуация с поисками места захоронения тел давала основания с самого начала предполагать наличие подельника. Именно подельник выбрал место, возможно, даже не искал его, а еще в городе точно знал, куда ехать. Он либо давал Сокольникову точные штурманские указания по маршруту, либо вообще сам сел за руль. Машина, на которой вывозили трупы, принадлежала Андрею Сокольникову, он и сам написал это в явке с повинной, и экспертиза подтвердила. В любом случае место, выбранное для могил, было прежде Сокольникову не знакомо. Да и дорогу он запомнил не очень хорошо. Не старался специально запоминать, не думал, что пригодится. И темно было, ночь. Выезд на местность со следственной группой состоялся белым днем, все выглядело иначе. В первый раз Сокольников путался, дорогу более или менее нашел, а вот место захоронения — уже нет. Если бы он сам принимал решение, куда ехать и где копать могилы, то не забыл бы и не запутался. Но решение принимал не он, а кто-то другой, кто хорошо знал и местность, и маршрут.

Сутки перед первым выездом оказались тяжелыми: явка с повинной, ночь в камере, с утра безуспешные поиски адвокатов, допрос, потом наручники, в машину — и за город. Немудрено, мог и растеряться, перенервничать, чего-то не вспомнить. Шока у него, конечно, не было, об этом и речь не идет, ведь человек, являющийся в милицию, чтобы признаться в совершении преступления, представляет достаточно отчетливо, что будет дальше, и никак не ждет, что после явки с повинной его на лимузине отвезут на премьеру в Большой театр. Да и на фотографиях, сделанных на местности, Андрей не выглядит ни растерянным, ни подавленным. Но это внешне. А что на самом деле происходило внутри? Что делалось у него в голове?

За несколько дней он успокоился, все обдумал, все вспомнил. Могло так быть? Могло, почему бы нет. В тех самых книгах, о которых она только что говорила Петру, описаны парадоксальные на первый взгляд особенности отсроченного воспроизведения событий, которым сопутствовала высокая эмоциональная нагрузка. Стресс блокирует процесс воспроизведения, искажает воспоминания, буквально «запирает реальность в дальней комнате». Показания, данные сразу или вскоре после эмоционально значимых событий, могут быть правдивыми, то есть искренними, без умысла на ложь, но весьма и весьма недостоверными. Время проходит, человек успокаивается, комната открывается, показания даются намного более точные, приближенные к тому, что произошло в действительности.

Но могло быть и иначе.

Самый главный вопрос: почему? Почему Андрей Сокольников спустя два с половиной месяца после убийства вздумал явиться с повинной и во всем признаться? Почему говорил экспертам-психиатрам, что «суда не будет, я так решил»? И почему потом передумал? Ну хорошо, допустим, он по тем или иным причинам разочаровался в первоначальном плане. В камере оказалось тяжелее, чем он думал, находясь на свободе. Адвокаты не оправдали надежд. Обещанных денег не заплатили? Договорились, что Сокольников возьмет на себя чужие грехи, покроет подельников, заявит, что все сделал сам, а его семье за это отвалят энную сумму, которой хватит и на дорогих адвокатов, и на последующую безбедную жизнь? Могли. Потом кинули, денег не дали, свалили, и Андрей, поняв, что его обманули, начал отыгрывать назад, от всего отказываться. Подельников не сдал, но не из благородства, а из опасений получить «по предварительному сговору группой лиц». Ума он невеликого, поэтому всё вышло топорно и ни к чему не привело, кроме обвинительного приговора.

Вроде гладко, но все равно логики нет... Или есть, но какая-то другая.

Нет, логика точно другая. Зачем идти признаваться в совершении преступления, которое никого не беспокоит и которое никто не расследует, ибо о нем никто не знает? Если бы Сокольников совершал его один, можно было бы порассуждать о муках совести. Правда, муки оказались недолгими, но все же. Но он был не один, теперь в этом можно уже не сомневаться. Если исходить из того, что признание в убийствах и сокрытие подельников предполагалось оплатить, значит, никаких мук совести не было. Был четкий план. Была определенная цель. Чей план? Сокольникова, который сам предложил сесть «за всех», чтобы его семью обеспечили деньгами на долгие годы? Совсем не похоже на правду. Семья не шиковала, но и не голодала, сыночку даже машинку подарили, тяжелых больных, нуждавшихся в дорогостоящем лечении, нет, да и Андрей, судя по всему, больше привык не помогать родителям, а принимать помощь от них.

Или же план придумал подельник? Для простоты будем считать, что подельник всего один, хотя их могло быть и двое, и трое. Ты, Андрюша, пойди-ка посиди, а мы тебе денег отвалим, дельные адвокаты помогут, если все правильно скажешь на следствии — срок скостят, пожизненное не дадут, лет через пять выйдешь и заживешь как кум королю — сват императору, ни в чем нужды знать не будешь. Звучит более чем реально, такое случалось и случается на каждом шагу.

Но...

Зачем, если убитых Даниловых никто не ищет, трупы их не обнаружены, уголовное дело об убийстве не возбуждалось? Куда так заторопился подельник? Почему решил бежать впереди паровоза?

И кстати, почему Даниловых не искали? Да, приходили один раз со склада, где Георгий трудился в качестве курьера, спрашивали, где он, почему не выходит на работу. Звонили супругам несколько раз какие-то знакомые. Всем Сокольников отвечал одно и то же: уехали куда-то в деревню, в отпуск. Знакомым этого показалось достаточно. Георгия немедленно уволили за прогулы, поскольку заявления на отпуск он не писал, и тут же забыли о нем. С его женой Людмилой произошло то же самое, с той лишь разницей, что из магазина, в котором она числилась продавщицей, никто не приходил и не звонил, ее даже не пытались найти, а просто моментально забыли и взяли на ее место кого-то другого. Печальная реальность девяностых: работа без трудовой книжки, зарплата в конвертике, нагрузка потогонная, желающих — огромная очередь, за работников никто не держится, один раз не вышел — до свидания. И таких «мест работы» были десятки и сотни тысяч. Ну хорошо, а родственники? Семья? Почему не удивились, что Георгий и Людмила уехали вместе с ребенком так надолго, никого не предупредив? И за два месяца ни письма от них, ни телеграммы, ни телефонного звонка... Это нормально? Не повод для волнения?

Во втором томе, как Насте припомнилось, было постановление о признании потерпевшим. Документ она зафиксировала в памяти, но не прочитала. Кого признали? Кого-то из родителей Людмилы или Георгия?

Щелчок мышью, еще один, еще... От сменяющихся фотографий рябит в глазах... Вот оно, постановление. Потерпевшей признана сестра Георгия

Данилова. Не мать, а сестра. По Людмиле Даниловой никто потерпевшим не признавался, у нее нет родных, она сирота, росла в детском доме.

Настя встала из-за стола и присела на корточки перед разложенной на полу огромной таблицей. Еще не все протоколы обработаны, не все свидетели выписаны, но допросы сестры отмечены, протоколы наличествуют полностью. Родственников потерпевших допрашивают в ближайшее время после возбуждения дела, это норма. Допросы сестры есть, целых три. И ни одного допроса матери Данилова и его отчима, собственника комнаты в коммуналке. Что же, им совершенно нечего сказать о жизни Георгия и его семьи? Имел место затяжной конфликт, в результате которого мать и ее муж прекратили всякое общение с сыном? Или они хронически пребывают в состоянии, непригодном для допроса? Тогда неудивительно, что они «прохлопали» исчезновение сына со всей семьей. А как же сестра? Почему она не забила тревогу? Она тоже вовлечена в конфликт?

Надо внимательно прочитать ее показания. Хотя к Сокольникову это не имеет отношения. Только время тратить.

И тут же спохватилась: как это — не имеет отношения к Сокольникову? Еще как имеет! Если Сокольников или его подельники знали, почему Даниловых никто не ищет, и имели основания полагать, что поиски вот-вот начнутся, они могли попробовать сыграть на опережение. Но с какой целью? Сокольников не производит впечатления человека, способного придумывать сложные многоходовки. А другие соучастники?

Мысли начали путаться. Она устала. Надо отдохнуть, поспать. Когда Петр уронил ее на лестнице, она ударилась бедром о ребро ступеньки, и в тот момент показалось, что ерунда, пустяки, почти не больно. Сейчас ушибленное место болело и, кажется, даже распухло. Вот что значит адреналин! Ей было так страшно висеть, как куль, на плече спускающегося по ступенькам Петра, что она не заметила боли, не оценила силу ушиба. Ничего, зато завтра, надо полагать, оценит в полный рост, мало не покажется.

— Всё, Петя, — решительно и довольно бесцеремонно заявила Настя, выключив свой компьютер. — На сегодня заканчиваем. Мозги уже несвежие, можем упустить что-нибудь важное.

Петр попытался запротестовать.

— Да я в порядке, Анастасия Павловна. Еще нескольких человек нашел, написал им, но они не в сети, не знаю, когда ответят.

— Уже поздно, — строго сказала она. — Надо выспаться.

Но увидела его обескураженное лицо и смягчилась.

— Я ни на чем не настаиваю, на кухне вай-фай отлично тянет, можете работать там, если не хотите спать. Но я бы настоятельно советовала вам сделать перерыв до утра. Два часа удовольствия сегодня наверняка обернутся тем, что завтра вы потеряете полдня, а то и весь день целиком. Будете разбитым, вялым и невнимательным. Подумайте об этом. Но решать, конечно, вам, я только предлагаю.

Настя ушла в душ. В ванной стянула джинсы и убедилась, что предчувствия ее не обманули:

место ушиба покраснело, распухло и всем своим видом обещало массу приятных ощущений на ближайшие дни. «Я никогда не поумнею, — уныло констатировала Настя. — Эмоции бегут впереди разума. Скоро шестьдесят стукнет, а веду себя словно мне двадцать. Ведь знала же, что ничем хорошим мои эксперименты не закончатся. Зачем ввязывалась? Хорошо еще, что бедром ударилась, а не поясницей».

Возвращаясь в комнату, бросила взгляд в сторону кухни. Петр сидел перед раскрытым ноутбуком. «Вот упрямый! — подумала она. — Трудоголик. Я была такой же в его возрасте».

— Сегодня я вас пожалела, — громко сказала она из коридора. — Завтра жалеть не буду, подъем в семь утра, не проспите.

— Угу, — донеслось из кухни.

ГЛАВА 13

Воскресенье

Оказалось, что телефон полностью разрядился. Сей факт Петр Кравченко обнаружил, когда собрался выставить будильник на 7 утра. Он так увлекся поисками Ксюшиных сетевых собеседников, что не стал доставать мобильник из кармана куртки, оставленной в прихожей на вешалке, понадеялся на то, что звонок услышит, если что, а читать сообщения и тем более отвечать на них во время работы он и не собирался. Еще в самые первые дни Петр заметил, что Каменская недовольно морщится, когда видит, что он во время ее объяснений косится глазами на экран лежащего рядом с ним смартфона, пытаясь быстро ухватить глазами текст на всплывающем на пару секунд баннере. Лишний раз злить воблу не хотелось, а то опять начнет свои нравоучения.

Ему было грустно. Ксюша умерла — и ее удалили из списка «друзей», и переписку с ней стерли. Как будто хотели стереть из памяти и из всей своей жизни любые следы о девушке, которой больше нет. Ну нет — и ладно, сделаем вид, что все нормально, подумаешь, заболела и умерла, с нами-то такого не случится. И вообще, мы же никогда не умрем. И о печальном думать и вспоминать не будем.

Почему-то было очень обидно. И за Ксюшу, и за себя самого. Припомнились попытки дружеского общения с однокурсниками, и сейчас эти попытки, окончившиеся фактически ничем, казались Петру не просто жалкими — унизительными. Никто никому не нужен, если не просматривается сиюминутная выгода. Или это только в Москве народ такой? Он неоднократно слышал, что Москва — отдельная страна и ее жители — отдельная нация со своим менталитетом, но не очень-то верил. Он ведь жил здесь целых пять лет, пока учился, и ничего такого не замечал. Студенческие компании, тусовки, клубы, девушки, выпивка — всё было. И куда оно всё подевалось за три последних года? Умершую Ксюшу вычеркнули из памяти, Петра, живого и здорового, выкинули из жизни, в которой модная загородная тусовка или тупое сиденье вечером перед компом стало ценнее и желаннее общения с человеком.

Когда он осуществит задуманное, выполнит свой план, сделает себе имя в журналистике и потом «выстрелит» своим первым настоящим романом, тогда все о нем вспомнят. Начнут искать его, писать в сетях, предлагать встретиться, посидеть. А он будет с милой улыбкой отказываться, мол, никак не может, у него интервью, у него прямой эфир на радио, или съемки на телевидении, или переговоры с издательством, а то и с кинопродюсерами, дерущимися за право экранизировать модный бестселлер. Или вообще скажет: «Уезжаю на Мальдивы, снял там виллу, хочу спокойно поработать над новой книгой». Впрочем, почему именно Мальдивы? Майорка, деревушка в Альпах, домик в Финляндии на берегу озера — тоже звучит. Да мало ли привлекательных брендовых мест! Всё будет. Всё получится. И тогда они узнают...

На кухне Петр просидел еще часа полтора в бесплодных поисках информации о Ксюшиной переписке, потом решил, что пора укладываться, принес из прихожей телефон — и вот, пожалуйста... Перерыл сумку и убедился, что зарядник оставил дома. У Каменской мобильник другой марки, ее зарядник не подойдет. Блин! Чего делать-то? Проснуться самостоятельно в положенное время не получится, он спит крепко, глубоко, и уже так поздно, подъем через пять часов. Нет, точно сам не проснется. И вобла будет недовольна, начнет ворчать, а то и выволочку устроит.

Ладно, не проблема, можно оставить ноутбук включенным, выставить какой-нибудь сигнал на 7 утра. Но с телефоном он лоханулся не по-детски, мало того, что батарею не проконтролировал, так еще и зарядник дома оставил. А вдруг ему не смогли дозвониться по важному вопросу? Вдруг он, Петр, кому-то срочно понадобился, и дело не терпит отлагательства? Придется с утра отпрашиваться у воблы, съездить на квартиру.

Он проверил свои личные странички: если ему не дозвонились, то наверняка написали, пытались найти. Но нет, никто его не разыскивал, все сообщения были обычными, нейтральными. Лариса написала, что дочитала нового Мураками и ее распирает от желания обсудить с ним книгу. «Что, со своим перцем обсудить не может? Он не поймет? Или вообще книг не читает?» — с ехидцей подумал Петр и снова вспомнил Катю Волохину. Как-то коряво всё вышло. И осадок неприятный почему-то остался от понимания, что им не о чем разговаривать. Он не готов слушать о том, что ее занимает больше всего на свете, а она не понимает того, что интересно ему. То ли дело Лариска! С ней можно разговаривать часами и даже не сильно париться на тему того, что она прискакала к нему прямо из постели этого ее кадра. Петр и сам не святой, понятное дело, никогда не отказывается от секса, если само в руки идет. А идет оно не только тогда, когда Лариска убегает на неделю-другую от своего дружка, но и в других случаях, с другими девочками.

Ему отчего-то казалось настолько важным не проспать и встать вовремя, что он, хоть и наладил ноутбук, все равно просыпался каждые 30—40 минут и смотрел на часы. Опыт с использованием компьютера в качестве будильника был для Петра новым, и он опасался, что сделал что-то не так, программа не сработает, он не проснется. В итоге в очередной раз открыв глаза и увидев, что уже половина седьмого, встал, сложил постельное белье в аккуратную стопку и отправился в ванную. Когда вышел, Каменская в своем длинном халате уже наливала кофе на кухне. Часы показывали 6.52.

— Как вы рано! — удивился он. — Вы же говорили, что подъем в семь, а сами... Или это я нашумел, разбудил вас?

— Так получилось. Возрастные проблемы со сном. Я уже давно не сплю, даже умыться успела. А вы почему так рано подскочили? В вашем возрасте люди обычно спят долго, крепко и сладко, не добудишься.

— Боялся проспать, — объяснил Петр и, смущаясь, рассказал про разряженный телефон. Про то, что еще вчера утром батарея была полной, и в течение дня он телефоном пользовался совсем мало и никак не предполагал, что батарея сядет так быстро, и он так торопился, когда собирался, потому что внизу ждала Каменская...

Ему казалось, что это стыдно — быть лохом. Стыдно не распознать мошенника и дать себя обмануть. Стыдно довериться дураку или предателю, тем самым как бы расписавшись в собственном неумении разбираться в людях. И забыть проверить телефон тоже стыдно. Вообще допускать ошибки и промахи недопустимо, иначе станешь объектом насмешек. Нужно или молчать о них и не признаваться, или придумывать надежные оправдания.

— Ну и проспали бы, — легкомысленно ответила вобла, закуривая. — Что в этом страшного? Вам же не надо успевать на важную встречу, на вокзал или в аэропорт.

— Вы сказали, что подъем в семь.

— И что? Боялись, что я буду вас ругать?

Петр молча кивнул, чувствуя, как начинают пылать щеки. Он сам себя ненавидел порой за то, что краснеет, когда волнуется или злится. Есть же счастливчики, которые в таких ситуациях бледнеют! Благородная бледность совсем не то же самое, что позорный дурацкий румянец. Морда как помидор становится. И почему ему так не повезло?

— Получается, вы до такой степени боитесь любых конфликтов, что не переносите даже обычного замечания, которое вам сделает совершенно посторонний человек, который вместе со всеми своими мнениями не значит в вашей жизни ровным счетом ничего. Петя, вам не кажется, что вы сами себя загнали в угол? Вам должно быть безразлично, что я о вас думаю. Через две недели вы уедете и больше обо мне даже не вспомните. Кто я для вас? Случайный человек, вы меня не выбирали в качестве консультанта, вы хотели, чтобы с вами занималась Татьяна Григорьевна, а я уж так, сбоку припека, результат стечения обстоятельств. Даже если я начну вам выговаривать, что такого? Мир не рухнет, уверяю вас. Я уж не говорю о том, что у меня и в мыслях не было делать вам замечания и тем более ругать.

Она допила остатки кофе, затушила сигарету и полезла в холодильник.

— Давайте завтракать. У нас есть сладкие творожки в ассортименте, нарезки и хлеб. Не пропадем.

После завтрака вобла неожиданно спросила:

— Хотите — устроим свободный день?

— В смысле? — не понял Петр.

— Не будем заниматься Сокольниковым. Надо дать мозгу перестроиться, тогда он сможет увидеть картинку в другом свете.

— И что мы будем делать? Телевизор смотреть?

Ему, видимо, не удалось скрыть презрение, невольно прозвучавшее в его словах, потому что взгляд воблы вдруг сделался каким-то чересчур уж пристальным.

— Можем выйти прогуляться, подышать свежим воздухом, хотя, конечно, воздух в городе далек от свежести, один сплошной выхлоп. Вы можете почитать, посидеть в интернете, поиграть, посмотреть кино или попереписываться, а я поработаю.

Ну конечно, он будет груши околачивать, а вобла за ночь до чего-то додумалась и теперь собирается отодвинуть Петра и сделать все самостоятельно. Поработает она! Ну уж нет, этот номер не пройдет.

— Анастасия Павловна!

— Это другая работа. Мне дали отпуск на время занятий с вами, и я воспользовалась возможностью, взяла еще халтуру, деньги на ремонт нужны.

— Халтуру? — удивился Петр. — Как частный детектив?

— Как переводчик. Но если вам не нравится мое предложение, можем продолжить добивать таблицу. Вряд ли мы найдем что-то новое, но нужно доделать до конца, чтобы не сомневаться. И еще я хотела внимательно прочитать все показания сестры Георгия Данилова. А для вас у меня есть творческое задание.

Во дает вобла! То у нее лабораторные работы, то творческие задания. Что она на этот раз придумала?

— Попробуйте написать короткие диалоги между Сокольниковым и его предполагаемым подельником. Давайте допустим, что это Щетинин, который уговаривает своего дружка пойти в милицию с повинной. Сможете?

— Диалоги? — повторил Петр озадаченно. — Во множественном числе? И сколько надо придумать? Два?

— Сколько сможете. Чем больше — тем лучше. Только опирайтесь на факты. Учитывайте всё, что мы уже знаем о Сокольникове и Щетинине. Постарайтесь припомнить то, что мы с вами обсуждали. Мне нужны разные истории, построенные на одних и тех же фактах.

— Ладно,   согласился Петр.

Задание показалось ему интересным. Он тут же постарался вызвать в памяти Чистопрудный бульвар, Большой и Малый Харитоньевские переулки, двор, дом, деревья. Наверное, в конце августа — начале сентября двадцать лет назад деревья выглядели примерно так же, как на прошлой неделе, когда он там гулял. Может, чуть пониже, но листва такая же зеленая, не светлая, юная, майская, а темная, уставшая от летней жары. «Уставшая от жары листва»... Хороший образ, надо будет его использовать.

Где мог бы состояться разговор? Дома, в квартире? Или во дворе, например, возле белой «Мазды» Сокольникова? Или даже в салоне автомобиля... А может быть, друзья неторопливо прогуливались по бульвару вокруг пруда... Или сидели в кафешке... Разговор серьезный, лишние уши ни к чему, так что вряд ли Щетинин завел беседу при посторонних, в компании. Как выглядел в то время Сокольников, Петр представлял неплохо, насмотрелся на фотографии. А каким был Щетинин? Лицо, цвет волос, прическа, фигура? Групповые снимки, выданные сестрой Сокольникова и приобщенные к делу, показывали социологу Ярошу, и по атрибутике он смог точно назвать принадлежность группировки и имена командира и активистов отряда, но в лицо он не знал никого из них и не смог ответить, есть ли на этих фотографиях Дмитрий Щетинин. Скорее всего, его и не было. Если правда, что он был информатором ФСБ, то вряд ли стал бы светиться на фотках.

Каменская помыла посуду, сделала несколько шагов к двери, ведущей в коридор, и Петр вдруг заметил, что она сильно хромает. Чего это она?

— А это вы меня вчера уронили, — кисло улыбнулась вобла. — Впрочем, я сама тоже виновата, нетренированная, неловкая.

— Простите...

— Да перестаньте, Петя, все свои пацаны. Мне нужно было как следует подумать, прежде чем затевать эксперимент. Вы не обязаны знать, что я не умею группироваться при падении. Но я-то знала об этом, поэтому моя вина больше вашей.

— Зачем же вы предлагали идти на прогулку, если вам так больно? — с недоумением спросил Петр.

— А я знала, что вы откажетесь, — Каменская неожиданно повеселела. — Вы очень похожи на меня в молодости, а я бы точно отказалась. Никогда не любила гулять и очень любила работать.

— Может, в аптеку сгонять, лекарство какое-нибудь купить?

— Спасибо, Петя, у меня есть всякие мази, и противовоспалительные, и обезболивающие, я уже натерлась. Но вам придется сегодня потерпеть меня в халате. Бедро сильно опухло, джинсы даже не обсуждаются, я попыталась надеть спортивные брюки, но всё равно очень больно, до кожи не дотронуться.

— Вот блин! — невольно вырвалось у Петра.

Он уже приготовился было по привычке начать оправдываться в попытках снять вину с себя и переложить на саму воблу, но осекся.

— У вас, кажется, эппловский аппарат? — спросила она.

— Да, шестой.

Каменская выдвинула один из кухонных ящиков и достала зарядное устройство.

— У мужа такой же, — пояснила она. — У него всегда три зарядника: один дома, один на работе и один с собой в сумке. Пользуйтесь на здоровье.

— А зачем три-то? — удивился Петр. — Он у вас настоящий рассеянный профессор, все теряет и забывает?

— Он экономит интеллектуальную энергию, она ему в работе нужна. Зачем каждый раз думать, если можно не думать?

Надо же... Чего только эти воблы московские не придумают!

— А у вас сколько? — с любопытством спросил он. — Тоже три? Вы тоже энергию экономите?

— У меня один. Мне нужно поддерживать память и концентрацию внимания, приходится стараться. Тут уж надо выбирать: или экономия, или тренировка. Мой муж пока что в дополнительных тренировках не нуждается, так что может позволить себе роскошь экономить энергию. А я не могу.

Петр поставил телефон заряжаться. Ему не терпелось посмотреть, есть ли непринятые вызовы и кто его искал. Четыре звонка от матери, два от Аллы Владимировны и еще два от Климма. Больше никто субботним вечером ему не звонил. Никому он не нужен... Но это пока. Уже совсем скоро все изменится. Надо только написать забойный материал о деле Сокольникова.

* * *

Раньше Настя всегда говорила, что на ней все заживает как на собаке, и это было правдой. Царапины затягивались быстро и без следа, синяки рассасывались, сломанная нога срослась в короткие сроки, а то, что она очень долго болела, связано было с совсем другими причинами. Раньше... Тот перелом был лет пятнадцать назад. Она была на пятнадцать лет моложе. С годами процессы в клетках замедлились. С этим ушибом ей придется маяться долго. Не дай бог, окажется, что она не просто ударилась, а сломала кость или повредила тазобедренный сустав. Тогда вообще полный караул. Перелом со смещением она бы, наверное, почувствовала, а вот если трещина... «Подожду до завтра, — решила она. — Если опухоль не начнет спадать, придется тащиться к врачу. Жаль, что я не кошка и не собака. И даже не хомячок. Была б я зверем, позвонила бы Дорошину, он привез бы Нину. А хирурга-травматолога, который в воскресенье приедет на дом и привезет с собой рентгеновскую установку, среди моих знакомых нет».

А вдруг она теперь будет хромать до конца жизни?

Она вспомнила вчерашний день, старую Илону Арнольдовну с ходунками, ее квартиру, уютную, красиво декорированную и обставленную удобной мебелью. Пройдет еще несколько лет, Илоны не станет, в эту квартиру переедут, скорее всего, ее внуки с правнуками. Будут жить в этих же стенах, сидеть на этих же стульях и диванах, пить чай из тонких фарфоровых чашечек, смотреть на фотографии в рамках и с нежностью вспоминать бабулю.

А что будет с их квартирой, когда не станет ни ее, Насти, ни Лешки? Детей у них нет. За Лешкой наследовать будет некому, Настин наследник — единокровный брат Александр и его дети, так что квартира достанется, скорее всего, им. Саша человек не бедный, старенькая малогабаритная «трешка» в непрестижном районе его семье вряд ли будет нужна, квартиру сразу же продадут. В нее въедут какие-то чужие люди, но сперва сделают ремонт. Будут ходить по комнатам, решать, где и что переделать, возмущенно хихикать, мол, кому могло прийти в голову покрасить стены в такой цвет, да как неудобно расположены розетки, да какой уродский дизайн... А может быть, дом к тому времени пойдет под снос, затеют какую-нибудь очередную реновацию, и квартиру вообще не будут продавать, просто уничтожат. И для чего тогда она сейчас колотится с этим ремонтом? Вкладывает столько нервов, сил, денег...

Господи, ну что за мысли! Опять она за свое. Зачем, зачем... Затем, чтобы прожить вторую половину жизни в более комфортных условиях. Ну ладно, пусть не половину, пусть треть или даже только четверть. Но разве этого мало? Разве Лешка, ее любимый Чистяков, гений и труженик, не заслужил нормального жилья и собственного кабинета?

И вообще, в чем проблема? Огромное число людей трудится каждый день, и результаты этого труда крайне редко остаются в веках, если ты не Катулл, не Бах и не Микеланджело. Взять хоть бухгалтеров: работают, сводят балансы, составляют отчеты, сидят в офисах до поздней ночи в конце года, вкладывают кучу сил, тратят здоровье, а проходит всего несколько лет — и все, в архив и под нож. Никому больше не нужно. А уборщицы, которые наводят чистоту в этих самых офисах? Тоже тратят силы и здоровье, а результат проживет хорошо если несколько часов. Платье, сшитое швеей-мастерицей, вложившей в него всю фантазию и душу, вряд ли попадет в музей.

Надо быть проще. Надо перестать носиться с собственными усилиями как с писаной торбой. Вложила их, потрудилась, получила результат — молодец, двигайся дальше, а обо всем остальном забудь. Не жди награды. Не думай о вечности. Просто делай и радуйся, если получилось. Не получилось — обдумай причины, найди ошибки, извлеки опыт и в следующий раз делай иначе. Люби своих близких и избегай излишней рефлексии.

Просто живи.

Так чем же все-таки заняться сегодня, Сокольниковым или переводом?

* * *

Таблицу они все-таки добили. Как ни пыталась Настя Каменская заставить себя отвлечься, на борьбу с договором ее хватило только до обеда. Запланированную еще на вчера курицу в сметане она приготовила довольно ловко и отварила побольше картофеля, чтобы еды хватило еще и на ужин.

После обеда Петр прочитал ей вслух наброски придуманных диалогов. С фантазией у парня все было в порядке, но с фактами беда. То одно ускользало от его внимания, то другое. Сконструированные им истории были хорошими, но в каждой из них оказывались потерянными те или иные обстоятельства дела. И ни в одной Настя не увидела убедительного ответа на вопрос: зачем признаваться в преступлении, о котором никому не известно и которое никто не пытается раскрыть? Для чего Сокольникову и его подельнику нужна была явка с повинной? В чем состоял их план? Варианты, которые предлагал Петр, не подтверждались материалами дела полностью.

— Хорошо, — вздохнула Настя, — вечером попробуете еще раз. Пойдемте заниматься таблицей.

— А вы сами-то уже знаете ответы на вопросы? — спросил Петр.

Он выглядел расстроенным. Видно, ждал, что Настя придет в восторг от его прозаического таланта.

— Не знаю. Я надеялась, что ваши фантазии дадут толчок моим мыслям. У меня с фантазией совсем плохо, я все больше по фактам специализируюсь.

Им пришлось поменяться ролями, потому что боль в бедре не давала ни сидеть на корточках, ни ползать по полу. Данные в таблицу вносил Петр, а Настя сидела за компьютером, листала файлы и диктовала.

К вечеру картина обрела более или менее ясные очертания. Были свидетели, чьи показания наличествовали в полном объеме как в деле, так и в протоколе судебного заседания. Были свидетели, чьи показания полностью убрали из материалов следствия, но они в той или иной степени отражены и в протоколе суда, и в приговоре. И только Дмитрий (а возможно, и не Дмитрий вовсе, а Дормидонт) Щетинин выпадал из общей массы. От протокола первого допроса оставлена одна страничка из четырех. От протокола второго, январского, допроса — тоже одна. От протокола очной ставки — несколько последних строк плюс рукописные замечания к протоколу. Ни одного титульного листа. И ни единого упоминания в судебной части материалов. Если бы не описи, с которых начинался каждый из семи томов...

— На описях многие погорели, — с удовлетворением сказала Настя. — Когда есть опись, в голове автоматически возникает представление о хорошо проделанной и должным образом законченной работе, мол, смотрите, опись-протокол-сдал-принял, все честь по чести, все проверено и выверено, все подшито и подписано. Формируется очередная иллюзия. Факт наличия описи очень часто ведет к тому, что сами документы оцениваются недостаточно критически, дескать, чего уж там особо проверять и вникать, все наверняка сделано как следует, вон опись какая аккуратная, значит, и в деле все в порядке. И могут не заметить, что среди документов затесалось что-нибудь лишнее, подсунутое позже, чего в описи нет, но оно имеет значение для дела. Или наоборот, чего-то не хватает, хотя в описи указано. Расшить и потом заново сшить дело — много ума не надо, достаточно ловкости и аккуратности. Вообще опись — золотое дно информации. Психологическое значение описи часто переоценивают, а вот информационное — недооценивают. Тот, кто прятал от нас Щетинина, думал прежде всего о его допросах, а про описи не вспомнил. Только благодаря этому мы с вами вообще узнали, что был такой свидетель, что его допрашивали и сколько страниц занимают протоколы. Не было бы описи — мы бы так и мучились в догадках: что за листочек в материалах, чей это допрос, о чем?

— Это и есть та ошибка, которую мы искали?

Голос Петра вибрировал от радостного возбуждения. Насте очень не хотелось его разочаровывать, но что-то подсказывало: нет, это не то. Или не так. Или не совсем так.

Что-то не гладко. Царапает. Выбивается из стройной схемы. Но что?

— Подождем с выводами, — осторожно ответила она. — Надо еще подумать.

Лечебные мази, похоже, помогали, и к вечеру боль была уже не такой сильной, да и опухоль начала понемногу спадать. Теперь на бедре наливался цветом огромный синяк.

Они доели курицу с картошкой, сделали кофе и устроились в комнате: Настя вытянулась на диване, Петр уселся в компьютерное кресло.

— Жалко, что вам ходить больно, — заметил Петр. — Я с Аллой разговаривал, она хотела нас на ужин к себе пригласить, вчера и она, и Климм мне звонили, а у меня телефон был выключен, я только сегодня узнал о приглашении. Сразу отказался, подумал, что вы все равно не пойдете.

Красавица Алла и ее невзрачный, но очень обаятельный друг. Забавная парочка.

— Зачем же вы отказывались? Сходили бы без меня.

— Да ну, — Петр махнул рукой. — Я же понимаю, для чего Алла меня зовет. Опять начнет на мозг давить, чтобы я Кате помог, пропиарил ее хоспис.

— В таком случае, зачем она и меня приглашает? Я-то для чего нужна на этом ужине?

— Это хитрость такая, чтобы я заранее не догадался, о чем пойдет речь. Климм тоже считает, что материал о Сокольникове не имеет перспективы и лучше бы мне писать о хосписе, помогать в привлечении спонсоров.

— Может быть, они правы? — лениво предположила Настя.

Лежать было хорошо. Намного лучше, чем сидеть. И поясница отдыхает, и больное место можно устроить так, чтобы оно почти ни с чем не соприкасалось. Конечно, не очень-то прилично валяться в халате в присутствии постороннего молодого мужчины, ну да бог с ними, с правилами хорошего тона.

Звякнул сигнал поступившего сообщения, Настя протянула руку и взяла с пола телефон. От Зарубина: «Выгляни в окошко, дам тебе горошка». Она тут же зашла в почту и обнаружила письмо, которое, оказывается, пришло почти час назад. Ну, Серега! Ну, мастер!

«Нашел твоего мальчика. Щетинин Дмитрий Алексеевич, 1964 г.р., Подольск. Подробности по тел. Лень. Обнимаю».

Да, Сережка всегда был таким: разговаривать мог часами без умолку, но написать хотя бы три строчки для него целая проблема.

— Прости, не проверяла почту, не думала, что ты так быстро управишься, — сказала она виновато, когда Зарубин ответил на ее звонок.

— Ну здрасьте! — Сергей даже почти обиделся. — Недооцениваешь меня и возглавляемый мною личный состав, матушка Пална. Я тебе отписался и сижу, как дурак, жду, что ты позвонишь, а от тебя ни ответа — ни привета, вроде как тебе уже и не надо. Пришлось эсэмэску слать, чтобы ты вздрогнула и проснулась.

— Ну прости, — снова извинилась Настя. — Расскажешь про Щетинина? Тебе удобно сейчас разговаривать?

— Нормально. Как раз привез своих с дачи и погнал тачку в гараж ставить.

— Так ты за рулем?

— Доехал уже, из гаража как раз тебе и послал весточку. Сижу, курю бамбук, отдыхаю от пилежки. Значит, так... Погоди, блокнот уронил... Да что за черт!

Ей было слышно, как Зарубин возится и чем-то шуршит.

— Все, — с облегчением произнес он наконец, — достал, открыл. Готова слушать?

— Сержик, я включу громкую связь, можно? Только за языком следи.

— О! Так мы не одни?! С Лехой, что ли? Леха! Привет тебе! — заорал Сергей.

— Лешка в командировке.

— А кто там у тебя?

— Молодой любовник. Ты будешь рассказывать, а он — записывать.

— Интересно... А ты что будешь делать?

— Лежать и слушать. Что еще полезного может делать женщина в преклонных годах? — засмеялась Настя. — Давай уже, не тяни.

Петр откатился к столу, с готовностью схватился за ручку, подвинул к себе чистый лист бумаги.

— Твой мальчик родился в Подольске, — начал Зарубин. — Насчет судимостей ты все правильно говорила, первая ходка по малолетке, грабеж в группе, дали пять, отбыл два с половиной и вышел. Вторая ходка — разбой, в восемьдесят восьмом, освободился в девяносто четвертом. На зоне оброс солидными связями, на воле быстро поднялся и занял позицию «разводящего», помогал бандитам договариваться с бизнесменами. Или наоборот, бизнесменам помогал договариваться с бандосами. Короче, работал стрелочником, выполнял полезную функцию урегулирования сложных отношений между ворами и финансами. Потом остепенился, сменил малиновый пиджак на серый в полосочку.

— Ты имеешь в виду фонд, где Щетинин числился заместителем директора?

— Да прям! — фыркнул Сергей. — Фонд этот был типичным бандитским гнездом, вывеску, правда, нарисовали шикарную. Ты сама небось помнишь, как оно все было в те годы.

— Помню, — вздохнула Настя.

— А в конце девяносто восьмого у твоего мальчика случился необыкновенный карьерный взлет. Его взял к себе один очень удачливый бизнесмен.

— Почему удачливый?

— Потому что девяносто восьмой год же! Почти у всех всё рухнуло, а этот удержался на плаву. Видать, хорошие связи были, вовремя получил предупреждение и сумел все активы куда-то вывести и деньги прокрутить. Ну и с криминалитетом умел отношения правильно выстраивать, у него для этого специальный человечек был, так человечка грохнули аккурат в тот день, когда дефолт объявили. Наверное, не на одного Горевого работал тот человечек, кому-то еще помощь оказывал, вот и получил благодарность.

— Горевой? — переспросила Настя. — Это тот, на которого в прошлом году было покушение? Я что-то в интернете читала, кажется... Или нет, я путаю. Покушение было на его конкурента, и блогеры подняли крик, что замешан некто Горевой.

— Ага, тот самый. Ему нужна была замена убитого человечка, вот он и нашел себе Щетинина. Выбор, судя по всему, оказался удачным, Щетинин до сих пор на него работает. Солисты спелись, голоса звучат слитно. Нынче твой мальчик уже солидный дяденька, имеет молодую жену и несовершеннолетних деток мужеска пола. Ты, матушка, давай спрашивай, что тебе интересно, а то у меня тут много всего понаписано, я тебе хоть до утра читать буду.

— Неужели много? — засомневалась Настя.

— Скажи спасибо Сташису, постарался парень ради тебя. Повезло тебе, что Антон сегодня дежурит, вот я его и нагрузил твоей просьбой, а уж он сети раскинул максимально широко. Любят тебя молодые мужики, как я погляжу, а, матушка Пална? — захихикал Зарубин.

— Сержик! — с упреком протянула она и бросила опасливый взгляд на Петра, сидящего за столом. Для этого пришлось приподняться и повернуться. Движение получилось непродуманным и неловким, Настя забыла о травме и всем весом оперлась на ушибленное место. Боль пронзила такая, что из глаз искры посыпались и дыхание перехватило. Она поскорее приняла прежнее положение, даже не успев сообразить, увидела Петра или нет.

— Про участие в неонацистской группировке сведения подтвердились? — спросила Настя, отдышавшись.

— Да, был причастен, но не активен.

— А с подольской ОПГ какие были связи? Он же там жил, вряд ли мимо подольских братанов проскочил.

— Не, он там только родился и проживал до пяти лет, потом семья перебралась в Москву. Первую ходку ему уже Черемушкинский райнарсуд обеспечил, малолетки же почти все безмозглые, шкодят в том же районе, где живут.

Черемушки... Илона Арнольдовна тоже жила в Черемушках, когда обнаружила открытую дверь и розу. Снова закон парных случаев? Подзадолбало уже, если честно.

— Адрес в Черемушках есть? На какой улице жил Щетинин?

— Улица Новочеремушкинская, тот здоровенный жилой комплекс, который мы в те годы называли «Дворянским гнездом», помнишь? Прикинь, совсем рядом с нашим ГИАЦ. Во юмор у жизни!

Да уж, юный грабитель — и в двух шагах от Главного информационно-аналитического центра МВД. Правда, в те годы, когда Дима Щетинин промышлял грабежами и разбоями, буквы «А» в аббревиатуре еще не было. Просто ГИЦ МВД СССР.

Она собралась задать Зарубину очередной вопрос, когда вдруг услышала полный отчаяния шепот Петра:

— Анастасия Павловна! Анастасия Павловна!

— Секунду, Сержик, — бросила она в трубку и отключила громкую связь.

— Что случилось?

Разговаривать, не видя собеседника, было ужасно неудобно. Пока они с Петром болтали, тот подкатил кресло к дивану и сидел лицом к Насте, а когда потребовалось записывать, переместился к столу и выпал из поля зрения. Но поворачиваться снова Настя уже не рискнула.

— Горевой — это отец Кати Волохиной, — с ужасом произнес Петр. — Ну... Или однофамилец... Не знаю. Но фамилия ее отца точно Горевой, и он богатый бизнесмен, об этом много говорили на пресс-конференции.

Нет, это, пожалуй, не закон парных случаев.

Настя поднесла телефон к уху.

— Сержик, можно я перезвоню?

— Когда?

— В течение получаса. Не поздно?

— Нормуль. Я тогда пока здесь покантуюсь, заодно зимнюю резину проверю, переобуваться же скоро. У меня в гараже жуткий бардак, а тут и повод подвернулся хоть что-то разобрать.

Она отключила связь.

— Идите сюда. В смысле — подъезжайте, чтобы я вас видела, — велела Настя.

Петр подкатился, не вставая с кресла.

— Теперь всё сходится, — возбужденно и быстро заговорил он. — Щетинин в молодости жил в Черемушках, как раз там, где вскрывали квартиры. Это он, теперь можно не сомневаться! Горевой разорвал отношения с дочерью, как я понял, из-за ее мужа, который отцу не нравится. Выгнал из дома, никак не помогает, они не общаются. Если Щетинин работает на Горевого аж с девяносто восьмого года, значит, знает Катю с раннего детства, она выросла у него на глазах. Вот смотрите: он к ней очень привязан, не одобряет поступок шефа, но стремается открыто идти против его воли, поэтому оказывает Кате тайные знаки внимания, чтобы она чувствовала моральную поддержку.

— Возможно, — задумчиво кивнула Настя.

Она не была искренней в этот момент, ибо сильно сомневалась в возможности такого построения. Но не хотелось обескураживать Петра с первого же слова.

— Щетинин работает на Горевого двадцать лет, — горячо продолжал Петр. — Наверняка он очень дорожит своим положением и не станет рисковать, в открытую идя наперекор своему шефу. Вы согласны?

— Согласна, — снова кивнула она, на этот раз не покривив душой.

— Но и Катю он знает двадцать лет, любит ее, жалеет, сочувствует ей. Ведь может такое быть?

— Может.

— И в Черемушках он жил.

— Жил, — подтвердила Настя. — Только объясните мне, Петя, зачем человеку совершать разбойное нападение, если он превосходно умеет открывать двери квартир. Кража — состав менее тяжкий, чем грабеж и тем более разбой, за нее дадут меньше, если поймают, а унести можно куда больше, чем взять во время разбоя. Нерационально получается. Вроде как калькулятором гвозди заколачивать.

— Ну... — Петр запнулся, но тут же просиял: — А может, он инкассаторов грабил, вы же не знаете. У инкассаторов можно очень прилично взять, больше, чем в квартире.

— Зато я знаю Уголовный кодекс, — усмехнулась Настя. — Деньги, которые перевозили инкассаторы, были государственной собственностью, это совершенно другие статьи и другие сроки. Если бы Щетинин нападал на инкассаторов, то его судили бы по девяностой и девяносто первой статьям, а у него судимости по сто сорок пятой и сто сорок шестой, значит, объектом посягательства была личная собственность граждан.

Она попросила Петра сварить кофе и снова позвонила Зарубину.

— Сержик, а про Горевого ты что-нибудь знаешь?

— Много чего, я же его опрашивал, когда в прошлом году вся эта канитель с покушением завертелась. Начальство побоялось моих ребят к нему запускать, меня отправили, чтобы погонами посверкал. Мужик он противный донельзя, но в целом очень приличный, и бабешка у него правильная.

— Бабешка?

— Типа гражданская жена. Или любовница. Или сожительница. Выбирай сама.

— Насчет «противный, но очень приличный» — можно поподробнее?

— Противный потому, что знает только два слова: «да» и «нет». Никаких тебе «наверное», «возможно» и так далее. У него вся жизнь черно-белая, без полутонов. Не люблю я таких людей, их ни в чем не убедишь, ничего им не докажешь, они вообще никого не слушают. Ты ж меня знаешь, матушка Пална, я гибкий, верткий, а с такими, как Горевой, мне всегда трудно.

— То есть твое знаменитое обаяние на него не подействовало?

— Зришь в корень. Если бы не его бабешка, он бы меня в три щелчка из своего дома выставил. Она защитила, спасибо ей, век буду благодарен.

— Так ты домой к нему ездил опрашивать? Не в офис?

— Обижаешь! Хотели, чтобы все было культурно, мягко, без нажима. Сверху звонили, велели проявлять деликатность, ну, сама знаешь, как это бывает.

Судя по тому, как охотно и подробно Зарубин вспоминал свои впечатления от Виталия Горевого и его подруги Алины Римицан, возвращаться домой он совсем не торопился. Что ж, бывает. К сожалению, даже чаще, чем хотелось бы.

* * *

Найти Алину Римицан в интернете ни малейшего труда не составило, у нее был отлично оформленный и удобно сделанный сайт, выпавший в первой же пятерке ответов на поисковый запрос. На фотографии Алина выглядела очень симпатично: приятная женщина лет тридцати пяти или даже меньше, умные серьезные глаза, короткие темные вьющиеся волосы. Как и говорил Зарубин, дама была индивидуальным предпринимателем и занималась дизайном интерьеров. Настя ввела текст в окно сообщений, над которым красивым шрифтом сияло обещание «связаться в самое ближайшее время». Обещание оказалось не пустым, ответ пришел в течение пятнадцати минут. Похоже, Алина Римицан умеет быть оперативной или держит хороших помощников. Насте понравилось, что дизайнер не стала корчить из себя сильно востребованного специалиста, который у всех нарасхват и не имеет в ближайшие две недели ни одной свободной минуты, чтобы встретиться с новым заказчиком. «Буду рада видеть вас завтра с 11 до 20 часов в любое время по вашему выбору. Мой адрес...» Далее следовало подробное описание маршрута, которым следовало добираться до загородного дома Виталия Горевого. Эти подробности Настя уже и без того знала от Сергея Зарубина.

— Думаете, подруга Горевого расскажет нам о Щетинине что-то интересное? — недоверчиво спросил Петр.

— Нет, не думаю. Зато мы ей расскажем.

— Зачем? Анастасия Павловна, опять вы начинаете... Уже сами все решили, а меня за болвана держите и ничего не объясняете.

Настя поморщилась от досады на саму себя.

— Иногда нужно давать человеку то, чего он хочет. Не доказывать ему, что он хочет неправильно и что это ему не положено, не оправдываться, что ты бы с удовольствием, но в данный момент у тебя нет возможности, не сотрясать воздух. Просто дать ему возможность получить то, чего он так добивается.

— Но для чего?

— Чтобы посмотреть, что он будет с этим делать. Знаете, Петя, перестраивать мозги очень полезно, для этого иногда бывает достаточно всего лишь переменить позу. Я пару часов полежала на диване и вдруг увидела ситуацию в другом свете. Человек, который убирал из дела упоминания о Щетинине, не прятал его.

— Как — не прятал? — удивился Петр. — А что же он делал?

— Он специально наводил нас на Щетинина, обращал на него наше внимание. То, что я приняла за ошибку, просчет, недомыслие, вовсе не было ошибкой. Это был прекрасно продуманный план, который сработал на сто процентов. Мы перестали заниматься следователями и полностью переключили внимание на Щетинина. Мы сочли некое обстоятельство ошибкой, но на самом деле это была приманка. Нам подсунули Щетинина — мы клюнули.

— Выходит, мы с вами лохи? — огорченно спросил Петр.

— Это как посмотреть, — Настя ободряюще улыбнулась. Она понимала, как неприятно этому парню чувствовать себя обманутым. — Иногда рыба попадается на крючок не для того, чтобы стать жертвой и окончить бренную жизнь в котле с ухой.

— А для чего же тогда?

— Чтобы вылезти из воды, если она по каким-то причинам не может сделать этого сама. Она использует рыбака вместе со всеми его удочками, лесками, крючками и наживками. Использует в собственных интересах. Не думайте, что я такая умная, Петя. На самом деле я значительно глупее, чем могу показаться со стороны. И наживку я заглотнула как миленькая, даже не поперхнулась. Зато теперь буду пытаться выбраться из воды или искать еще какой-нибудь бонус, коль уж рыбаку так сильно хочется меня подсечь. Ну, хочется ему! Так пусть получит и успокоится. Давайте-ка поищем, что в нашей любимой сети есть на Горевого. Не в смысле бизнеса, а в смысле идеологии и политических пристрастий. Сильно подозреваю, что всю эту игру затеял именно он.

— Вы думаете, он хочет сдать Щетинина? Своего верного многолетнего помощника, практически соратника? — с недоверием переспросил Петр. — Зачем?

— Ну, мало ли, — Настя неопределенно пожала плечами. — Возможных причин миллион. Нужно избавиться от человека, но знаешь, какие у него связи и возможности, и понимаешь, что если он заковыряет на тебя обиду, то тебе не выжить. Он двадцать лет был рядом, разруливал твои проблемы, решал вопросы, он знает о тебе столько всего, что выпускать его из рук обиженным никак нельзя, себе дороже выйдет. А убрать чужими руками — почему бы нет? Это злобный журналист виноват, раскопал старое дело невесть почему, предал огласке, а я ни при чем, очень тебе сочувствую. Чисто и красиво. Сначала материалы подсунули Ксюше. Потом они попали к вам, уже без участия главного инициатора, просто по душевному порыву Аллы Владимировны, любившей свою племянницу. Инициатор наблюдал за процессом со стороны, ему было совершенно все равно, какой именно журналист сделает дело. Главное — сделает. Как только вы обозначили резкие движения в сторону Лёвкиной и Гусарева, на горизонте появился человек в кафе с интересным финансовым и эмоционально окрашенным предложением закопать преступных следователей. Расчет был умным и точным, он полностью оправдался.

— Какой расчет? На что?

— На то, что я об этом узнаю, рассержусь и поступлю ровно наоборот. От меня хотят, чтобы я копала под Лёвкину? А вот фиг вам, я за деньги не продаюсь и из принципа пойду в противоположном направлении. В психологии существует такой термин — «рефлексивное управление». Это как раз и есть наш с вами случай. Завтра мы поедем к мадам Римицан и будем сооружать симметричный ответ. Дадим конфетку капризному ребенку, чтобы не плакал.

— Как же вы поедете? У вас нога, вам больно ходить, — обеспокоенно заметил Петр.

— Потерплю, не сахарная, — беспечно отмахнулась Настя. — А вы мне поможете. Будем превращать наши слабости в сильные стороны.

Она искренне радовалась, что придумала эту поездку для встречи с Алиной Римицан. Засиделась она дома, заковырялась в бумажках, так и навыки оперативной работы растерять недолго. Правда,

Петя — партнер не очень надежный, с полувзгляда и полувздоха понимать не сможет, не то что Коротков, например, или тот же Сережка Зарубин. Эх, были времена... Ну да что ж теперь...

Еще около часа Настя Каменская и Петр Кравченко читали в интернете материалы, где упоминался Виталий Горевой, даже нашли парочку интервью бизнесмена и несколько больших статей по вопросам экономики и финансов, где Горевой фигурировал в качестве эксперта, отвечавшего на некоторые вопросы.

Читать с айпада, лежа на диване полубоком и держа гаджет на весу, было неудобно, руки затекали и болели, но Настя мужественно терпела. Травмированное место нужно беречь, завтра ноги пригодятся, а боли хотелось бы поменьше.

Уже засыпая, она вдруг вспомнила, что нет продуктов для завтрака. И кофе почти закончился, осталось на две чашки. «Ладно... как-нибудь...» — вяло подумала Настя.

ГЛАВА 14

Понедельник

Петр оглядел ее с головы до ног и недоверчиво покачал головой.

— Вы не очень-то похожи на состоятельную бизнесвумен, которая хочет новый дизайн для большого дома.

— А мне и не надо, — легкомысленно заявила Настя. — У меня роль другая. Я должна выглядеть умной, но несчастной хромоножкой, продающей свои способности, чтобы хоть как-то заработать на жизнь. Кроме того, я честно написала, что у меня всего лишь малогабаритная «трешка». Вот на эту «трешку» я и выгляжу.

Накануне, вступив в переписку с дизайнером Алиной Римицан, Настя ожидала получить отказ. Скромный объект не заинтересует никого, она уже проходила этот урок с ремонтниками. Подруга богатого бизнесмена, живущая на его средства и в его доме, может позволить себе повыпендриваться, строя из себя гения, работающего исключительно с дворцовыми масштабами. Однако Алина сразу согласилась на встречу, чем косвенно подтвердила характеристику Сергея Зарубина:

«правильная». Может, ей скучно, заказов нет, заняться нечем.

Боль при ходьбе слегка поутихла, но попытка влезть в узкие джинсы позорно провалилась. Плотная ткань слишком сильно обтягивала отекшее бедро, и если ходить еще можно было, сцепив зубы, то сидеть — уже невыносимо. Пришлось вытаскивать из недр шкафа длинную широкую юбку из тонкой шелковистой ткани. К такой юбке полагались босоножки, но о них Настя Каменская даже помыслить не могла. Только кроссовки!

Вид получился ужасным, что и говорить. Даже обычному непрофессионалу режет глаз, а уж дизайнер с художественным вкусом вообще не вынесет подобного кощунства. Юбка явно курортная, почти пляжная, кроссовки массивные, на толстой подошве, и цвет не гармонирует. Настя попробовала надеть летние тряпичные спортивные туфли, но с огорчением убедилась, что травмированная нога заметно отекла вся целиком, и ступня не влезла. Кроссовки, которые покупались с расчетом на толстые носки и были уже давно разношены, оказались свободнее. Вообще-то кроссовки в комбинации с платьями и юбками уже несколько лет «в тренде», молодежь носит, но она-то, Анастасия Каменская, не молодежь, ее возраст не скроешь за худощавой фигурой. На ней молодежный стиль смотрится смешно и нелепо. Да и на юной девушке не всякая юбка с кроссовками выглядит стильно.

— Еще мне нужна книга, — сказала она, оглядывая комнату.

— Какая книга?

— Любая, какую не жалко. Художественная, но не классика и не зарубежка.

Взгляд ее упал на книгу, принесенную Петром с аукциона. Средней толщины том в яркой глянцевой обложке так и валялся в прихожей на обувной тумбе, почти скрытый стоявшей здесь же Настиной сумкой. Владимир Климм, «Частичная замена». Пойдет.

Взяв книгу, Настя уселась за стол и принялась листать, быстро записывая что-то на полях и вклеивая стикеры. Она уже засовывала книгу в сумку, когда сообразила, что поступила не очень-то вежливо. Климм — хороший знакомый Петра, парень старался, торговался за книгу на аукционе, вез ей, а она... Мало того, что нахально исписала поля шариковой ручкой, так еще и громогласно заявила, что «не жалко». Тем более там автограф... Нехорошо вышло.

— Ваш подарок оказался очень кстати, он будет нам полезен, это как раз то, что нужно.

Утешение выглядело слабым, Настя видела это по лицу Петра. Но она хотя бы попыталась.

* * *

Они проделали больше половины пути и съехали с МКАД в сторону области, когда у Насти зазвонил телефон. Дядя Назар. Надо ответить, такой звонок пропускать нельзя. Но и вести серьезные разговоры во время движения Настя себе не позволяла, слишком хорошо представляя, какими последствиями это может быть чревато. Она не гений, который умеет сохранять равную концентрацию внимания в двух направлениях одновременно, и либо упустит что-то важное в беседе, либо попадет в аварию.

Пока она съезжала на обочину, звонки прекратились. Настя перезвонила.

— Извините, дядя Назар, искала, где встать. Порадуете меня чем-нибудь?

— Обязательно, дочка, иначе не стал бы звонить. В интересующий тебя период в Черемушках обретался любопытный персонаж по прозвищу Мытарь. Слыхала о таком?

Сам Мытарь! Легендарный взломщик, для которого не существовало невскрываемых дверей, будь то квартира, склад или сейф. Преступную карьеру он завершил в конце шестидесятых, когда Настя еще была младшей школьницей. Старожилы розыска говорили, что какая-то болезнь с ним приключилась, не позволявшая рукам и глазам сохранять быстроту и точность мелких движений.

— Приваживал он молодых, привечал, — говорил между тем Назар Захарович. — Любил чувствовать себя барином и пупом земли, любил, чтобы все ему приносили и услуживали, сам не опускался до того, чтобы за хлебушком в булочную сходить. Вот и гонял молодняк. А расплачивался с ними воровскими байками, рассказами про зоны, про корешей, блатные песни им пел, всякую романтику разводил. Пенсию он себе своими приключениями не заработал, конечно, но уважением пользовался и авторитетом, воры его грели, так что не бедствовал, да и свои заначки у него были. Мне повезло отыскать женщину, которая была на том участке инспектором по делам несовершеннолетних. Зинаида Ивановна Ершова. Сейчас-то она уже в серьезных годах, а в ту пору ей было чуть за двадцать. Красивая была в молодости, Мытарь на нее глаз положил, жить вместе предлагал, старый перечник.

— Они были знакомы?

— Ну, не близко, само собой, но знакомы, да. Шапочно. Зиночка прознала, что пацаны из окрестных домов бегают к Мытарю, озаботилась, с операми покалякала и вместе с одним из них сходила к бывшему вору на профилактическую беседу. Дескать, вам разрешили проживание в столице нашей Родины исключительно из уважения к вашим боевым заслугам, как участнику войны, но если узнаем, что вы приобщаете подростков ко всяким нехорошим делам и оказываете дурное влияние... И так далее. Потом Зина с Мытарем еще несколько раз на улице сталкивалась, он любил подолгу прогуливаться по вечерам, с собачниками беседовал обстоятельно, Зина все беспокоилась, не выведывает ли он всякое нужное для наводки. Ну и на всякий случай более пристально приглядывала за самыми проблемными пацанами. Всех, конечно, не вспомнила, Мытарь помер в восемьдесят втором, за все эти годы у Зиночки поднадзорных да подучетных сама представь сколько было. Но человек десять назвала. В основном тех, кто потом все-таки сел по малолетке, потому что по ним много отписываться приходилось, вот и зацепилось в памяти.

— Среди этих десяти нет ли, случайно, Димы Щетинина?

— Случайно есть, — хихикнул Бычков. — Это на него ты нацелилась, дочка?

— Да это я так, просто предположила, он же на Новочеремушкинской улице жил.

— И Мытарь — на Новочеремушкинской, соседствовали, стало быть. Другие-то фамилии записывать будешь? Диктовать? Или как?

— Спасибо, дядя Назар, самое главное вы мне уже сказали, — поблагодарила Настя.

Она снова выехала на шоссе и встроилась в крайний левый ряд.

— Теперь вы видите, что розы, торты и прочая дребедень — это точно Щетинин? — радостно заговорил Петр. — Мытарь его ремеслу обучал, это уже не догадки, а факты.

— Да, — задумчиво согласилась она, — вы правы, это факты. И видимо, обучал хорошо. Помните, Илона Арнольдовна рассказывала, что в ее квартире замок был вскрыт идеально и после взлома не заедал? Это признак высочайшей квалификации взломщика. Но если Щетинин стал под чутким руководством Мытаря таким замечательным умельцем, то какого дьявола он на грабеж-то пошел? Вот чего я не пойму.

— А какая связь? — не понял Петр.

— Квартирный вор и уличный грабитель или разбойник — совершенно разные типы личности. Не всегда, исключения бывают, но редко. Профессиональный квартирный вор — человек спокойный, терпеливый, умеет выжидать, тщательно готовится, прекрасно владеет собой. Самые удачливые воры обычно флегматики по темпераменту. Они предусмотрительны и внимательны к деталям. Они — волки-одиночки. Я сейчас говорю не обо всех ворах, а о тех, которые ни разу не попались, хотя за их плечами десятки, а то и сотни эпизодов. Щетинин на кражах не попался, как мы знаем. Он попался на преступлении спонтанном, непродуманном, к тому же групповом. И во второй раз было примерно то же самое, только с применением ножа. Более того, мы с вами предполагаем, что в девяносто восьмом, в возрасте тридцати трех лет, он совершил убийство, и, между прочим, снова в группе. Поверьте мне, это совершенно не типичная карьера для человека с задатками и навыками квартирного вора.

— Но вы же сами сказали, что бывают исключения, — не сдавался Петр.

— Бывают. Если наш Дмитрий Щетинин и есть такое исключение, то мы с вами еще поимеем от него головной боли досыта.

— Почему?

— Правила хороши тем, что позволяют выработать алгоритм. С исключениями проверенные и самые надежные алгоритмы не срабатывают, приходится импровизировать и перестраиваться на ходу, а это получается далеко не всегда.

Вот и указатель перед нужным съездом. Через пару минут Настя остановила машину перед красивыми коваными воротами и попросила Петра выйти и позвонить по домофону. Опустила стекло, чтобы лучше слышать.

— У нас назначена встреча с госпожой Римицан, — громко произнес Петр, когда на звонок отозвался мужской голос.

Настя поежилась. Если голос принадлежит охраннику, то все в порядке. А если это сам Горевой? Не хотелось бы. Расчет был на то, что Горевой уедет руководить своим бизнесом и им удастся поговорить с Алиной наедине.

— Представьтесь, пожалуйста, — потребовал голос из динамика.

— Каменская Анастасия Павловна.

— Каменская — это вы? — насмешливо поинтересовался голос.

— Госпожа Каменская сидит в машине. Я ее помощник.

Ворота плавно открылись. Подъездная дорожка вела прямо к крыльцу и была совсем коротенькой, так что Петр не стал садиться в машину. Он, как и договаривались, быстро подошел, открыл дверь со стороны водителя и помог Насте выйти, заботливо поддерживая ее за предплечье. На крыльце появилась стройная темноволосая женщина в трикотажном домашнем костюмчике — брючки полуспортивного кроя и легкий цветастый топ. Алина Римицан, подруга Виталия Горевого. «Правильная бабешка», как назвал ее Сережа Зарубин. Пренебрежительное «бабешка» никак не подходило этой приятной на вид хозяйке дома, но у Сергея всегда было довольно своеобразное отношение к словам и их использованию.

— Добрый день, я вас жду, — приветливо произнесла Алина, протягивая руку.

Голос у нее был звонкий и какой-то переливчатый, как быстрый ручеек.

Настя, по-прежнему поддерживаемая Петром, прохромала следом за Алиной в просторную гостиную. «В приличных домах это называется диванной группой», — подумала она, выбирая, куда сесть: на диван или в одно из трех кресел вокруг большого прямоугольного низкого стола. В гостиной таких групп было целых три, разного цвета и размера.

Хозяйка предложила чай-кофе-воду-сок, гости вежливо поблагодарили и отказались.

— Тогда приступим, — деловито начала Алина. — Если не возражаете, я сначала задам несколько вопросов, чтобы понимать, для чего предназначено пространство, а потом посмотрим план. Вы его привезли?

— Привезла, — Настя вздохнула. — Но признаюсь сразу: я ввела вас в заблуждение. Трехкомнатная квартира у меня действительно есть, и сейчас в ней идет ремонт, но приехала к вам я не для этого.

Алина нахмурилась, лицо ее стало напряженным, темно-серые глаза сверкнули.

— Вы журналистка, что ли? Опять насчет того покушения на конкурента? Никак не уйметесь?

— Нет-нет, — Настя подняла ладонь в примирительном жесте, — я не журналистка. Но профессия схожа. Вряд ли вы когда-нибудь видели литературных негров, но наверняка много слышали о них. Так вот, я перед вами, смотрите.

Алина в полном изумлении молча переводила взгляд с Насти на Петра и обратно.

— А это... — она зафиксировала глаза на молодом человеке.

— Мой помощник, — пояснила Настя. — Мне трудно ходить, вы, наверное, заметили. Так что без помощника не обойтись.

Алина еще несколько секунд молчала, осмысливая услышанное.

— Вы меня удивили, — протянула она наконец. — Могу я спросить, на кого вы работаете?

— А это важно?

— Нет, но любопытно. Может быть, я читала эти книги, и возможно, они мне даже нравились, у меня сложилось какое-то собственное представление об авторе, а теперь вдруг выяснится, что это не отдельная личность, а целая группа наемных рабов.

— Простите, Алина, но имя я вам открыть не могу, не имею права. Таково условие договора, который все мы подписываем с издательством.

— Ну да, я понимаю... Так зачем вы приехали?

— Мне нужна ваша помощь. Таких, как я, не зря называют именно рабами. Нас, конечно, не держат на цепи в темных подвалах, не бьют и не морят голодом, но мы — существа подневольные. Мы не можем писать то, что хотим, мы обязаны придумывать тексты о том, о чем хочет заказчик. Мой нынешний заказ поставил меня в тупик, я совершенно не владею нужной информацией, поэтому приехала к вам проконсультироваться. Очень надеюсь, что вы мне не откажете.

Алина улыбнулась с видимым облегчением.

— Вам заказали роман о жизни дизайнеров? О тонкостях профессии? Разумеется, я отвечу на все ваши вопросы, мне и самой будет интересно, — оживленно ответила она. — Потом, когда книга выйдет, я буду ее читать и чувствовать собственную причастность к ее созданию.

— Я с удовольствием написала бы книгу о дизайнерах, но, увы, моему боссу нужно совсем другое. Он, понимаете ли, вбил себе в голову, что главный герой нового романа должен быть крупным бизнесменом, который внезапно обнаруживает, что его ближайший соратник, человек, которому он много лет доверял, проповедует ту идеологию, которая для героя неприемлема. Вот этот самый герой, его мысли, чувства, переживания — моя часть проекта. И я оказалась в полной растерянности. Раньше мне поручали женские линии, с ними я справлялась неплохо. А представить себе, как будет думать и чувствовать мужчина... Не получается. Поэтому я приехала к вам.

— Но я-то здесь при чем? Я не мужчина, и у меня нет соратников, ни ближайших, ни дальних, никаких.

— Это верно, — рассмеялась Настя. — Но, возможно, Виталий Владимирович делился с вами своими переживаниями по данному поводу. Я ведь понимаю, ему было нелегко, а с кем же ему поделиться, если не с вами?

Брови Алины снова сдвинулись к переносице, оживление в глазах погасло.

— Виталий? Но какое отношение... Я вас не понимаю.

— Я имею в виду Дмитрия Алексеевича Щетинина, — невозмутимо уточнила Настя.

— Щетинина? Все равно не понимаю. Никогда не слышала, чтобы у Виталия были какие-то разногласия с Димой.

— Так вы не в курсе?

Настя, как смогла, изобразила удивление. А далее на полную катушку использовала навык, который когда-то привил ей Назар Захарович Бычков: делать вид, что знаешь о чем-то очень много, хотя на самом деле известно совсем чуть-чуть. Это не так просто, как кажется на первый взгляд, ведь нужно произнести достаточно много слов, а не ограничиваться тем, что скроишь умную мину. Выражение лица не всякий заметит, и не на всякого оно подействует, даже будучи замеченным. Теперь в ход пошло всё, от символики и атрибутики группировки (спасибо фотографиям из уголовного дела) вплоть до темы курсовой и дипломной работ «ближайшего друга», что создавало впечатление особой информированности рассказчика. Если уж даже такие детали известны, значит, вопрос проработан действительно глубоко. «Еще одна иллюзия, — мелькнуло в голове у Насти. — Похоже на эффект описи, о котором я вчера говорила Пете».

По мере того как Настя рассказывала, на лице Алины Римицан все явственнее проступало брезгливое отвращение.

— Какая мерзость, — тихо проговорила она. — Не верю, что Виталий знал. Он бы этого не потерпел. Он ненавидит антисемитов, ксенофобов и расистов.

«Не зря мы вчера вечер убили, изучая материалы о Горевом, — сказала себе Настя, испытывая огромное облегчение. — Попали в точку».

— Просто удивительно, как Щетинину удалось двадцать лет скрывать от Виталия Владимировича свою принадлежность к неонацистской группировке, — невинно продолжала она. — Даже мы с Петром об этом знаем. Может быть, ваш... муж все-таки знал, причем знал давно, но не сказал вам? Понимал, как вы отреагируете, и решил промолчать, чтобы между вами и его правой рукой не возникало напряжения. Он дорожит вами обоими и не хочет конфликта. Кстати, неплохой вариант для моего персонажа: он молчит и мучается, ничего не предпринимает...

— Виталий никогда не избегал конфликтов и не боялся их. Он не из тех, кто будет молчать и терпеть, можете мне поверить.

Теперь Алина говорила словно автоматически, глядя куда-то в сторону.

— Простите меня, Алина, вышло неловко. Мне и в голову не приходило, что Горевой не знает об убеждениях Щетинина. Я была абсолютно уверена, что и вы в курсе, потому и напросилась на встречу, рассчитывала, что вы поделитесь наблюдениями.

Хозяйка по-прежнему смотрела в сторону, о чем-то сосредоточенно думая. Кажется, она даже не слышала Настиных слов.

— Видимо, нам придется поискать кого-то другого, — продолжала Настя, добавив в голос разочарования и огорчения. — Видите ли, довольно трудно сегодня найти такую пару в реальной жизни: порядочный человек во главе бизнес-структуры и его ближайший помощник с доказанным неонацистским прошлым. Мы собирали сведения, которые оказались доступны, но открытой информации очень мало. Ну что ж, значит, будем искать дальше.

Алина внезапно резко поднялась с кресла. Теперь она смотрела на гостей прямо и с вызовом.

— Мне трудно поверить в то, что вы рассказали, — твердо сказала она. — Это немыслимо. Но я понимаю, что просто так вы бы не приехали. Могу заверить вас, что Виталий ничего не знает.

Мы вместе почти два года, я неплохо изучила его характер и образ мысли и гарантирую вам, что фашиста он рядом с собой не потерпел бы. Виталий — человек сложный, резкий, грубоватый, с тяжелым характером, это правда, но я отлично помню, как он несколько месяцев тому назад с треском выгнал эйч-ара, когда узнал, что тот не взял на работу отличного специалиста только из-за его национальности. И после этого бушевал дома еще неделю, возмущался и негодовал. Я не верю, что он мог знать о Щетинине и молчать, ничего не предпринимая.

— Но он мог узнать об этом очень давно, и главная буря прошла намного раньше, еще до вашего знакомства, — осторожно предположила Настя. — Дмитрий приезжает сюда? Вы часто наблюдаете их вместе?

— Да, Дима бывает у нас регулярно.

— Вы не поделитесь наблюдениями? Как они разговаривают, как смотрят друг на друга, как сидят за столом... Я не прошу пересказывать мне содержание их бесед, это я сама могу придумать. Мне важна только общая тематика и стиль общения. Пожалуйста, Алина, помогите мне. Время идет, сроки поджимают, ведь это проект, вы должны меня понять. Если я снова потрачу время на поиски других людей, то совсем ничего не успею.

— Хорошо, — со вздохом согласилась Алина, хотя было заметно, что идея ее не особо вдохновила.

«Только из уважения к моим сединам, — насмешливо подумала Настя. — И к моей хромоте».

— Не возражаете, если я включу диктофон?

Снова настороженность разлилась по точеному лицу Алины.

— Имена можно не называть, вполне достаточно местоимения «он», я потом разберусь, что к чему, — поспешила успокоить ее Настя. — Мне важны детали, которые я сама придумать не могу. Вы же понимаете, какой образ жизни я веду и каков мой круг общения... Мне просто негде наблюдать, как общаются люди подобного ранга в домашней обстановке. Да я и в домах таких, как у вас, не бываю.

— Ладно, включайте.

Настя открыла сумку, вытащила книгу, больше похожую на яркого прямоугольного ежа из-за множества торчащих в разные стороны стикеров. За книгой последовал кошелек, потом косметичка и только потом на свет появился маленький диктофон. Она перехватила взгляд Алины, уставившийся на книгу.

— Никогда бы не подумала, что вы читаете такое. Это фантастика?

— Фэнтези.

Смущение. Только не переборщить. Чуть-чуть, в меру. Попытка закрыть тему, чтобы не пришлось лгать еще больше. Попытка должна быть неловкой, очевидной, потому что Анастасия Каменская не коварный манипулятор, а всего лишь немолодая, не блещущая талантами, не обладающая безудержной фантазией скромная литературная рабыня, которая много трудится и мало зарабатывает. Простая и безыскусная тетка с физическим дефектом.

— Прошу прощения, можно воспользоваться ванной комнатой?

Петр все так же заботливо подхватил Настю под руку и повел в указанном Алиной направлении. Когда они вернулись, книга «Частичная замена» лежала на том же месте. Но немного иначе. Совсем немного, на первый взгляд и не заметишь, если специально не запоминать.

Сработало. Алина Римицан видела пометки на полях и теперь верит в Настину легенду. Собственно, можно и уходить. Рассказы про то, как общаются Виталий Горевой и Дмитрий Щетинин, никому не нужны. Нужен был только убедительный повод достать книгу и оставить Алину наедине с ней.

К счастью, Алина так расстроилась от предыдущей части разговора, что утратила желание рассказывать подробно и многословно, поэтому импровизированное интервью закончилось довольно быстро.

— И чего мы добились? — спросил Петр, когда они выехали за ворота.

— Пока ничего. Посмотрим, что будет дальше.

— Все-таки зря вы назвались своим настоящим именем, — с сомнением сказал он.

— Петя, осторожность — прекрасное качество, но иногда оно ведет к переизбытку ненужной лжи. Да, Зарубин вчера сказал, что Алина — правильная, но это всего лишь его личное впечатление. Оно могло оказаться ошибочным. Нас встретили приветливо и отнеслись с пониманием, но ведь могло выйти и наоборот. Алина впускает в дом незнакомых людей, и кто бы осудил ее, если бы она потребовала показать документы? Кроме того, мы не знаем, кому она вчера вечером могла рассказать о нашей договоренности встретиться. Все, кому нужно, знают, что я купила квартиру и делаю в ней ремонт, так что визит к дизайнеру не вызовет никаких подозрений.

— А у кого должны возникнуть подозрения?

— Не знаю, Петя. Может быть, ни у кого. До тех пор, пока ситуация не разрешится, мне приходится ожидать, что противником может оказаться любой, кроме вас. Ну и кроме моего мужа, конечно. И в чем истинный замысел этого противника, я пока не поняла. Бреду наугад в полном тумане. Ощупью в полдень.

— Как это? — не понял Петр.

— Повесть такая была в дни моей юности. Называлась «Ощупью в полдень». Братья Вайнеры написали.

— А-а, понятно, — протянул он равнодушно.

«Не читал, — поняла Настя. — Наверное, только про Жеглова и Шарапова помнит, да и то исключительно по сериалу, а книг не читал».

— Но если вы представились настоящим именем, зачем было придумывать про то, что вы литературный негр? Сказали бы как есть.

— Что сказала бы? «Дорогая госпожа Римицан, я приехала специально, чтобы поставить вас в известность, что ближайший сподвижник вашего мужа когда-то проповедовал нацизм»? Вы так себе это представляете?

— Ну... А почему нет?

— Вы сами стали бы разговаривать с незнакомым человеком, который явится к вам домой с подобными заявлениями?

— Конечно, я бы его выслушал.

— Вы себя знаете. А Алину Римицан мы не знаем. Предугадать ее реакцию мы не можем. Поэтому
следовало подстраховаться, чтобы она хотя бы выслушала нас.

Что-то она делает не так. Или не то. Чего-то не
видит. Того, что лежит на поверхности и остается
незамеченным. Что-то очень простое, очевидное.
Мысли бегут по одному и тому же кругу, и даже вче-
рашняя попытка доделать перевод не спасла: нового видения не появилось.

— Нам с вами нужно выйти в люди, — решительно сказала она. — Перестать думать о Сокольникове и переключиться на что-нибудь принципиально иное.

— Может, в поликлинику? — неуверенно предложил Петр. — Покажете свою ногу врачу, рентген,
МРТ и всякое такое... Нет?

— Не пойдет. Я буду все время помнить, как упала и почему это случилось, и мысль будет уходить
к Сокольникову. Какие еще идеи?

— Ну, хотите — в кино сходим?

В кино... Настя с трудом могла припомнить, когда в последний раз была в кинотеатре. Нет, такое
мероприятие ее не вдохновляло. Да и общаться
там не с кем. Смотришь на экран, погружаешься
в собственные мысли — и никакого эффекта. Нужно именно «в люди», чтобы разговаривать, слушать
и отвечать, пресекая на корню любую попытку
непослушного мозга выключиться из восприятия
окружающего и погрузиться все в те же бесплод-
ные размышления.

— Или давайте я Алле позвоню, она же на ужин
приглашала вчера, может, и сегодня позовет. Клим-

ма своего тоже пригласит, вот и получится компания.

— Ага, и разговоры будут всё те же и о том же. О деле Сокольникова. И потом, ужин — это вечером, а мне нужно сейчас.

— Тогда я не знаю, Анастасия Павловна, — с досадой произнес он. — Сами придумывайте.

— Придумаю, — пообещала она. — Только потом не жалуйтесь.

* * *

Дед-профундо, казалось, нисколько не удивился, увидев на пороге заказчицу в сопровождении молодого человека. Бригада в полном составе трудилась на объекте, больше похожем на разоренное гнездо, нежели на жилое помещение. Со стороны кухни доносились запахи еды и шипенье раскаленного масла: жена деда готовила обед для всей семьи.

— Проконтролировать пришли? — понимающе прогудел дед. — Это хорошо, это нормально. Сынок ваш?

Он кивком указал на Петра. Настя улыбнулась: молодой любовник, сынок, помощник. Какие еще варианты остались? Племянник разве что. Интересно, кто-нибудь примет Петра за ее племянника?

— Не сынок, коллега по работе. У нас с ним срочное задание, вот и мотаемся целыми днями вместе.

— А что это вы на ножку так припадаете? — заботливо спросил дед-профундо. — Натерли до крови? Или растяжение?

Нет, про ножку она рассказывать не будет, иначе мысль снова упрется в Сокольникова.

Обзор фронта работ и объяснения мастеров много времени не заняли. Видимо, в семейной бригаде не принято было отвлекаться на болтовню при каждом удобном случае, чтобы устроить незапланированный перерыв.

— Хорошая вы хозяйка, — прогудел глава бригады, провожая Настю и Петра до двери, — не командуете, не истерите, не висите над душой. С вами удобно сотрудничать. Я рад, что вы нас выбрали. Повезло нам с вами.

— Надеюсь, и мне с вами повезло, — ответила она серьезно. — Будет обидно, если окажется, что я в очередной раз ошиблась.

Дед ничего не ответил, только глянул насмешливо и кивнул.

На улице Петр остановился и начал осматриваться.

— В квартире так пахло вкусно! Наверное, нам тоже пора обедать. Я приглашаю.

Настя засмеялась.

— То есть гуляем на всю катушку? Джентльмены угощают дам? Честно говоря, я плохо знаю этот район, не представляю, где здесь можно поесть без риска отравиться. Придется действовать методом научного тыка.

В машине Настя открыла на айпаде карту района, раздвинула пальцами картинку, чтобы появились номера домов и названия учреждений и заведений.

— Можем попробовать вот здесь, — она ткнула в точку на экране, где мелкими буковками было написано «У дяди Федора».

— Давайте, — с готовностью согласился Петр.

Кажется, ему было все равно, где и что съесть, он просто очень проголодался. Немудрено. Завтрак оказался скудным для организма молодого мужчины, да и времени прошло немало.

С того момента, как они распрощались с дедом-профундо, Насте казалось, что в голове скребет беспокойная мышь. Какая-то мысль пытается прорваться наружу. Не то дед что-то такое сказал, не то кто-то из его родственников... Но что?

Она зажмурилась и тряхнула головой. Гнать все мысли, гнать, иначе они снова побегут по заранее проложенному маршруту. Мышь нужно определить в темный угол, чтобы не мешала.

Завела двигатель, проехала два перекрестка, свернула направо. Вот и вывеска «У дяди Федора». И открытая веранда со столиками есть. Да здравствует долгая теплая осень!

Настя неторопливо и внимательно читала меню, ведь когда они с Лешей переедут, знания точек общепита очень пригодятся. Им придется жить в этом районе... Чувство, охватившее ее, было странным, незнакомым. Раньше она постоянно думала только о том, что будет жить в другой квартире, в других стенах, с другим видом из окна, а теперь внезапно осознала, что жить придется на другой территории, покупать продукты в других магазинах, ходить в другие отделения банка, выходить из метро на другой остановке, встречать по вечерам на улице других людей с другими собаками. Здесь все чужое. И ко всему нужно будет привыкать, адаптироваться.

Мышь тихонько пискнула из своего темного угла, и Настя невольно поморщилась. Почему она подумала о собачниках и их питомцах, как будто кроме них по вечерним улицам никто больше не ходит? Потому что сегодня дядя Назар рассказывал о Мытаре, который любил во время прогулок подолгу беседовать с владельцами собак. Опять голова пытается въехать в дело Сокольникова! Нет на нее никакой управы.

В ожидании заказанных блюд Настя снова открыла айпад и принялась внимательно изучать сильно укрупненную карту района, мысленно отмечая супермаркеты, медицинские учреждения, аптеки и прочие полезные места. Вот здесь можно идти по улицам, а можно сократить путь, пройдя через дворы... Вот тут отдел вневедомственной охраны, надо будет запомнить... А на этой улице расположены целых два медицинских центра с разными названиями, нужно будет поспрашивать у знающих людей, в каком из них врачи и персонал более надежные. Шарлатанов в последние годы развелось множество, и не только в медицине или в строительстве, приходится постоянно быть настороже.

— Вкусно! — одобрительно воскликнул Петр, попробовав деревенскую похлебку, которую подали в хлебе и под хлебной крышкой. — Как вы догадались, что здесь кухня хорошая?

Настя пожала плечами.

— Просто угадала. Случайно.

Ризотто с морепродуктами в ее тарелке тоже было весьма достойным на вкус. Ну а уж истинное качество проявится не раньше чем минут через двадцать.

— Вы же сами говорили, что ничего случайного не бывает. На карте было много всяких точек, где можно пожрать, но вы выбрали именно «Дядю Федора». Почему?

— Потому что это не сеть. Сетевой общепит в Москве очень испортился в последние годы, это известно каждому жителю города. Вся надежда теперь только на малый бизнес. Владельцы крупного давно страх потеряли. К сетевым супермаркетам это тоже относится.

Сидящая в дальнем углу мышь запищала тревожно и громко.

Ничего случайного не бывает... Ну да, не бывает, Настя это отлично знает, ничего нового. Мышь пищит явно не об этом. Дед-профундо и Петр... Что между ними общего? Что оба они сказали такого, что заставило маленького грызуна так возбудиться? Дед говорил, что его бригаде повезло с хозяйкой, Петр сказал, что им повезло с кухней в этом заведении. Нет, не то, не то... Хотя где-то близко... И не утверждение, а вопрос. Какой-то вопрос, который нужно было задать очень давно, а она опять все прохлопала... Дед сказал: «Я рад, что вы нас выбрали». Петр спросил, почему она выбрала кафе «У дяди Федора».

Стоп! Вот оно. Действительно, лежало на поверхности. А она не заметила.

Настя осторожно, стараясь не звякнуть, положила нож и вилку на края тарелки. Ей отчего-то казалось, что любой посторонний звук может спугнуть юркую маленькую встревоженную мышь-мысль.

— Петя, как вы думаете, почему наш манипулятор выбрал Ксюшу для осуществления своего замысла? Ведь журналистов в стране — тысячи. Но он выбрал именно ее. Почему? Что в ней было такого особенного? Расскажите о ней, вы ведь были близки.

— Особенного? Да вроде ничего такого. Обычная девчонка, хорошенькая очень, училась прилично, старалась, прогуливала мало.

— Может, были выдающиеся способности в чем-то?

— Не сказал бы. Самая обычная, рядовая. Конечно, когда мы с ней мутили, мне так не казалось, — Петр смущенно усмехнулся, — она казалась мне самой красивой, умной и обаятельной на свете. Но потом, когда разбежались, я все недоумевал: и что я в ней нашел?

Настя закурила, стараясь, чтобы Петр не заметил, как дрожат ее пальцы.

Манипулятор выбрал Ксюшу, потому что ею можно было управлять. Контролировать ее. Наставлять на путь истинный, если она свернет не туда. Давать советы. Подсказывать. Использовать как инструмент. Она близко, она рядом, ее деятельность хорошо просматривается.

Друг? Любовник? Жених? Или...

Господи, какая же она идиотка! Всё же очевидно! И очевидным было с самого начала.

В горле мгновенно пересохло, Настя поняла, что доедать не хочет. Да и остыло все, пока она курила. Она ненавидела привычку некоторых людей закуривать, когда на тарелке остывает еда, но сейчас сделала именно это, потому что не смогла справиться с нервозностью. Нет, доедать все-таки придется, силы будут нужны, а когда удастся поесть в следующий раз — неизвестно.

Алина Римицан произвела на Настю впечатление человека спокойного, уравновешенного и неторопливого. Наверное, только с таким характером и можно было уживаться рядом с Виталием Горевым, взрывным и скорым на расправу. Значит, время еще есть, хотя бы несколько часов, до вечера, пока Горевой не вернется домой. Не станет она немедленно после ухода гостей звонить Виталию Владимировичу с неприятными и не особо проверенными новостями о его помощнике. «Но, возможно, я ошибаюсь, и Алина вовсе не такая, — с тревогой думала Настя. — Я вообще часто ошибаюсь, а в последнее время — даже чаще, чем допустимо. Как я могла не подумать, не предусмотреть!»

Пока ждали кофе и десерт, она снова уткнулась в айпад. Статьи в Википедии не было, видно, не того полета птица. Пришлось пробегать глазами немногочисленные имеющиеся интервью в поисках нужной информации. Ничего конкретного не находилось, вот только одно упоминание: «Вопрос: Сегодня актуальной является тема патриотического воспитания подростков и молодежи. Как вы относились к урокам начальной военной подготовки? Занимались серьезно? — Ответ: Нет, мы этот предмет всерьез не воспринимали, валяли дурака на уроках, нарушали дисциплину, а военрука за глаза называли Бяшей, хотя на самом деле он был Алексеем Ивановичем. Сейчас даже не вспомню, почему к нему приклеилось такое прозвище.

Но теперь я с благодарностью вспоминаю его уроки. Знания, которые он давал, мне очень пригодились». Военрук Алексей Иванович по прозвищу Бяша... Ладно, хоть так.

Настя ввела имя, отчество и данное учениками прозвище в строку поиска и довольно быстро нашла сайт группы, где выпускники школы выкладывали школьные фотографии и делились воспоминаниями о годах учебы и учителях. Историй о Бяше оказалось немало, военрук Алексей Иванович проработал в этой школе много лет. Нынешний номер школы был четырехзначным, теперь это гимназия. Еще через минуту стали известны прежний, еще советских времен, номер и адрес. Улица Гарибальди. Черемушкинский район. Неподалеку от улицы Новочеремушкинской.

— Анастасия Павловна, вы опять молчите, ничего не объясняете, — с упреком сказал Петр. — Что вы там ищете-то? По нашему делу или что-то свое?

— Сейчас, — пробормотала она, — минутку подождите, я сделаю один звонок и потом все расскажу.

Голос Назара Захаровича звучал в трубке приглушенно и расстроенно.

— У Элки моей давление внезапно подскочило, пришлось «Скорую» вызывать, они укол сделали. Элка уснула, так что я стараюсь не шуметь. Эх, старость не радость... А ты чего хотела, дочка?

— Список, про который вы говорили.

— Так ты же вроде выяснила уже, что в нем есть тот, кто тебе нужен.

— Мне теперь все нужны.

— Размах у тебя, однако... Ладно, сейчас листочек достану. Куда ж я его задевал? Сунул куда-то, думал, больше не пригодится, — бормотал Бычков. — А, вот, нашел. Записывай.

Он диктовал, а Настя быстро печатала фамилии в «Заметках» на айпаде. Имя, которое она ожидала услышать, оказалось в самом конце списка.

— Разве он тоже судимый? Вы вроде говорили, что Зинаида Ивановна помнит в основном тех, кого потом посадили по малолетке, потому что по ним отписываться много приходилось.

— Это да, но этого паренька она запомнила, потому что он из хорошей семьи, на учете в инспекции не состоял, весь такой приличный пионер-комсомолец, а к Мытарю таскался. Потому, собственно, и назвала его в самом конце.

— Значит, не судимый?

— Да кто же его знает, дочка, как у него потом жизнь сложилась. Но до восемнадцати лет — Зиночка уверена, что нет.

Приличный пионер-комсомолец по фамилии Климанов. Будущий писатель Владимир Климм. Ну почему, почему она, Настя Каменская, такая самонадеянная дура?! Почему не выслушала еще утром по телефону весь список полностью, а ограничилась тем, что спросила, нет ли в нем Дмитрия Щетинина? И еще радовалась, когда дядя Назар подтвердил: да, есть. Гордилась своей проницательностью. Да грош ей цена после таких чудовищных ошибок!

Климанов знал, где она живет, ведь он заезжал за ней в прошлое воскресенье, когда нужно было вытаскивать Петю из полиции. И от того же Пети он мог знать, что она занимается ремонтом, Настя не делала из этого никакого секрета, кажется, даже сама говорила что-то Климанову в машине, ведь нужно же было поддерживать разговор, пока ехали в Замоскворечье. Адрес квартиры, которую снимает Петр, тоже известен Климанову, он ездил туда за Петиным паспортом. Кстати, ему и ключи для этого давали, а что могло помешать заехать по пути в любой металлоремонт и сделать дубликаты? 10 минут — и проблема решена. Таким образом, можно организовать и наблюдение за передвижениями молодого журналиста, и поинтересоваться записями, имеющимися в квартире. Ноутбук парень возит с собой, в него не залезешь, но вполне могут быть обрывки информации на первых попавшихся листочках, валяющихся по всей квартире. Кроме того, при известной сноровке можно подключиться к любому компьютеру, с которого в данный момент выходят в интернет. В кафе к Петру подсаживался не Климанов. И на перекрестке с Настей заговорил тоже не он. Значит, у писателя есть как минимум один наемный помощник. А возможно, и двое: один — артист, играет придуманные Климмом роли, заодно и слежку осуществляет, другой — технарь, компьютерщик. Или Владимиру Юрьевичу повезло найти мастера на все руки? А может, Петя сам рассказал ему или Алле о том, что ездил к адвокату Елисееву? Сейчас это не важно.

Что говорил Климанов о себе? Что он вел скучную жизнь чиновника в мэрии. Чиновник в мэрии... Именно в мэрии представители бизнеса решают множество вопросов, получают необходимые разрешения и согласования. Есть такое забавное словечко «взяткоемкость», так вот, взяткоемкость деятельности чиновников в мэрии высока необыкновенно. И сейчас, и в девяностые годы. Климанов не зарывался, брал не много, а выполнял на совесть, помогал не только в том, что касалось его непосредственных полномочий, но и в других вопросах, которые нужно было «разруливать» с представителями криминала. Ведь у него был Дима Щетинин, друг детства, вместе с которым они отирались возле опытного вора Мытаря, шестерили на бывшего уголовника и брали у него уроки мастерства. Диме уроки впрок не пошли, ничему он не научился и направился по пути грабежа и разбоя. А вот Володенька достиг подлинных вершин. Может быть, даже учителя своего превзошел. Зачем он вскрывал квартиры в Черемушках? Сдавал экзамен Мытарю? Не годится, это происходило в 1987 году, Мытарь к тому времени уже умер, так сказал дядя Назар. Значит, не экзамен. Тогда что? Или все-таки экзамен, который добросовестный и тщательный Володенька сдавал самому себе? Проверял себя? Тоже как-то глупо выглядит. Чтобы проверить себя, достаточно «сработать» замок, убедиться, что дверь открывается, и можно уходить. Для чего розы, тортики, денежки? Раннее проявление креативного начала, которое в зрелом возрасте реализовалось в виде придумывания сюжетов для романов? Может быть, может быть...

Итак, в августе 1998 года Виталий Горевой теряет доверенного помощника, выполнявшего роль буфера между бизнесом и бандитами. Решая очередные вопросы с давно прикормленным чиновником Климановым, Виталий Владимирович сетует на невосполнимую потерю, Владимир Юрьевич обещает посодействовать, подумать, чем можно помочь. Другу Диме давно пора расти, перестать отмывать бандитские деньги, становиться уважаемым человеком, солидным. Авторитетность неприкрытого криминала выходила из моды, «в тренде» становились светскость, приемы, смокинги, частные школы за границей для детей. А для этого следовало как минимум перестать заниматься тем, за что можно быстро и безусловно присесть, и переключиться на «белую» или хотя бы «серую» деятельность.

Фирма у Горевого серьезная, без предварительной проверки и гарантий надежности он нового человека к себе не приблизит. Прошлые судимости за грабеж и разбой — святое дело, куда ж без них? Иначе нужными связями не обзаведешься, авторитета иметь не будешь. Человек, не имеющий судимостей и, как следствие, обширных знакомств в криминальном мире, на такой должности не нужен. Но риск загреметь на нары прямо сейчас по обвинению в групповом убийстве двух и более лиц — совсем другое дело. Человека, таскающего на плечах груз подобного риска, не то что взыскательный Горевой — вообще никто не возьмет.

Вот почему Дмитрий Щетинин в конце лета 1998 года так озаботился тем, чтобы убийство семьи Даниловых пролетело мимо него. Да, пока что трупы не обнаружены, и самих Даниловых никто не ищет, но... а вдруг? Искать-то все равно начнут рано или поздно, это он понимал. И первым делом начнут задавать вопросы Андрюхе Сокольникову, их соседу по квартире. А Андрюха ненадежен, глуповат, может дать слабину. И не видать Щетинину теплого сладкого места под крылышком у богатея Горевого да под негласной опекой старого друга Климанова. Такой шанс, как место у Виталия Горевого, выпадает раз в жизни, упускать никак нельзя.

И Щетинин делает все возможное, чтобы минимизировать риски. Для этого нужно уговорить Андрея пойти с повинной и взять все на себя, тогда больше никого искать не будут, трупы выкопают, Сокольникова закроют «на долгие года», а Дмитрий Щетинин с легким сердцем займет дорогое офисное кресло в кабинете с видом на Москву-реку. Обзаведется жильем за городом, женится, дети пойдут. Заживет, как на картинке из кино.

Покровители из ФСБ помогли выкрутиться. Знали они о том, что Щетинин совершил убийство? Скорее всего, нет. Для них он был просто свидетелем, человеком, который оказался близко знаком с преступником, поэтому должен быть допрошен следствием. Они сами внедрили Дмитрия в группировку, он работал на них, и разве парень виноват в том, что кто-то из членов этой группировки убил своих соседей по коммуналке? Хороший парень, полезный, надо помочь. Только нужно сделать так, чтобы допрашивали его поверхностно, глубоко не копали и очевидных ляпов не замечали, а то, не ровен час, вылезет его негласное сотрудничество. Следователи, конечно, и сами всё поймут, как только указание сверху получат, но на то они и следователи, чтобы понимать и молчать. А вот адвокаты... И публика в зале судебного заседания...

И сам Сокольников... Одним словом, выполним формальности аккуратно, по-быстрому — и концы в воду.

Интересно, Климанов знал о побочной деятельности своего друга детства? Наверняка сегодня уже знает, а вот двадцать лет назад — непонятно. Но не суть важно.

Кто придумал комбинацию с Сокольниковым? Сам Щетинин? Кураторы из ФСБ подсказали? Или креативный Владимир Юрьевич надоумил?

Идея была, в общем-то, здравая. Дело откроют — дело закроют, торпеда мимо прошла. Сокольников реально участвовал в убийстве, вот и пусть посидит за содеянное, совесть Щетинина спокойна, невиновный на зону не отправится. Только нужно торопиться, пока Горевой не нашел кого-нибудь другого для замещения освободившейся вакансии. Бизнесмен согласился подождать, пока рекомендованный и расхваленный Климановым кандидат уладит дела на прежнем месте работы. Но недолго. Сколько времени было у Щетинина на решение вопроса? Два-три месяца, вряд ли больше.

И Щетинин уговорил Сокольникова. Но как? Сказал правду? Взывал к дружеской помощи? Выдал хорошо слепленную ложь?

В чем состояла приманка? И почему Андрей Сокольников на нее повелся?

* * *

Петр слушал Каменскую и не мог поверить, что это правда. Ну как же так? Владимир Юрьевич, которого он знал еще с тех пор, как крутил роман с Ксюшей! Ну да, противный зануда, который все время пытался учить жизни, читал мораль и не скрывал своего насмешливого отношения к Петру, Ксюше и их друзьям-ровесникам, но чтобы такое... Получается, что и розы для Кати Волохиной — это тоже он, Климм? Но для чего?

— Анастасия Павловна, я ничего не понимаю, — в отчаянии произнес Петр. — Как это может быть?

— Может быть все, что угодно, — невозмутимо ответила вобла. — Даже такое, что представить трудно. Человек многогранен и малопредсказуем. Меня сейчас не интересуют вопросы вашей веры, мне важно понимать, укладываются ли в эту версию известные нам факты.

— Но на основе этих фактов можно же придумать и другую историю, верно?

— Само собой. Для этого плакатик и висит. Придумывайте. У вас полная свобода мысли.

— А вы сами, значит, другие варианты рассматривать не собираетесь? Уверены в своей правоте?

— Ни в чем я не уверена, Петя, кроме одного: я накосячила. И мне сейчас придется напрягать людей, чтобы они исправляли мои ошибки. Это нехорошо, но иначе не получается.

Они так и сидели на веранде кафе «У дяди Федора», и Петр терялся перед необъяснимой логикой Каменской. Если она считает, что наделала ошибок, то почему сидит за столом вместо того, чтобы скорее бежать исправлять допущенные промахи? А вобла никуда, судя по всему, не торопится, пишет какие-то сообщения в мессенджерах, коротко разговаривает по телефону, заказывает еще и еще кофе и беспрерывно курит. И опять ничего не объясняет. Достало уже! Он платит деньги за то, чтобы получать знания и навыки, а не за то, чтобы сидеть «за болванчика».

Вероятно, Петр не справился с лицом, потому что вобла вдруг внимательно посмотрела на него и сказала:

— Не злитесь. В течение пяти минут я получу информацию, передам кому следует и тогда скажу, что происходит и что мы с вами будем делать.

— Какую информацию? — нетерпеливо спросил он, с отвращением чувствуя, как начинают предательски пылать щеки.

— Адреса Климанова. Домашний и адрес дачи. Мало ли где он может оказаться завтра.

— Почему завтра?

— Потому что сегодня вряд ли. Ну, если только уже ближе к ночи. Алина поговорит с Горевым, расскажет ему об идейных убеждениях Щетинина. Горевой, как мы уже знаем, скор на расправу, так что особо тянуть не станет. Если время будет не позднее — разберется со Щетининым сразу, если нет, то завтра прямо с утра. Что будет делать Щетинин, когда шеф велит ему собирать свое барахло и выметаться из офиса компании?

— Домой поедет, — предположил Петр. — С вещами.

— Нет, Петя, он помчится к Климанову.

— Почему к Климанову? — не понял он.

— Потому что Климанов его сдал. Одна из моих ошибок — книга Климма. Если бы я сообразила раньше, что к чему, я взяла бы другую книгу. Но я не сообразила. Щетинин, конечно же, спросит Горевого, откуда информация, и Горевой, ничтоже сумняшеся, ответит, что приходила некая дамочка, которая пишет тексты для бренда «Владимир Климм». Щетинин, конечно, не нобелевский лауреат, но два и два сложить как-нибудь сумеет. А поскольку человек он незатейливый, то получится у него не пять и не шесть целых три десятых, а именно четыре. О господи, — вдруг простонала Каменская, — как же я ненавижу случайные совпадения! Даже случайное попадание в цель приводит меня в бешенство. Я рассчитывала на то, что Щетинин после разборок с шефом кинется выяснять отношения с манипулятором. Манипулятор поймет, что цель достигнута, успокоится и не будет больше дергать ни вас, ни меня. Я совершенно не собиралась вникать, что это была за цель и почему манипулятор решил подгадить Щетинину. Ну, решил — и решил, это их внутренние терки, меня они не касаются. Я по глупости исходила из того, что манипулятор хочет обнародовать только причастность Щетинина к неонацизму и просто использовал для этого дело Сокольникова, чтобы привлечь внимание к конкретному персонажу, а о причастности к убийству даже не догадывался. Это еще одна из моих ошибок. Теперь я понимаю, что заблуждалась. Манипулятор в курсе ситуации с убийствами. Возможно даже, принимал в ней активное участие.

— Вы хотите сказать, что Климм — преступник?

— Я хочу сказать, что он приложил руку. Не к самим убийствам, конечно, а к тому, что завертелось вокруг них.

— Слушайте, но выходит, что Щетинин — совсем дурак, что ли? Для чего он вообще ввязался в убийства Даниловых? И как мог столько лет продержаться на работе у Горевого, если мозгов нет?

— Все бывает, — со вздохом повторила вобла свою любимую фразу. — Щетинин мог, например, только делать вид, что поддерживает своего друга Андрея на этапе приготовления к преступлению и подыскания оружия, но ситуация начала разворачиваться внезапно, и у Щетинина мозги отказали, это часто случается. Вот просто не повезло ему, что все произошло именно тогда, когда он был дома у Сокольникова, понимаете? Просто не повезло. Он же крутой, он старший товарищ, бывалый сиделец, матерый уголовник, жесткий и решительный, ненавидящий быдло — такой у него был имидж. Что ему оставалось? Начать разнимать соседей и уговаривать всех успокоиться? Или присоединиться к другу? Выбор-то невелик. Может, еще какие-то причины были, но вряд ли мы о них узнаем.

Звякнул смартфон, вобла поднесла его поближе к глазам, несколько раз нажала пальцем на экран, потом позвонила какому-то Мише и коротко сообщила, что отправила ему адреса. Пстр с нетерпением ждал, когда же она соизволит наконец посвятить его в свои гениальные планы. Он с удивлением понял, что как только Каменская заговорила о собственных ошибках, злость на нее куда-то испарилась. Сам Петр ни за что на свете не признался бы в том, что был не прав, тем более постороннему, в сущности, человеку. А вобла так откровенно говорит, что накосячила... Это вызывало симпатию и даже какую-то теплоту, хотя объяснить причину он не смог бы.

— Между Климановым и Щетининым пробежала блохастая кошка, — заявила Каменская. — И Климанов решил мерзко, исподтишка свести счеты, причем так, чтобы друг Дима ни за что не догадался, откуда ветер дует. Неудачно выбранная книга поломала его изысканный план. Кошка, судя по всему, была или очень крупная, или сильно блохастая. Но самое забавное, что Климанов ее видел, а Щетинин — нет. Ему даже в голову не приходит, что старый дружбан Вовка заковырял обиду.

Про сильно блохастую кошку Петру понравилось. Нужно будет взять на вооружение.

— Почему вы думаете, что кошка большая?

— Потому что усилий приложено много, время потрачено немалое. Но могу предложить другой вариант, основанный на тех же фактах: кошка была маленькой и чистенькой, но у Климанова аллергия на шерсть животных, поэтому ему хватило. Проще говоря, повод мог быть совсем незначительным, но тут на первый план выступило непомерно раздутое эго и невероятные обидчивость, злопамятность и мстительность. Что-то друг Дима сделал такое, за что кореш Вова захотел стереть его в порошок сначала руками Ксюши, потом вашими. Ну и мои руки тут по случаю подвернулись, тоже в дело пошли.

И насчет аллергии — неплохая метафора, можно использовать. «Какой у нее образный язык, — вдруг подумалось ему. — А я только сейчас обратил внимание».

— Я попросила у своего начальника разрешения привлечь сотрудников нашего агентства. Они посмотрят, как будет вести себя Горевой, куда после этого побежит Щетинин, и самое главное — подстрахуют нас с вами.

Вот это красота! «Нас с вами!» Выходит, ему, Петру Кравченко, грозит какая-то опасность. Шикарная основа для будущей статьи! Его звездный час надвигается с космической скоростью!

— Вы думаете, Щетинин придет разбираться с нами?

— Щстинин? — переспросила Каменская с искренним, как Петру показалось, удивлением. — Нет, Щетинину мы сто лет не сдались, он во всем будет винить друга Вову. Разбираться с нами придет Климанов. Но поскольку он человек интеллигентный и от криминала далекий, то вполне может взять с собой друга Диму для устрашения и силовых манипуляций. Сам-то Владимир Юрьевич силен в психологических манипуляциях, а в силовых он не спец.

— Но мы же сделали все, как он хотел! Если вы не ошиблись, конечно, — осторожно добавил Петр. — Он ведь хотел, чтобы Горевой узнал о Щетинине? Он это получил. Почему он должен разбираться с нами?

— Во-первых, я и тут могла напортачить. А во-вторых, я покусилась на его честное имя автора, заявила, что он не сам пишет свои бессмертные романы и что «Владимир Климм» это всего лишь проект, а не живой реальный человек. Ни один писатель этого не потерпит, если вкладывает в свои книги труд, душу, здоровье. Вы только представьте, насколько это обидно! А Владимир Юрьевич у нас должен быть обидчивым. Но есть и третье обстоятельство: Щетинин. Он ведь не примкнул добровольно к неонацистам, он был к ним внедрен, то есть работал на тех, кто боролся с группировками, а не разделял их убеждения. А мы с вами, получается, оболгали хорошего человека, оклеветали. Тогда Щетинин, чтобы оправдаться перед шефом, вынужден будет признаться, что сотрудничал с органами. Вот тут у меня информационный пробел, я не знаю, какие у Горевого отношения с ФСБ. Но кореш Вова, похоже, знает. И думаю, что он разработал простую, но элегантную «вилку», как в шахматах: Щетинин будет вынужден признать либо принадлежность к нацизму, либо связь с ФСБ. И то, и другое для Горевого равно неприемлемо, так что увольнение Щетинина обеспечено. План был очень хорош. Появляется статья, Щетинина увольняют, разгорается публичный скандал, репутация испорчена на веки вечные, он лишается всего, во всем виноват ушлый журналист, Климанов ни при чем. А тут мы с вами... — Каменская запнулась и с усмешкой поправила себя: — Не мы. Я. С книгой, будь она неладна. Я одна виновата, это было мое решение, не ваше. Если бы только я раньше догадалась, что существует связь «Горевой — Щетинин — Климанов»! Я была уверена, что все ограничивается связкой «Горевой — Щетинин». Надо же было столько ляпов допустить всего на одном деле! В результате мы с вами будем смирно сидеть и ждать, когда Климанов приведет к нам Щетинина, который захочет набить вам морду. Меня-то он вряд ли тронет, я — женщина позднезрелого возраста, такие, как я, редко становятся мишенью для физического воздействия. А вот вам, Петя, может прийтись несладко.

Петру внезапно стало неловко. И почему-то неприятно. Показалось, что Каменская специально настойчиво повторяет слова про собственные ошибки и умышленно подчеркивает, что Петр ни в чем не виноват, все промахи исключительно на ее совести. Зачем она так делает? Ну да, она говорила, что Петр всегда ищет, на кого бы переложить вину и как оправдаться самому, но разве это правда? Это просто ее домыслы, фантазии.

Или нет? Она права? Он действительно такой? Он такой, но не хочет сам себе признаваться в этом? Не любит говорить себе правду? Блин, как противно-то! И само по себе противно, и еще более противно оттого, что это увидела, раскусила и озвучила сушеная вобла.

Ему захотелось перевести разговор в другое русло, чтобы не слышать эти беспрестанно повторяемые слова про ошибки, промахи, ляпы и косяки.

— Мы долго еще будем здесь сидеть? — спросил он.

— Посидим пока, — неопределенно ответила Каменская. — Вы куда-то торопитесь?

— Просто спросил. Жалко время терять, можно было бы над делом поработать.

— Так мы и работаем. Только в другой обстановке и другим способом.

— Всё равно я не понимаю, чего мы тут ждем, — Петр не смог скрыть раздражения.

— Мы ждем, когда мои коллеги установят человека, который отслеживает наши с вами передвижения. Он где-то неподалеку, возможно, мы даже видим его...

Петр попытался оглянуться, но пальцы Каменской тут же легли на его руку и сжали крепко, повелительно.

— Так и знала, что вы тут же начнете головой вертеть, — с упреком сказала вобла. — Сидите спокойно, смотрите мне в глаза, не дергайтесь. У нас отличная позиция, угловой столик, за нашими спинами никого нет, люди за соседними столиками на виду. Если не будем заметно повышать голос, наш разговор вряд ли кто-то услышит. Я не исключаю, что в данный момент за нами уже никто не наблюдает. Расслабьтесь. Климанову сообщили, что мы ездили домой к Горевому, разговаривали с его подружкой, теперь у него есть все основания считать, что затея удалась, мы слили Диму Щетинина. Или еще не слили, а только провели разведопрос, прощупали почву, собрали предварительную информацию, прикинувшись потенциальными заказчиками дизайн-проекта для квартиры. Но в любом случае мы движемся в нужном для Климма направлении, так что он может особо не беспокоиться. О результатах нашего визита он узнает чуть позже, а пока надзор за нами не очень-то и нужен, так что свою шавку он мог и отозвать. С нами все уже понятно, теперь куда интереснее смотреть, что будет делать Горевой, а потом и Щетинин. Не думаю, что у нашего писателя целый штат подручных. Работа шавки тоже денег стоит, оплата, скорее всего, почасовая, а Владимир Юрьевич не производит впечатления человека, обремененного избыточными финансами. Тиражи его книг весьма невелики, да и самих книг немного, всего четыре, зарубежных переводов нет. Ему приходится быть расчетливым и экономным.

Ага, как же! А взятки, которые он брал, когда в мэрии работал? Вобла совсем уже заговариваться начала, путается в своих же собственных рассуждениях, забывает, о чем только что рассказывала.

— Взятки, да, — кивнула она, ничуть не растерявшись от его вопроса, заданного ехидным тоном. — Но ведь я не зря употребила слово «избыточные», когда говорила о финансах Климанова. Неважно, сколько у человека денег, важно, что он сам думает по этому поводу. Судя по адресам, которые мне прислали, квартира у него самая обычная, дача тоже не дворец, хороший деревянный дом, просторный, обставленный, но не более того. Место там не самое дорогое, престижных дачных поселков нет. Он не роскошествует. Он собирается прожить еще много лет и тратит экономно, чтобы хватило на спокойную комфортную жизнь до глубокой старости. Нынешние доходы невелики, а прежние накопления имеет смысл беречь и не расшвыривать на все подряд. Климанов — человек плана и разумного расчета, спокойный и терпеливый. Вспомните, что я вам говорила о самых успешных квартирных ворах.

Каменская убрала руку и в очередной раз закурила.

Но Петр никак не мог успокоиться. Неприятное чувство, появившееся от слов об ошибках, крепло и набирало силу, и теперь хотелось непременно сделать что-нибудь такое, что... В общем, он и сам не знал, что именно и зачем. Просто хотелось задать вопрос, который поставит ее в тупик и заставит признать, что ее логика ущербна. Нужно, чтобы именно он, Петр Кравченко, уличил ее, поймал на ошибке, на интеллектуальной несостоятельности, а не она сама спохватилась и призналась. Ему обязательно нужно, чтобы вобла показала себя глупой, глупее него, и тогда можно не брать в голову то, что она говорила о нем самом, о его характере и образе мышления. То, что ему так не понравилось. То, от чего портилось настроение. Достаточно дискредитировать человека, и всё, что он говорил, автоматически перестает быть правдой, это азы журналистики.

Признавать правоту воблы очень не хотелось. Поэтому надо заставить ее продемонстрировать свою глупость. До тех пор, пока она сама видит собственные ошибки и открыто их признает, она почему-то вовсе не выглядит глупой. А вот если она не увидит, а Петр ткнет ее носом, выйдет как раз так, как нужно. После чего можно раз и навсегда забыть ее длинные сентенции о вранье, самооценке, перекладывании вины и самооправданиях.

— Зачем вам помощь коллег, Анастасия Павловна? Разве вы сами не в состоянии вычислить этого наблюдателя? Вы же сыщик со стажем, с опытом, а такую простую вещь сделать не можете. Не умеете?

— Умею. Но в данный момент не могу.

— Почему?

— Для такой работы нужны два навыка одновременно: видеть других людей и оставаться невидимым самому. Причем сначала второе, а уж потом первое. Понимаете? Если у меня будет хорошая точка обзора, я вычислю наблюдателя легко и быстро. Но поскольку он наблюдает именно за мной, я никак не смогу занять эту точку, чтобы он не заметил моих передвижений. Кроме того, на мне длинная юбка, яркая и явно не по сезону, и я хромаю. В таком виде мне никак не стать незаметной, даже если объектом слежки была бы не я, а кто-то другой.

— Вам не кажется, что вы сами себе противоречите, Анастасия Павловна? — заметил Петр не без удовлетворения. — То говорите, что у Климма, скорее всего, только один помощник и он нами больше не занимается, ему важнее Горевой и Щетинин, а то вдруг заявляете, что ваши коллеги пытаются выяснить, кто за нами наблюдает. Вы уж как-то определитесь: или одно, или другое.

— Я всего лишь высказываю предположение, которое с высокой степенью вероятности может оказаться ошибочным. И мои коллеги его проверяют.

Вот черт! Выскользнула. Хромая вобла, увертливая, как угорь. Смешно! Картинка получилась такой забавной, что даже злиться расхотелось.

Каменская прочитала очередное сообщение и слегка улыбнулась.

— У нас тут чисто. Наблюдатель только один, и в данный момент он находится неподалеку от входа в здание, где располагается компания Горевого. Дом Горевого проверили, там никого.

— И что это значит?

— Понятия не имею. Но могу предположить, что наблюдатель дождется, когда Горевой выйдет, и поедет за ним, посмотрит. Или доложит хозяину и будет ждать дальнейших указаний. Скорее всего, потащится за Виталием Владимировичем, чтобы посмотреть, куда он направится. А может быть, у него задание смотреть за Щетининым. Да, — она задумчиво побарабанила пальцами по столу, — пожалуй, его объектом является именно Щетинин. Зачем наблюдать за Горевым и гадать, знает он уже или не знает, как отреагировал, когда и как собирается разобраться с Димой? Нерациональная трата сил. Проще нацелиться на Щетинина и сразу увидеть, попала пуля в мишень или ушла в молоко.

— Вы уверены, что Щетинин в офисе?

— Я — нет, но наблюдатель, надо полагать, знает, что делает. И мои коллеги тоже, надеюсь.

— А дом Щетинина проверяли? — допытывался Петр. — Вдруг там как раз второй наблюдатель.

Вобла посмотрела на него с улыбкой и мягко произнесла:

— Конечно проверяли, Петя. Не волнуйтесь. Думаю, мы можем ехать домой. Официантка на нас уже посматривает, долго сидим, ничего больше не заказываем, хороший столик занимаем, а дело к вечеру идет, скоро аншлаг будет.

* * *

— Вам придется снова остаться у меня, — сказала Настя, когда они сели в машину. — В сложившихся обстоятельствах я не могу оставить вас одного. И не могу просить ребят, чтобы они страховали и вашу квартиру, и мою.

— Меня страховать не нужно. Не такой уж я беспомощный, — независимым тоном заявил Петр.

Самоуверенное дитя! Его побуждения понятны: вызвать огонь на себя, победить противника и с гордой скромностью написать об этом. Неплохо бы еще ранение какое-нибудь неопасное, больничная койка, репортаж по телевидению. Нападение на журналиста, раскопавшего страшную правду, — шутка ли! Пиар с высокой эффективностью получится.

— Петя, не забывайте, кто такой Щетинин. Сейчас он с виду приличный человек, но раньше он был грабителем и убийцей. И никто не сможет вам гарантировать, что он полностью изменился за двадцать лет.

— Я слышал теорию, согласно которой человек полностью меняется каждые семь лет.

— А я слышала, что человек с возрастом не меняется, а только усугубляется. Так что, начнем спорить, какая из этих теорий более правильная? — сердито бросила она. — И в магазин нужно заехать, продукты купить, у меня холодильник пустой.

Автомобильная Москва двинулась от мест работы к местам проживания, ехали медленно, то и дело попадая в длинные «пробки». Бедро, которому весь день не давали спокойно полежать в удобном положении, возмутилось, и ходить к вечеру стало намного больнее, чем утром. Когда добрались до дома, остатка сил хватило только на то, чтобы разложить продукты и переодеться в халат, после чего Настя рухнула, как сноп, на диван. И почему она так устала? Ведь не вагоны грузила, а всего лишь сидела либо за рулем, либо в кресле в гостиной у Горевого, либо за столиком в кафе. В общем, не надорвалась. «Возраст, — тоскливо подумала она. — Вроде ничего не делала, только мозгами шевелила и нервничала, а энергии истратила — как марафон пробежала. Что будет дальше? Через десять лет начну отдыхать после каждого похода на кухню за чашкой кофе? Кошмар какой!»

Звякнул сигнал сообщения. «Зайду?» — написал Миша Доценко. Настя быстро ответила: «Жду!» И уже через пару минут запереливался дверной звонок. Быстро встать с дивана не получилось, и она попросила Петра открыть дверь. Увидев ее хромающую и в халате, Миша выразительно округлил глаза.

— Картинка, однако! — протянул он и поцеловал Настю в щеку. — Ну что, прилетело тебе от Стасова? Он вне себя был, когда со мной разговаривал.

Потом повернулся к Петру, протянул руку:

— Михаил.

— Петр, — солидно ответил журналист, отвечая на рукопожатие.

— Чай будешь? — спросила Настя.

— Спасибо, нет. Я на секунду забежал, только поздороваться, познакомиться с Петром, глянуть, как вы тут, и вторые ключи взять. Ну и доложиться. По последним данным, Горевой и Щетинин вышли из здания вместе, о чем-то беседовали вполне дружески и так же дружески распрощались. Горевой с водителем и охранником сел в свою машину, Щетинин — в свою. Соглядатай двинулся вслед за Щетининым.

Ну да, примерно так она и ожидала. Алина никому не звонила, ждет, когда Виталий Владимирович явится к домашнему очагу. Сперва покормит, приласкает, а уж потом обрадует приятными известиями.

— Один человек у нас возле дома Горевого, второй едет за Щетининым и там останется, сколько потребуется. К третьему объекту я пока никого не отправлял, но если нужно...

— Не нужно, Мишенька. Третий объект нам интересен только вместе со Щетининым. Если Щетинин к нему поедет, то и человека за собой приведет. Будем экономить человеческие ресурсы. А ты, стало быть, нас пасешь?

— Не пасу, а охраняю, — поправил Доценко. — Ладно, Настюша, пойду я на свой пост, попозже еще разок зайду, хорошо? У вас отбой в котором часу?

— Да что ты, мы вообще вряд ли заснуть сможем сегодня, — засмеялась Настя. — Так что милости просим, в любое время ночи тебе поднесут чашку чаю и кусок еды.

— А я не за чаем приду.

— А за чем же? Неужто за водкой? — с деланым ужасом спросила она.

Михаил сделал страшное лицо и прошептал, растягивая слоги:

— По-пи-сать.

— Держи, — Настя протянула ему запасные ключи от квартиры. — Не потеряй.

Доценко ушел, и Настя снова легла на диван. За последние часы она думала в основном о писателе Климме и о бывшем уголовнике Щетинине. Надо надеяться, мозг отстроился от мыслей об Андрее Сокольникове, поэтому вполне можно вернуться к молодому человеку, двадцать лет назад явившемуся в милицию с повинной.

— Давайте вспоминать всё, что нам известно о Сокольникове, и добавлять к этому новую информацию, — сказала она Петру. — Вы что-нибудь записывали?

— Ну... Набросал кое-что, отрывочно. По памяти.

— Читайте вслух.

Она достала из лежащей на полу папки фотографию, которую распечатывала, чтобы показать социологу Ярошу, внимательно посмотрела на Сокольникова, стараясь запомнить его лицо и весь облик как можно лучше, закрыла глаза и попыталась сосредоточиться.

В детстве мальчик был сложным, легко выходил из себя, если что-то шло не так, как ему хочется, проявлял агрессию, пытался причинить физическую боль окружающим, насколько хватало его крошечных силенок. Даже за нож хватался. Извел семью до такой степени, что родители обратились к врачам.

Мать Сокольникова не поверила в диагноз детского психоневролога, она была твердо убеждена, что у ее сына не может быть умственной недостаточности. Смотрела сквозь пальцы на негативные проявления, такие, как вспыльчивость, агрессивность, недостаточное усердие в учебе, зато хвалила, не жалея эпитетов, за малейшие достижения, за проявления ума, сообразительности, хорошей памяти, умения гладко говорить. Решала множество проблем сына, в том числе с получением высшего образования, помогла уклониться от службы в армии.

Резюме: женщина сделала все возможное и невозможное, чтобы вырастить до небес его самооценку и породить у Андрея ложную и очень опасную иллюзию. Он самый умный, он самый чудесный, у него получается всё то, что не получается у других, и он достоин всего самого лучшего. Он — человек высшей расы. Не зря же мама старается подсунуть ему самый сладкий кусочек, а сестру и вовсе не замечает, потому что дочь не достойна. Другое дело сыночек Андрюшенька! Ему и жилье отдельное, и машинка, пусть и не новая, а дочери — ничего, шиш с маслом. Потому что он достоин. Он лучший.

А далее — темы научного интереса в период учебы в вузе. Расовые теории. Все логично. Увлечение неонацизмом, участие в группировке.

С другой стороны — коммунальная квартира, соседи — существа низшей расы, примитивные, по мнению Сокольникова, неопрятные, малообразованные, трудятся на неквалифицированных работах. Не производят вовремя уборку в местах общего пользования. Не выносят мусор. Не поддерживают чистоту. Приводят гостей, шумят, мешают. Возможно, выпивают. Ребенка своего воспитывать не могут, как полагается, девчонка бегает, топает, всюду лезет, громко кричит, воду за собой в туалете не спускает.

И наступает момент, когда копившееся негодование на соседей, ненависть к ним выплескиваются через край. Такие существа не имеют права дышать одним воздухом с ним, Андреем Сокольниковым, представителем высшей расы. Да и дружок Дима Щетинин тут как тут... Интересно, что конкретно он мог сказать?

— Да грохнуть их всех — и все дела, — выдала Настя первую версию.

— А хочешь, я помогу тебе от них избавиться, — предложил свой вариант Петр.

Они еще несколько минут развлекались, прикидывая и словно пробуя на вкус разные реплики. Получилось увлекательно. Даже разыграли импровизированный диалог, который мог бы состояться между Сокольниковым и Щетининым, обсуждающими, как убить, где взять оружие, у кого можно заказать «стреляющую ручку», где спрятать тела.

— Эта «стреляющая ручка» — очень любопытный момент, показательный, — заметила Настя. — Я с самого начала о ней думала, все никак понять не могла, зачем? В девяностые по стране гуляло столько огнестрельного оружия — на любой вкус, купить — не проблема. Зачем ручка-то? Ненадежная, одноразовая, готовых нет, в отличие от пистолетов, нужно искать мастера, заказывать. Одна морока. И только потом, когда мы немножко глубже узнали характер Сокольникова, мне пришло в голову, что выбор такого странного оружия мог тоже быть проявлением «особости»: я не такой, как все, я лучше, выше, и у меня все будет иначе. Я избранный. В общем, какие-то соображения вокруг этого. Но возможно, мальчику просто захотелось поиграть в шпионов. Что-то вроде «вы тут ходите рядом со мной и даже не догадываетесь, какой я на самом деле, думаете, я такой же, как вы, а я — крутой Джеймс Бонд».

Резюме: договорились, ручку достали (в деле есть все материалы о том, где и при каких обстоятельствах она приобреталась). Правда, ручка-то только на один выстрел годится, а жертвами наметили троих. Подготовиться к совершению преступления как следует не успели, ситуация развернулась неожиданно, но именно тогда, когда Щетинин был дома у Сокольникова. Ну и понеслось... Сначала использовали ручку, выстрелив в голову женщине, после чего в ход пошли разводной ключ (мужчина) и электрический шнур (ребенок).

Тела вывезли, место выбрал Щетинин. Квартиру отмыли от крови, навели порядок. Прошел день, другой... Ничего не происходило. Звонили с работы Георгия Данилова, потом даже приходили, удовлетворились словами Сокольникова о том, что «они всей семьей собрались и уехали куда-то в деревню». Забегала подружка Людмилы Даниловой, ей он сказал то же самое. И сестре Георгия тоже.

Шли дни, недели. Всё было тихо. У него получилось! Он действительно умный и ловкий. Он — лучший. Он лжет в глаза — и ему верят. Он даже может безнаказанно убить, потому что он — высшая раса. Ему можно. Ему дозволено. Он имеет право.

Какое жуткое сочетание невеликого ума с чрезмерно завышенной самооценкой!

— А теперь скажите мне, Петя, на какую приманку можно поймать такого мальчика. Вам примерно столько же лет, вы тоже молодой мужчина. Что приходит в голову?

Насте казалось, что она знает ответ. Но хотелось проверить себя. Всё-таки женщина «позднезрелого» возраста не сможет мыслить и чувствовать так же, как мужчина двадцать пяти — двадцати семи лет. Она может ошибаться. То, что скажет Петя, наверняка окажется ближе к истине.

Петр некоторое время думал, потом твердо произнес:

— Слава. Признание.

Да, это было именно то, о чем она думала.

— Позиция духовного лидера, — уточнила она. — Помните, что рассказал Ярош? После апрельских выступлений неонацистов в девяносто восьмом году группировки начали громить и уничтожать, движение оказалось обезглавленным. А свято место, как известно, пусто не бывает. Дима Щетинин, спасая собственную шкуру, предложил Андрею Сокольникову открыто признаться в убийстве представителей низшей расы. На следствии, разумеется, о своих идейных побуждениях молчать, напирать на внезапно возникший конфликт, выросший на почве длительных неприязненных отношений, на обоюдную драку с Георгием, несчастный случай с его женой, а ребенка, дескать, вообще отец убил. Тогда срок дадут маленький совсем, а может, и условным осуждением обойдется. «У тебя же адвокаты в друзьях, они знают, как дела делать и вопросы порешать, у них вон какие кровавые бандиты из суда свободными выходили!» Хороший аргумент, Андрей с ним был согласен, он же действительно работал на адвоката и корешился с его помощниками, все своими глазами видел, а чего не видел — то слышал в хвастливых рассказах Филимонова и Самоедова. Он верил, что друзья его любят и не предадут ни при каких обстоятельствах. Разве можно его, Андрея Сокольникова, обмануть или предать? Он же самый лучший! Его все обожают, в рот ему смотрят. Разве можно ему не поверить? Он же самый хитрый и ловкий! Так что следствие утрется той версией событий, которую им преподнесет умный и уверенный в себе Сокольников, зато на воле Дима Щетинин обещает развернуть бурную деятельность по пропаганде героического подвига, который Андрей совершил, чтобы оставшиеся без руководства единомышленники не утратили веру в расовую идею. Он готов пойти на зону и претерпевать ужасные лишения во имя духовного сплочения соратников. «Посидишь совсем недолго, — мог увещевать Щетинин, — а когда выйдешь — возглавишь всё движение в стране, станешь настоящим духовным лидером, никто с тобой сравниться не сможет, потому что на такие жертвы никто, кроме тебя, не способен». Роль лидера, принесшего жертву, Андрею показалась заманчивой. Жертва — это красиво! Что он говорил во время стационарной судебно-психиатрической экспертизы? Что суда не будет, потому что он так решил. А суицидальных склонностей эксперты не усмотрели. Можно предполагать, что в тот период Сокольников готов был пойти на самоубийство, дабы не допустить суда, «чтобы не злорадствовали», то есть принести еще одну жертву. Готовность лишить себя жизни, потому что жизнь эта не мила, — проявление депрессии и тех самых склонностей, о которых писали эксперты. А готовность принести себя в жертву ради идеи, хотя жить очень хочется, — история совсем иная. И эту историю Андрей Сокольников вполне успешно скрыл и от психиатров, и от следователей.

Только всё пошло не так. И жертвенного запала надолго не хватило. Меньше чем через два месяца

Андрей отступил, пошел в отказ, но было поздно. Рассказанной им частичной правды вкупе с криминалистическими экспертизами хватило для того, чтобы довести дело до обвинительного заключения, а затем и до приговора.

— Иезуитский план, — сказал Петр. — Неужели Щетинин смог такое придумать? Вы же говорили, он незатейливый.

— Он-то незатейливый, только план не он придумал. Он его лишь озвучил. Думаю, наш не в меру креативный писатель постарался. Очень уж хотел друг Вова помочь другу Диме занять вакансию подле Горевого.

— Но это как-то... Не вяжется, — задумчиво проговорил он. — Такая дружба, такая многолетняя привязанность, такое сильное стремление помочь — и вдруг подставить Щетинина, слить информацию о том, что он участвовал в группировке и проповедовал нацизм. Почему? Что могло случиться?

— Да что угодно, — отмахнулась Настя. — Бабу могли не поделить в конце концов.

— Да какая баба, вы что! — возмутился Петр. — Климанов с Аллой уже лет сто. Не из-за Аллы же этот сыр-бор.

— А почему нет?

— Ну бросьте, Анастасия Павловна! Алла красивая, умная, обаятельная, за ней мужики табунами бегали всегда, даже наши с Ксюшей сокурсники, бывало, отличались. На кой ей сдался бывший уголовник?

— Не знаю, Петя. Но всё может быть. Поверьте мне, бывает всё.

Она посмотрела на часы. Почти полночь. Сна ни в одном глазу. А вот есть почему-то опять хочется.

— Если вы поможете мне встать, то я быстренько приготовлю ужин. Сырники будете?

— Буду, — радостно ответил Петр и протянул ей руки, за которые Настя тут же ухватилась, чтобы принять сидячее положение, минуя опасную точку, при которой вес переносится на больное место.

В течение вечера Миша Доценко заходил два раза, пользовался туалетом, стоя выпивал чашку чаю, отказывался от еды и убегал. Надо заставить его поесть. Настя потянулась за телефоном, но он, словно разгадав ее намерение, зазвонил сам. На экране появилось «Мишаня». Есть новости? Или проверяет, все ли у них в порядке?

— Щетинин выскочил из дома как ошпаренный, сел в машину, направляется в сторону МКАД, — сообщил Доценко. — Когда станет понятно, на какую трассу он съедет, напишу или позвоню. Если на Киевское, значит, к Горевому помчался, а если на Ленинградку, значит, к Климанову.

Похоже, Виталий Владимирович не стал дожидаться утра, решил вопрос, по обыкновению, быстро и кардинально. Телефонный звонок или видео.

— Мишаня, сырников хочешь? Я сейчас месить буду, на тебя закладываться?

— Спасибо, не буду. В последнее время вес набрал, в спортзале мешает, я его чувствую, надо сбросить немного. Так что я на диете.

— Ладно, мое дело предложить, — вздохнула Настя.

Она выложила в миску творог, добавила яйца и муку, погрузила руки в массу и снова ушла мыслями в дело об убийстве Даниловых. Сначала все шло по плану, Сокольников пришел в милицию, написал явку, дал показания, выдал паспорта своих жертв, отправился в камеру. Всё происходит именно так, как описывал Дима Щетинин, который имеет соответствующий опыт. Потом начинаются сбои. Самоедов и Филимонов пропадают и не бегут спасать товарища по первому зову. Место захоронения Андрей с первого раза указать не смог. Правда, во второй раз справился, напряг память, вспомнил. Но могло быть и иначе. В ходе подготовки к явке друзья-товарищи съездили на место, чтобы Андрей, так сказать, освежил в памяти ориентиры. Сокольников заверил Щетинина, что все отлично запомнил, но когда дошло до дела, выяснилось, что запомнил он далеко не все. Память-то и в самом деле хорошая у Андрея, но преимущественно на тексты, слова, факты и даты, а вот визуальное восприятие хромает. Щетинин мог находиться где-то неподалеку, наблюдать. К вечеру он убедился, что Андрюха не справился, захоронения не нашел. На такой случай у них был оговорен запасной план: Щетинин развесит метки, черные ленточки, чтобы легче было найти тела, когда повезут на место во второй раз. Вот откуда взялись эти непонятные ленточки в показаниях Сокольникова, когда он начал отыгрывать назад и выдавать версию о следователях, которые заставили его признаться в том, чего он не совершал. Вопрос: почему такую простую вещь не сделали сразу, во время «подготовительного» выезда? Зачем нужно было ждать, пока

Андрей оплошает? Глупо и непредусмотрительно. Ответ: Андрей был абсолютно уверен в успехе. Он же такой умный, такой изворотливый, и память у него прекрасная, мама всегда это говорила, и учителя хвалили. Он ни на секунду не усомнился в собственных способностях. Он мог даже оскорбиться предложением Щетинина оставить метки заранее.

Ладно, тела так или иначе нашли, но все прочее шло наперекосяк. Адвокат Елисеев его послал прямым текстом, заявив, что без денег никакой защиты не будет. В камере оказалось не так легко и комфортно, как Сокольников себе представлял. И следователи попались какие-то въедливые, цепляются, по десять раз переспрашивают, уточняют, перепроверяют, без конца назначают разные экспертизы. Не верят они ему, что ли? Как же так? Ему, такому умному и ловкому, — и не верят? А опытный Димка небось уверял, что все следаки — тупые козлы, никому ничего не надо, все только за бабло работают, а просто так никто стараться не станет, тут любая ложь прокатит, можно даже не сильно напрягаться.

Хорошая память и гладкая речь могут закамуфлировать отсутствие ума, это правда. Но сам ум они не заменят никогда. Андрей видит, что всё идет не по плану, и люди поступают не так, как он надеялся. Но что именно «не так» и почему — сообразить не может. Нет рядом ни мамы, ни ушлого уголовника Димы, вообще никого нет, кто подскажет, что нужно сделать. Рядом только сокамерники. Они ли дали совет, или Андрей сам принял решение, а может быть, новый адвокат подкинул идею, но факт остается фактом: Сокольников отказывается от всего, что написал в явке, и занимает глухую оборону. Он никого не убивал, ничего не совершал, признание из него выбили, место захоронения тел подсказали следователи и даже метки по пути развесили, черные ленточки на деревьях.

С этим более или менее понятно...

— Анастасия Павловна, у вас горит!

Она спохватилась, кинулась переворачивать сырники, которые уже начали чернеть с нижней стороны. Так задумалась, что даже запах не учуяла.

— Спасибо. Подгоревшие сама съем, а вам положу из следующей партии, постараюсь не упустить, — сказала она Петру, смотревшему на нее с таким укором, что ей стало стыдно. Никудышная она хозяйка, и кулинар из нее, как... А, ладно. Как говорится, не жили хорошо — нечего и начинать.

— Вам сообщение пришло, почему вы не смотрите? Может, это от Михаила?

Сообщение? Господи, у нее от мыслей о Сокольникове не только обоняние выключилось, но и слух.

Настя схватила телефон. «Он едет к Климанову».

Значит, с Горевым выяснять больше нечего. Виталий Владимирович обозначил свою позицию достаточно ясно и дал понять, что объясняться и оправдываться бессмысленно.

Она сняла со сковороды подгоревшие с одной стороны сырники. За второй партией нужно будет следить внимательно, чтобы совсем уж не оплошать.

— Как вы думаете, Петя, когда они явятся по нашу душу? У нас есть шанс поспать немножко?

— Вы так спокойно говорите об этом. Неужели не волнуетесь совсем?

— Нет смысла. От того, буду я волноваться или не буду, ход событий не изменится, он от моего волнения не зависит. И потом, я уже сказала вам, что лично мне вряд ли что-то угрожает. Ко мне претензия только у Климанова за то, что я назвала его брендом и проектом. Ну, поорет, пообзывается, поругается, на большее он все равно не способен. Писатель, бывший чиновник — что с него взять? Не Рэмбо. Климанов хоть и сволочь, но джентльмен, он наверняка скажет другу Диме, что это именно вы, журналист, взялись за расследование и раскопали правду, так что во всем виноваты вы, а не я. Мне морду бить не будут. А вам — будут.

На самом деле ей было очень страшно. Но показывать этого не хотелось. Да и не нужно. В конце концов, Мишаня рядом, ключи она ему дала, так что войти в квартиру он сможет в любой момент.

Сколько времени у них есть? Дороги свободны, до дома Климанова Щетинин доедет минут через 5—10, если уже свернул с Кольцевой на Ленинградское шоссе. Оттуда до Настиного дома — максимум полчаса, но может получиться и больше, если ехать по МКАД, потому что по ночам по Кольцу идут многочисленные фуры и большегрузы. И еще сколько-то времени займет разговор друга Димы с другом Вовой. Щетинин будет рваться в драку с журналистом, из-за которого лишился должности и доходов, Климанов начнет его уговаривать, успокаивать... Щетинин не знает Настиного адреса, а Климанов знает, но только номер дома. Не квартиры. Как они будут действовать дальше? Климанов изобретательный и креативный, он может позвонить Петру и наплести такое, что бедному парню не останется ничего иного, кроме как назвать номер квартиры. А возможно, его помощничек-соглядатай давно уже выяснил этот номер, так что проблем вообще нет.

Но сомнительно, что Владимир Юрьевич на это пойдет. Зачем ему такая головная боль? Почему нужно лететь среди ночи к какой-то там Каменской, которая поставила под сомнение его авторство? Всё это можно прекрасно обсудить днем в цивилизованной форме и в нормальной обстановке. Нет, не поедет сюда Климанов только для того, чтобы защитить свою писательскую честь. Не его стиль. Даст Щетинину адреса, и Настин, и Петин, да и отправит решать вопрос самостоятельно.

«Он даже может солгать Щетинину, сказать, что не знает моего адреса, — размышляла она, не сводя глаз со сковороды. — И вообще меня не знает. Проверить-то невозможно. Ну, явилась какая-то баба, назвалась литературным негром, работающим на проект «Владимир Климм», так это она все наврала, и он, честный и хороший Владимир Климанов, понятия не имеет, кто такая эта самозванка и откуда взялась. Но есть риск, что Щетинин меня найдет сам. А через меня — Петю. Сила у Пети есть, но оперативного опыта — ноль, так что он не боец, я, старая развалина, — тем паче. Просить ребят постоянно нас страховать — не вариант, это неприлично, работа в агентстве встанет, а Стасов меня просто убьет. Если Климанов начнет тянуть кота за хвост, выйдет плохо. Лучше пусть бы он сразу согласился привезти сюда своего друга. Но зачем ему соглашаться? Если только...»

Мысль показалась ужасной, просто чудовищной. Но от креативного манипулятора Климанова можно ожидать и этого.

Он не просто признается, что знает, где она живет. И не просто согласится поехать вместе с Щетининым, чтобы разобраться с клеветниками. Он будет его науськивать. Точно так же, как науськивал когда-то друга Диму «закрыть вопрос с убийством». Он будет подстрекать Дмитрия «разобраться по всем правилам». Климанов хочет, чтобы все происходило у него на глазах, тогда он сможет выступить свидетелем на следствии и на суде. Закопать друга Диму по самую макушку, оставаясь при этом белым и пушистым. Он ведь действительно присутствовал при совершении преступления, он никак, ну просто никак не может отказаться давать показания, он уже пытался, но полиция прессует, следственный комитет давит, прокуратура дышать не дает... Сам понимаешь, друг Дима, насильственные действия в отношении ветерана МВД — такое легко с рук не сойдет, все на ушах стоят.

Ну ладно, хоть кому-то пригодится то обстоятельство, что Анастасия Каменская — полковник в отставке, ветеран МВД. Пусть Климанов попользуется, коль уж ей самой никакого профита от этого нет. Любопытно, что он там напланировал? Легкие телесные повреждения? Средней тяжести? Тяжкие? Или будет убеждать Щетинина идти до победного конца? Предупредит ли друга, что Каменская дома не одна, а с молодым журналистом, который в хорошей физической форме и может оказать сопротивление? Ведь Климанов должен об этом знать, помощничек наверняка доложил, да и сам Петя мог не скрывать от Аллы Владимировны и ее друга, что круглосуточно находится рядом с Каменской, даже на квартиру ночевать не возвращается. Как бы там ни было, ничего особенно страшного Климанов не планирует, в этом Настя была уверена. Он не кровожаден, зачем ему трупы и изувеченные тела? Вполне достаточно одного удара, на втором замахе Владимир Юрьевич бросится на помощь и остановит своего разбушевавшегося друга, предотвратит, так сказать, тяжкое преступление на стадии покушения. И сам вроде как герой, и Щетинина под статью подведет. А уж о том, чтобы и дело возбудили, и статья нашлась, он позаботится. Великий и креативный манипулятор, будь он неладен! Одна беда: всегда всё идет не так, как планируется. По замыслу писателя, картинка должна получиться по виду очень страшной и нервной, но по сути вполне безобидной. Звонок в дверь, заспанная хозяйка или ее ученик открывают, Щетинин врывается, хватает Петра за грудки, один раз бьет, Климанов вмешивается, вместе с Петром держит разгневанного Диму, говорит Насте: «Вызывайте полицию, а то мы с ним не справимся»... Ну, как-то так. Главное, чтобы вызвали полицию. Вопросов, конечно, возникнет множество, но изобретательный Климм наверняка все ответы уже придумал.

На самом же деле получиться может как угодно, а не так, как задумано. Слишком точным может оказаться тот самый первый удар, слишком неудачным может оказаться падение от него. Петр может отреагировать быстро и рефлексивно, и тогда потерпевшим будет уже Щетинин. Гарантировать, пожалуй, можно только одно: как бы ни развернулись события, полицию вызывать, похоже, придется. А вот кого они уведут отсюда в наручниках — это еще бабушка надвое сказала.

Всегда всё идет не так, как задумано. Поэтому ни одна, даже самая прекрасная, идея не воплотилась в своем первозданном виде. Человеческий фактор сильнее любого самого продуманного и проработанного плана.

Вторая партия сырников оказалась более удачной, корочка получилась золотисто-румяной, как и положено. Когда Настя доедала второй сырник, обильно политый сметаной, Доценко сообщил: «Вошел в подъезд». Ну вот, еще пара минут — и начнется разговор двух мужчин, двух старых друзей, знающих друг друга с детства. Об одном из них известно совсем мало, о втором — практически ничего, и предугадать, как будет развиваться беседа и сколько времени она займет, невозможно. Идеи не воплощаются, прогнозы ненадежны, и как жить, не чувствуя под ногами твердую почву?

Внезапно она поняла, что ей все равно. У нее больше нет сил бояться и нервничать. Она так устала... И сырников ей совсем не хочется. Кусок в горло не лезет.

А Петр ест с аппетитом и, кажется, даже с удовольствием.

— Почему вы так уверены, что они прямо сейчас, ночью, приедут с нами разбираться? — спросил он. — Владимир Юрьевич не похож на человека, готового среди ночи врываться в чужую квартиру. И вообще это как-то...

— У него не осталось выбора. Изначально его план был, по-видимому, другим. Он просто хотел, чтобы Щетинина уволили и другу Диме мало не показалось, а сам Климм стоял бы в стороне и сочувствовал. Зачем — не знаю. Но наш визит к Алине и моя ошибка с книгой привели к тому, что ситуация стала разворачиваться в другую сторону. И манипулятору пришлось срочно менять план, подстраиваться под вновь возникшие обстоятельства. Думаю, Щетинин ему позвонил и начал орать, что какая-то Каменская, которая, оказывается, пишет книги за Климма, сделала так, что его, Диму, уволили, и поскольку узнать про нацистскую группировку она могла только от Вовы, то Вова теперь за все в ответе. Вова у нас соображает быстро и нестандартно, он знает характер Димы и понимает, что Дима просто так с рук не спустит и захочет разобраться, причем немедленно.

— Откуда вы знаете?

— Я не знаю. Просто предполагаю, исходя из того, что Щетинин позвонил Климанову в такое позднее время. Не стал ждать до утра. Значит, его распирает, а терпеть он не приучен. Климанов — человек выжидания, выдержки и плана, Щетинин — торопыга и взрывной холерик. Он звонит Климанову, тот говорит: «Приезжай, разберемся, все обсудим, это недоразумение, ты что-то не так понял». Разговор не откладывается до завтра, и это важный момент. Климанов понимает, что друг Дима может наломать дров прямо сейчас, и придумывает, как можно извлечь из этого пользу, разыгрывая карту Диминого бешеного темперамента. Если уж не получилось остаться совсем в стороне в истории с увольнением, то пойдем до конца и посадим дружбана, хоть на немножко.

— Но с чего вы взяли, что Щетинин вообще звонил Климму? Может, он просто сел в машину и поехал выяснять отношения, без всякого предупреждения. Вы тут целую конструкцию предположений возвели, а Климанов, может, спокойно спит в своей постели, ни о чем не догадывается и никаких планов не строит.

— В любом случае уже не спит, — усмехнулась Настя и посмотрела на часы. — Щетинин его разбудил несколько минут назад. Он обязательно должен был позвонить. Во-первых, чтобы выяснить, где в данный момент друг Вова. Может, он у Аллы ночует, или у какой другой дамы, или вообще в ресторане на банкете гуляет. А во-вторых, просто потому, что не умеет ждать и терпеть. Вы правы, это всего лишь голословные предположения, но они основаны на тех немногочисленных фактах, которые нам известны. Если вы можете на тех же фактах построить другую схему — милости прошу, буду только рада.

Петр подумал несколько секунд, прежде чем задать следующий вопрос:

— А если мы просто не откроем дверь, когда они приедут? Вся ваша схема построена на том, что мы их впустим. Но ведь можно же не впускать, и тогда ничего не получится.

— Климанов хорошо видит людей, ему достаточно было пообщаться со мной полтора часа, чтобы понять, что я обязательно открою. Я просто не допущу, чтобы под моими окнами кто-то орал, требуя, чтобы я открыла дверь подъезда, и будил соседей. Если же им удастся войти в подъезд без моего участия, а это довольно несложно, то шум поднимется на лестничной площадке, перед дверью квартиры. И тогда полицию вызовут соседи. Что и требовалось. После чего в ход пойдут убедительные словеса о насильственных действиях в отношении ветерана МВД и далее по тексту. Полиция купится, дело-то ерундовое, раскрывать ничего не нужно, искать и думать не нужно, всё само в руки пришло. А уж искать аргументы и убеждать наш Климанов умеет лучше кого бы то ни было.

— Но вы говорили, что на бывших сотрудников всем наплевать. Почему вы думаете, что аргумент про ветерана МВД сработает?

— На меня как на ветерана всем действительно наплевать, это правда, — кивнула Настя. — Но устроить из этого погремушку, которой можно потрясти на совещаниях, оперативках, в сводках и в СМИ, это ж милое дело! Честь мундира, престиж службы и прочая фигня. Ухватятся как миленькие, Климанов это отлично понимает. Мозги у него работают очень быстро, он все это успел придумать за те короткие минуты, пока разговаривал со Щетининым по телефону. Мне до него далеко, я соображаю куда медленнее.

— Всё равно я не верю... — Петр запнулся, залился краской, но справился с собой и договорил: — Я сомневаюсь, что вы правильно угадали. Всего один факт: Щетинин ночью поехал к Климанову. Этот факт установлен точно. Больше вы ничего не знаете достоверно.

— Вы правы, — вздохнула она. — Но я честно предупреждала, что с фантазией у меня плохо. С анализом — чуть лучше, но тоже не блеск.

Зазвонил телефон. Почему-то Доценко на этот раз не ограничился письменным сообщением.

— Щетинин выскочил из подъезда.

— Один?

— Один.

— Это плохо. А может, и хорошо... Уезжает?

— Да нет, мечется, — непонятно ответил Михаил.

— В каком смысле?

— В самом прямом. Ходит туда-сюда, на часы смотрит, к машине не приближается.

— Черт... Кто у нас там?

— Сеня.

— Пусть поможет. Только как следует, с душой.

— Как скажешь. Ты командир, разработка твоя.

— Да ну тебя! — фыркнула Настя. — Мы ж не на службе. Скажи Сене, пусть меня наберет и телефон в нагрудный карман положит.

— Любопытная ты, Настюша, все тебе знать надо.

— Твои силы берегу, чтобы тебе потом не пересказывать.

Следующий звонок раздался спустя полминуты. Настя включила громкую связь и положила телефон на стол. Сначала послышался щелчок — открылась дверь машины. Хлопок — закрылась. Голос Семена, сотрудника агентства «Власта»:

— Мужик, помощь нужна? Случилось чего?

— Да... (нецензурно)... «Скорую» (нецензурно) вызвал... Вот встречаю...

— А чего ее встречать-то? Сами доедут, сами придут.

— Да по вашим закоулкам не проедешь! Понастроили (нецензурно) коробок, хрен разберешь, на один номер сто корпусов и еще строения какие-то! И во двор не въехать, все машинами заставлено. Здесь я хоть сирену услышу или мигалку увижу, так подбегу, покажу, куда идти, а то их так до утра можно прождать.

— А-а... Ну тоже верно. А чего случилось-то?

— Да я к другу приехал, в этом доме живет, а у него (нецензурно)... Приступ, что ли, какой-то, я сам не понял. Упал и лежит без сознания.

Петр со страхом посмотрел на Настю.

— Щетинин его убил, что ли? — едва слышным шепотом спросил он.

— Вряд ли, — так же тихонько ответила она, — если б убил — ушел бы спокойно, зачем «Скорую» вызывать и так трепетно ее встречать?

— Ни фига себе! — протянул голос Сени, раздававшийся из телефона. — Там с ним остался кто? Есть кому рядом побыть?

— В том и дело, что никого, вдвоем мы были.

— Так он что, один там валяется... извини, мужик, лежит без сознания?

— Ну!

— Слушай, это не дело. Ты давай иди к нему, мало ли что, а вдруг он в себя придет? Иди-иди, а я врачей подожду, мне все равно спешить некуда, я со своей погавкался, в машине ночевать собрался. Номер квартиры скажи, я их приведу.

— Пятьдесят седьмая квартира, шестой этаж. Спасибо, братан, с меня причитается!

— Сочтемся.

Некоторое время не слышалось ничего, кроме невнятных шумов, потом снова зазвучал голос Семена:

— Анастасия Павловна, вы тут?

— Куда же я денусь с подводной лодки...

— Мне отключаться? Или вместе со мной ждать будете?

— Отключайся, дружочек. В квартире посмотри внимательно, может, что-то интересное увидишь. Побудь с ними до конца, ладно?

— Само собой, если не выпрут, конечно.

— Ты уж постарайся, чтобы не выперли. И Михаилу Александровичу доложись.

Теперь оставалось только ждать. Что там случилось? Щетинин ударил старого друга и не рассчитал силу? Или Климанову действительно стало плохо? Перенервничал, сердце подвело. Бывает.

— Этот Сеня с вами на «вы», — полувопросительно произнес Петр.

Настя рассеянно кивнула.

— Да, он молодой еще, ему тридцати нет.

— Я думал, у вас все сотрудники такие, как вы или Михаил.

— То есть старые? — Она устало улыбнулась. — Нет, не все, есть и молодые. С Михаилом мы много лет вместе работали в одном отделе.

— И с Татьяной Григорьевной?

— Таня была следователем, а я — опер, это разные службы. Но мы с ней давно дружим, и с ее мужем, владельцем агентства, тоже. Петя, если вы устали, то ложитесь спать. В ближайшее время к нам вряд ли кто-то явится. Климанов на сегодняшнюю ночь уже не боец.

— А Щетинин? Вдруг Климанов успел сказать ему ваш адрес, и он один приедет?

Настя покачала головой.

— Не приедет.

— Откуда вы знаете?

— Ниоткуда. Просто знаю. Чувствую.

— Я еще хотел про Михаила спросить, можно?

— Давайте.

— Почему он ушел со службы? Надоело? Или выдавили?

— У него жена, ребенок, их нужно содержать и кормить. Миша не из тех, кто захочет заниматься крышеванием или вымогательством, вот и ушел, не заработав полную выслугу.

— Он был хорошим оперативником?

— Очень хорошим. А каким красавцем был! По нему вся молодая женская часть Петровки убивалась.

— Молодая? — переспросил Петр. — Значит, была и старая часть?

— А как же! Скажем так: не старая, а старшая. Старшая женская часть убивалась по другому оперу, тоже из нашего отдела, по Лесникову.

— Два самых красивых опера — и оба в вашем отделе? Вы не преувеличиваете?

— Ни в одном глазу.

Настя поднялась, забыв про травму, и тут же охнула от боли.

— Сейчас принесу фотографии, покажу вам, чтобы не быть голословной.

Она прохромала в комнату, достала альбом со старыми фотографиями. Давненько она в него не заглядывала! Не любила Настя Каменская воспоминаний о давних годах, когда был Гордеев-Колобок, их умный и справедливый начальник, и была дружная команда честных, более или менее профессиональных оперов, и вся жизнь была впереди, и сил было много, и азарта, и куража... Куда все исчезло? Растворилось, словно и не было никогда.

На кухне она открыла альбом и принялась листать толстые твердые страницы. Вот она, эта фотография. Девяносто девятый год, шестидесятилетие Гордеева. Стасов и Татьяна долго рядились, с кем оставить годовалого Гришеньку, их приход на юбилей чуть не сорвался, но в последний момент мама Миши Доценко согласилась выручить. Почти двадцать лет назад... Боже мой, как давно! Гриша Стасов уже студент в Париже. На этой фотографии они все. И все такие молодые, красивые, веселые...

* * *

Вобла притащила какие-то старые фотки. Вот чего Петр терпеть не мог, так это рассматривать чужие фотографии, хоть старые, хоть недавние. Что в этом может быть интересного? Какие-то незнакомые люди в непонятно какой обстановке, на фиг ему на них любоваться?

Фотография была цветной, большого формата и хорошего качества. Как теперь говорят, с хорошим разрешением. Первым Петр заметил светловолосого зеленоглазого гиганта, возвышавшегося над всеми как минимум на целую голову.

— Ого! — невольно воскликнул он. — Баскетбольный уровень!

— Это Владик Стасов, муж Татьяны, — пояснила вобла. — А вот сама Таня.

Женщина на фотографии, красивая, но слишком полная, на вкус Петра, практически ничем не отличалась от фотографий, выложенных в интернете или напечатанных на обложках ее книг. Во всяком случае, Петр узнал ее сразу. Интересно, как сложились бы обстоятельства, если бы его консультировала Татьяна Томилина, как он планировал изначально, а не сушеная вобла? Говорят, толстушки всегда добрее, мягче, сговорчивее.

— А который тут Михаил? — спросил он, переводя глаза с одного лица на другое. Ни одного такого же накачанного седого мужчины на снимке не было.

— Да вот же! — рассмеялась Каменская и ткнула пальцем в тонкого изящного темноглазого и темноволосого парня.

И вправду красивый. Был. Неужели это он, тот самый мускулистый здоровенный Михаил Александрович с тяжелым лицом и глубокими носогубными складками, который сейчас внизу сидит в своей машине и страхует их? Петр ни за что не узнал бы его.

— Вот этот тоже очень симпатичный, — он показал на стоящего рядом с Доценко парня постарше.

— Это и есть Лесников, наш первый красавец. А вот это наш начальник, полковник Гордеев, виновник торжества.

Маленький, кругленький, совершенно лысый. Надо же!

Н-да, вид совсем не геройский...

— Вот это Ирочка, Мишина жена. Будущая. Они к тому времени только недавно познакомились и начали встречаться.

Петр оценивающим взглядом окинул фигурку хорошенькой веселой молодой женщины. Тоже ничего такая. Рядом с ней стояла пухленькая девочка лет десяти-двенадцати, вся в кудряшках, ужасно серьезная.

— А это кто? Ее дочка?

— Это Лиля, дочка Стасова от первого брака.

— А вас почему нет на фотографии? Вы фотографировали?

— Как же нет? Вот я. И муж рядом. Фотографировал Коля Селуянов, тот, который нам всем теперь дорожную обстановку проясняет, я вам рассказывала. Его на снимке действительно нет, а все остальные есть.

Каменская еще что-то говорила, но Петр уже плохо слушал. Этого не может быть! Вот эта девица в короткой юбке и в туфлях на высоких каблуках, с длинными, почти до пояса, платиновыми волосами и дерзким макияжем — та самая сушеная вобла, которая сейчас сидит перед ним в халате, с бесцветным лицом, старая и хромая? А ноги-то, ноги! Умереть и не жить! Ну, муж ее — еще так-сяк, почти не изменился, только был рыжий — стал седоволасый, но она... Невероятно!

— У вас ноги красивые были, — брякнул он первое, что пришло в голову. — И волосы тоже.

— Ноги какие были, такие и есть, — очень серьезно ответила Каменская. — А волосы я несколько лет назад начала коротко стричь, лень возиться стало. Да и стиль поменять посоветовали, чтобы отметить начало жизни на пенсии.

Петр сообразил, что сказал что-то не то, почувствовал, как щеки начинают гореть от неловкости, и расстроился окончательно. Он так и не понял, обиделась вобла на его слова о том, что ноги «были», или нет. Хотел сделать комплимент, но вышло неуклюже. Как будто в молодости ноги были хорошие, а сейчас сделались кривые, некрасивые и вообще плохие со всех сторон. Чтобы сгладить ситуацию, пришлось сделать над собой усилие, изобразить, что заинтересовался фотографиями, и попросить показать еще снимки.

— Это не интересно, — сухо ответила вобла и закрыла альбом.

Черт, неужели все-таки обиделась?

* * *

Петр все-таки сломался и задремал прямо за столом, уронив голову на руки, но вздрогнул и сразу очнулся, когда наконец позвонил Доценко.

— Можете расслабиться, они не приедут, — сообщил Михаил.

— Что там? — спросила Настя. — Что-то серьезное?

— Подозрение на инсульт, увезли в больницу. Щетинин поехал следом за «Скорой».

— А Сеня?

— Сеня тебя уважает. Даже слишком сильно. Подарок для тебя припас.

— Шустрый, однако.

— Ну а то! Нарвется он когда-нибудь со своей любовью делать подарки. Стасов ему уж сколько раз говорил — все без толку. Ты бы, может, сама с ним поговорила, а, Настя? Жалко будет, если он и вправду погорит на ерунде, хороший же парень, толковый, грамотный.

— Поговорю, — пообещала она.

Впрочем, сейчас она готова была обещать кому угодно что угодно.

— Когда подарок-то будет? — нетерпеливо спросила она.

— Вот так я и знал, что у тебя шило в одном месте, — рассердился Доценко. — Приличные люди должны уже домой ехать отсыпаться и к новому рабочему дню готовиться, а у тебя одни подарки на уме. Ладно, скажу Сене, чтобы привез прямо сейчас, завтра ему отгул дам.

— Мишаня, ты — ангел! — пропела Настя и послала в трубку воздушный поцелуй.

Петр смотрел на нее тревожно и выжидательно. Его лицо, еще минуту назад сонное и вялое, снова стало собранным.

— Увезли с подозрением на инсульт, — сказала она. — А Семен что-то нашел в квартире, скоро привезет.

— Что нашел?

— Не знаю. Привезет — увидим.

— Так он что, украл, что ли? Или Климанов сам ему отдал? Хотя как он мог отдать, если был без сознания...

— Петя, не вникайте. С Семеном мы разберемся. Посмотрим, что он взял, сделаем выводы и найдем способ потихоньку вернуть. Не в первый раз. Сделать кофе? Или хотите поспать?

— Да вы что! — с возмущением воскликнул он. — Какое поспать?

Настя понимала, что Петру очень хочется посмотреть на этого Семена, Сеню, молодого сотрудника частного детективного агентства «Власта», утащившего что-то из чужой квартиры, куда он проник обманом. Но природа взяла свое, и журналист снова заснул, не допив кофе и уткнувшись лбом в стол прямо рядом с чашкой.

Он спал так крепко, что его не разбудил даже звонок домофона, когда приехал Сеня. Настя плотно прикрыла дверь в кухню, а входную дверь, наоборот, открыла, чтобы Сеня не вздумал звонить. Едва молодой человек появился на пороге, она приложила палец к губам и прошептала:

— Тсс! Ребенок спит, не разбуди.

— Понял, ага, — кивнул Сеня и протянул ей толстую тетрадь в клеточку. — Не знаю, что там, но судя по тому, как было спрятано, что-то интересное.

— Ты что же, даже не заглянул?

— Почему? Заглянул. Прочитал три строчки, понял, что личное, вот и взял. Там от руки написано, разбирать времени не было.

От руки написано... Эх, молодежь! Привыкли к печатному тексту.

— Сеня, — строго произнесла она, — Михаил Александрович беспокоится за тебя. Ты очень хороший сотрудник, ты прекрасно работаешь, но твоя любовь к подаркам... Опасно же, Сенечка! Неужели сам не понимаешь? Пока что все прокатывало, но в один прекрасный день не прокатит, и что будем делать?

— Я не понял, мой подарок не нужен, что ли? Отдавайте обратно, и я поехал, — обиженно проговорил Семен, протягивая руку.

Настя быстро спрятала тетрадь за спину.

— Дареное не возвращают. Сеня, я серьезно. Стасов тоже беспокоится.

— Блин! Вы же сами просили посмотреть вни мательно в хате! Я и посмотрел. Крутился там битый час, изображал сочувствие и готовность помочь, мужика этого, который без сознания, на себе таскал, врач и фельдшер — две тетки, одна другой хилее. Пока осматривали, кардиограмму снимали, еще чего-то делали, звонили, согласовывали, куда везти, документы искали, паспорт там, полис, еще какую-то хрень... Он же без сознания, у него не спросишь, где что лежит и какая у него страховка. Я и так на китайскую лапшу порвался, чтобы все время быть у них на глазах и при этом хату обшмонать. Думаете, легко? Что увидел интересного — то и взял. Для вас же, не для себя. Что не так-то?

— Всё так, Сеня, всё так, — вздохнула Настя. — Как они с нами, так и мы с ними. Око за око. Я тебе очень признательна за подарок. Просто меня просили провести с тобой профилактическую беседу, вот я ее и провожу. В том смысле, что таскать улики — нормально, только афишировать не надо, ладно? Сыщик должен уметь работать потихонечку, незаметно, неслышно. И жить желательно тоже так. Самый лучший сыщик — тот, кого никто не видит. Герои сыска, которых все знают в лицо и узнают по голосу, это киношная туфта. Спасибо тебе,

Сенечка. Иди отдыхать. А над моими словами просто подумай, хорошо?

Проводив Семена, Настя закрыла дверь, села в комнате на диван и раскрыла толстую тетрадь в клеточку. Когда-то такие тетради продавались в каждом магазине канцтоваров и стоили 44 копейки. Она почему-то была уверена, что их уже давно не выпускают и не продают. Хотя, возможно, тетрадь сохранилась у Климанова с давних времен...

* * *

Когда-нибудь, через много лет, когда я стану совсем старненьким, а может быть, и умру, эти записи опубликуют. И тогда все узнают, что плясали на самом деле под мою дудку, а не осуществляли свою мифическую свободную волю.

И все поймут, каким я был на самом деле. Тихий чиновник, незаметный писатель, ничем не выдающаяся личность. На протяжении многих лет я был богом, казнил и миловал, решал, кому жить хорошо, а кому — плохо, кому радоваться, а кому горевать...

Я с детства завидовал Димке Щетинину. Нет, это не была зависть в общепринятом смысле слова. Я лучше учился, был лучше одет, был умнее, больше читал, меня хвалили учителя, называли способным, прочили замечательное будущее. Я нравился девочкам, меня, вежливого и воспитанного, обожали взрослые. Димка, мой одноклассник, не вылезал из «двоек» и редких «троек», учителя от него шарахались, а вот ре-

бята любили. Тянулись к нему, готовы были идти за ним в огонь и в воду. Даже в подростковом возрасте я уже понимал, что есть в Димке какая-то сила, заставляющая людей подчиняться ему, не перечить, слушаться. У меня такой силы не было. Зато хватало ума отдавать себе в этом отчет. Моей мечтой, моей целью с того момента стало одно: заставить Димку признать мое превосходство. Признать, что я сильнее. Склониться передо мной.

Я помогал ему всегда и во всем. Давал списывать домашку и контрольные, писал за него сочинения и изложения, если их задавали на дом, прикрывал сначала от родителей и учителей, потом от бесконечных девок, с которыми он вечно не мог разобраться и крутил одновременно с несколькими. Подсказывал, как лучше и эффективнее выполнить поручения, которые давал ему Мытарь. Мне Мытарь тоже много чего поручал, но я справлялся самостоятельно, без Димки. Вообще Мытарь любил меня и ценил куда больше, чем Диму, говорил, что я самый толковый из его «шестерок» и только из меня одного может выйти настоящий вор. Становиться вором я не собирался, это не интересно. Но учился у Мытаря старательно. И у меня действительно получалось намного лучше, чем у других. Успехи в «школе Мытаря» ясно показали Димке мое превосходство. Уже понимая, что умирает, Мытарь при всех подарил мне свой набор отмычек, тот самый, с которым сам работал, и это стало моим первым звездным часом. Тот факт, что я лучше справлялся с уроками в обычной школе, его отнюдь не впечатлял, а вот успехи в воровском деле и высокая оценка, данная Мытарем, заставили признать, что я достоин уважения. И если прежде он принимал мою помощь, словно делая мне одолжение, то теперь он относился к ней как к благодеянию. Не ОН милостиво принимает от «ботана», зубрилки и отличника, а Я снисхожу до него и благодетельствую.

Я стал для него незаменим. Помогал ему не только реальными делами, но и советами. Для решения ряда сложных и долговременных вопросов с другими владельцами бизнеса мне нужен был свой человек в компании Горевого. И как только там, на мое счастье, освободилось место, я решил пропихнуть на него Димку. Со своими двумя судимостями и обширными связями в криминальном мире он был для Горевого идеальной кандидатурой. Да плюс моя личная рекомендация, которая в те годы весила ох как немало, не зря же я столько лет работал над своей репутацией, оберегал ее, из кожи вон лез, чтобы мое слово все воспринимали как истину в последней инстанции.

Я поговорил с Горевым, убедил его, после чего встретился с Димкой, рассказал ему о Горевом и о том, что тот готов взять его на хорошую должность в службе безопасности и по сути поставить «разводящим», а в скором времени можно будет стать его правой рукой, если служить верно и добросовестно. И тут этот идиот меня огорошил, рассказав, что участвовал в убийстве трех человек, причем один из них — маленький ребенок! О том, что комитетчики засунули его к нацикам, прихватив на каких-то махинациях с зарубежными фирмами, я, конечно, знал, но чтобы такое... Не ожидал, что Димка окажется таким придурком. Но сделанного не воротишь, а свой человек у Горевого мне в тот момент был нужен позарез. Пришлось придумывать, как вывести Щетинина из-под удара.

Было трудно. Но в итоге все получилось. Димка зажил респектабельной жизнью, раздобрел, разжирел. Обзавелся хорошим жильем, молодой женой «из приличных», детьми. И по-прежнему по каждому поводу бегал ко мне за советом и помощью. Чем больше у него становилось денег, чем значительнее влияние на решения, принимаемые Горевым, тем выше я поднимался в собственных глазах. Даже когда я бросил административную деятельность и занялся написанием книг, ничего не изменилось. Я оставался для Димки непререкаемым авторитетом и первым, к кому он бросался за помощью. Все остальные включались уже потом, если я говорил, что помочь не смогу. Но я всегда был первым. В любом вопросе...

Я пишу все это только потому, что не могу никому рассказать. Пока живы люди — Димка, Горевой, Сокольников и многие другие, чьи имена упомянуты в этих записках, — я должен молчать. Да и о себе я пока не готов говорить открыто. Еще не пришло время. Пусть пройдут годы, пусть настанет час, когда мне будет все равно. Мне не обязательно видеть свой триумф собственными глазами, нет у меня подобных амбиций. Вполне достаточно знать, что этот триумф состоится рано или поздно. А он состоится, я уверен.

Но я живой человек. И меня раздирают изнутри эмоции, мысли, слова. Их нужно куда-то девать. Их нужно выплеснуть. Частично я вкладываю их в книги, в сюжеты, в своих героев. Но это не совсем то. Это суррогат. Только в этой тетради я — настоящий. Я овладел великим искусством не лгать самому себе...

Когда Димка рассказал мне о том, что к нему приходил муж Кати Горевой и чем закончился разговор, я был в шоке. Дочку Горевого я никогда не видел, но по рассказам Димки знал о ней очень много. Практически все, что знал о ней Щетинин, знал и я. Знал о том, что она особенная, что все считают ее странной, что она не очень любит учиться, зато очень любит помогать тяжело больным людям и особенно детям. Знал, что она добровольно взвалила на свои плечи двоих ребят — брата и сестру мужа. Знал, что отец порвал с ней всякие отношения, выгнал из дома и не помогает. Знал о ее работе в хосписе.

Как можно было отказать в помощи этой самоотверженной девочке и ее юному мужу?! Как можно было пнуть их ногой, как шелудивых бездомных псов? Да, я понимал, что Димка боится крутого нрава Виталия Горевого и не смеет сделать хоть что-то поперек его велений. Но можно же было прийти ко мне посоветоваться! Я бы придумал, как сделать так, чтобы помочь ребятам, которые бьются изо всех сил, чтобы выжить, и при этом не нарваться на гнев шефа. Я бы придумал. Уж если я придумал, как вытащить Димку из истории с убийством...

Но он не пришел ко мне за советом. Он не попросил о помощи. Он не посчитал Катю, выросшую у него на глазах, достойной таких усилий. Или не посчитал меня способным решить проблему. Или и то, и другое одновременно.

Я был оскорблен. Глубоко оскорблен. Мне было обидно и за себя, и за Катю. Своим поступком Димка нажил в моем лице смертного врага. Отказать в помощи Кате, такой молоденькой и мужественной, посвятившей всю себя невероятно тяжелому делу! Не помочь девочке, каждый день добровольно находящейся рядом с горем, страданиями, смертью! Как это можно? Я этого не понимал.

Не рассказать вовремя мне. Не попросить совета и помощи, как обычно. Поделиться спустя много времени, как бы между прочим, между делом, упомянуть как о незначительном событии. Этого я тоже не понимал.

И не смог простить ни одно, ни другое...

Я заставлю тебя, Дима Щетинин, прискакать ко мне в ужасе и отчаянии и снова, как прежде, просить совета и помощи. Только на этот раз все будет по-другому. Проблема окажется для тебя не проходной, очередной, рабочей или семейной, а огромной, жизненно важной. И я не смогу ничем тебе помочь. Буду сочувствовать, утешать. А вот помочь не смогу. Статус уже не тот, влияния нет, связи утрачены. Я просто скромный писатель, которого мало издают и мало читают. Извини, дорогой друг. Но в этот раз — никак не получится...

Он никогда не узнает, почему так вышло. Мне и не нужно, чтобы он узнал. Главное, что знаю я сам. Когда-нибудь потом и другие узнают, но это будет еще не скоро. Я собираюсь жить долго и по возможности счастливо...

С матерью Сокольникова получилось намного легче, чем я ожидал. Старуха совсем выжила из ума, готова была поверить в любую чушь, подтверждающую, что ее сынок невиновен. Я просмотрел то, что осталось от материалов. Конечно, мать выбросила из них то, что сочла нужным, но мне это не мешало. Мне важно было навести на Димку. Сделать так, чтобы он не затерялся среди огромного числа допрошенных свидетелей. Я уже наметил племянницу Аллы, Ксюшу. Она справится. Она толковая, вдумчивая, внимательная к деталям, как большинство женщин, и в то же время очень уважает Аллу, привязана к ней, и переносит это отношение на меня. Ею будет несложно руководить и давать ей советы. Правильные, разумеется.

Трудно было придумать ход, который выведет на Димку, но при этом не выведет на меня. Я несколько раз перечитал все материалы и вдруг сообразил: Димка на допросах врал следствию. Когда заполняли анкетные данные на титульных листах протоколов, на вопрос о наличии судимостей он все три раза отвечал: «Нет». Свидетелей по базам обычно не пробивают, что есть в паспорте — списывают оттуда, чего нет — записывают со слов допрашиваемого. Можно наврать и про работу, и про судимости. Если свидетель не вызывает сомнений, проверять никто не будет. А Димку, которого прикрывали комитетчики, проверять точно не стали бы, поэтому он мог бы на допросе назваться даже президентом холдинга. Если убрать из материалов все титульные листы протоколов допросов Щетинина, Ксюша рано или поздно это отметит, нужно только оставить ей одну-две наводки на фамилию, чтобы она сообразила, что на всех свидетелей хоть какие-то сведения остались, не титульные листы — так оглашение в судебном заседании, внесенное в протокол, а на Щетинина — ничего. Ни имени, ни отчества, ни года и места рождения. Она начнет искать. И найдет. Обнаружит, что он дважды судим. Эти одну-две умышленно оставленные наводки девочка, надо полагать, расценит как ошибку, недогляд тех, кто пытался скрыть Щетинина. И вцепится уже мертвой хваткой настоящей журналистки. Хорошо, что мать Сокольникова по недомыслию не убрала из дела упоминания о неонацистской группировке. Вернее, убрала, конечно, но не все. Про то, что выдала ее дочь, забыла. А может, и не знала, потому и в деле не искала. А про копии диплома наверняка даже в голову не брала...

Ксюшу мы потеряли. Все случилось очень неожиданно и очень быстро. Девочка была хорошая, я искренне погоревал вместе с Аллой. Но план должен быть выполнен, мне так хотелось. Новый кандидат пришел мне в голову почти сразу. Ксюшин ухажер, я помнил его еще с тех времен, когда ребята были студентами. Управлять Аллой было несложно, так сложилось с самого начала, много лет назад. Мне легко было убедить ее в чем угодно и сделать так, как нужно мне. Умение уговорить, дар убеждения — мои бессменные орудия, составляющие мою силу и приводившие меня к успеху.

Татьяну Томилину я наметил сразу, когда еще только составлял план, ориентированный на Ксюшу. Но Ксюша нас покинула. А задумка осталась. Жизнь чиновника кое-чему научила меня, в частности, тому, что документы нужно уметь читать. Не тупо складывать буковки, а читать осмысленно, понимая, что стоит за каждым словом. Для того чтобы выцепить из бумажного хаоса Щетинина-неонациста, нужно иметь хотя бы минимальные навыки чтения уголовных дел. С Томилиной я не был знаком, но много слышал о ней, внимательно прочел все ее интервью, посмотрел имеющиеся в интернете записи телепрограмм с ее участием. Бывший следователь, пишет книги, периодически проводит семинары и практикумы для начинающих авторов, желающих попробовать свои силы в жанре детектива. То, что надо.

Идея с консультациями Томилиной оказалась богатой: когда не стало Ксюши и мой выбор вполне логично пал на Петра, появился повод вытащить парня в Москву. Пусть будет у меня на глазах. Пусть делится успехами, рассказывает, как движется дело. А я, как обычно, стану помогать и советовать...

С Томилиной сорвалось, но на мои планы не повлияло. Какая-то Каменская, бывший опер, без малого десять лет в отставке. Да ладно, какая разница? Пусть будет Каменская. Главное, что она работала в конце девяностых, то есть в законодательстве того времени разбирается и в документах не запутается. И женщина, что немаловажно. Петя — мужичок, ему бы скорее бежать и делать, а не читать и думать, выискивая блошек. Ксюша не упустила бы, а Петя — этот может и прохлопать. Будем надеяться, что Каменская его подстрахует...

С возрастом у меня прибавилось опыта, но и сомнения начали то и дело посещать. Слишком много мелких составляющих, которые могут повлиять на реализацию плана и которые невозможно учесть. Срывы бывали всегда, это нормально и не новость для меня, но если в молодости я начинал злиться и гневаться, то теперь каждый срыв огорчает, ибо заставляет сомневаться в собственных силах и способностях. Неужели я старею? Гоню от себя эти мысли, смотрюсь в зеркало, делаю усилие, чтобы увидеть в отражении Победителя. Бога. Всемогущего. Пока получается...

С Петей нужно на первых порах общаться как можно больше, чтобы лучше изучить его, увидеть, понять, на каких струнах следует играть, чтобы вертеть мальчишкой в нужном направлении. С Каменской сложнее, поводов для общения нет, придется придумывать. Идею с посиделками в кафе я легко подбросил Алле, все срослось как надо...

С полицией повезло! Нежданная удача, которую мне удалось тут же вывернуть себе на пользу: появился повод дернуть Каменскую, вынудить ее поехать вместе со мной. Разговоров в машине и во время ожидания в полиции мне вполне хватило, чтобы выяснить основное. Пусть не все, что нужно, но вполне достаточно для планирования...

Когда-то давно Мытарь однажды сказал, что у меня «кривые мозги». «Самый короткий путь — прямой, самая лучшая схема — простая, — изрек он. — А у тебя, Вовчик, вечно все с подвывертом каким-то, слишком сложно, слишком мудрено. Гляди, когда-нибудь сам себя перехитришь. Проще надо быть, тогда все получится».

Я изучал людей. Их реакции, их поведение. Придумал необычный способ ставить эксперименты: использовал умения, полученные у Мытаря, вскрывал квартиры, оставлял в них какую-нибудь ерунду — то розу, то деньги, то кондитерку. Мои родители были «при должностях», отец без конца приносил домой бутылки дорогого коньяка, а маме «благодарности» совали в виде дефицитной кондитерки. Коробки хороших конфет громоздились в серванте, а в холодильнике постоянно занимали место не меньше двух коробок «Птичьего молока», и мама всегда говорила, чтобы я не покупал подарки девушкам, а брал из дома торт или конфеты. Дескать, и девушкам приятно, и мне экономия. Вот я и брал. И исподтишка наблюдал, как люди прореагируют. Обратятся ли в милицию, будут ли спрашивать у соседей, поменяют ли замки. Квар-

тиры выбирал в своем районе, там, где жил. Так удобнее было наблюдать. Обзавелся знакомствами в милиции, задружился с участковыми, одним словом, нашел источники информации. Вскрыл 11 квартир. Узнал о людях много интересного. Например, оказалось, что выяснять до конца и прилагать к этому усилия готовы очень немногие. Большинство старается не думать «о неудобном», запихнуть его в дальний уголок и не вытаскивать. В этих 11 квартирах жили в общей сложности 43 человека. И только один — один! — заинтересовался происходящим и попытался хоть что-то прояснить. Одна-единственная тетка со странным нерусским именем. Одна из 43, меньше 2,5%. Я был молод, учился на последнем курсе института, и в тот момент впервые заметил и осознал, что 97,5% населения стараются избегать сложных схем. Люди не любят разбираться и думать. Они любят «как проще». Мытарь был прав.

Но и не прав. Если в сложную схему вставить простые звенья, то можно получить очень хороший результат.

В общем, эксперимент со вскрытыми квартирами дал мне огромный толчок в понимании людей и в том, как ими можно управлять...

Я нашел Катю Волохину, в девичестве Горевую, понаблюдал за ней издалека и еще больше возненавидел Диму Щетинина. Хрупкая и сильная одновременно, бесконечно добрая и терпеливая, уверенная в том, что сможет справиться со всеми невзгодами, она чем-то похожа на меня самого. Наверное, своей безоглядной уверенностью в успехе и готовностью идти к нему, не сдаваясь, даже если путь этот будет трудным и займет долгие годы.

Мы с ней одной крови.

Мне захотелось как-то поддержать Катюшу, дать ей хоть каплю радости. Белая роза — это так красиво… Неожиданный подарок — это так приятно… Цветы от неизвестного — так волнующе… Пусть в ее беспросветной жизни засверкают маленькие огоньки.

И аукцион с пресс-конференцией тоже я придумал. Но, разумеется, мои издатели полностью убеждены в том, что идея принадлежит их пиарщикам. Подобные комбинации всегда были моим коньком: родить идею, внушить другим под видом «их собственного», после чего ахать и восхищаться их креативностью, громко аплодировать и наблюдать со стороны, что получается и каков результат. Какое счастье, что я не тщеславен и не честолюбив, я не нуждаюсь в публичном признании и всеобщем одобрении!

А Димка — слабак, неблагодарная сволочь и идиот. Как можно было не помочь такой девочке? Как можно было усомниться в том, что я дам мудрый совет и придумаю очередной гениальный план?

ГЛАВА 15

Вторник

— И что, из-за такой ерунды? В голосе Петра звучало недоумение пополам с ужасом.

— Весь сыр-бор только из-за того, что Щетинин отказал Катиному мужу? Да быть не может! Анастасия Павловна, это же несерьезно, ну ей-богу!

Настя вздохнула.

— Петя, поверьте мне, ущемленное самолюбие мужчины — это не ерунда. Задетая самооценка — не ерунда. Это очень серьезно. Из-за этого даже войны начинались, не то что возня с давним уголовным делом. Но старый вор Мытарь правильно заметил, мозги у Климанова кривые. Впрочем, так и должно быть. Кривые мозги дают возможность изобретать, творить, придумывать новое.

Оба наконец выспались от души, потом до вечера изучали записки Климанова. Тетрадь исписана плотно, мелким почерком на каждой строчке, но множество страниц они пропускали: читать о том, как Владимир Юрьевич, добиваясь желаемого результата, а порой и просто из чистого интереса, из любви к искусству, манипулировал коллегами-чиновниками, просителями-бизнесменами, бывшей женой, своей любовницей Аллой, еще какими-то дамами сердца, знакомыми, соседями, редакторами и издателями, было скучно. Да и не нужно. Они выбирали только то, что касалось Щетинина.

— Про своих помощников он совсем мало написал, — с сожалением заметил Петр.

— Про них неинтересно размышлять, Климм ими не манипулировал. Нанимал, давал задания, платил. Использовал. Напрямую, без всяких хитростей. К его внутренней жизни эти люди отношения не имели, его душу никак не задевали. Тетрадь — не дневник, куда записываются события, это способ выговориться, навести порядок внутри себя самого. Вы наверняка заметили, что хронология не соблюдена. Что болит — о том и пишет.

— Ну да, — согласился Петр. — Мы сегодня еще будем заниматься?

— Нет, на сегодня достаточно. Можете ехать. Устали?

Настя посмотрела на него с сочувствием. Пора мальчику вернуться в свою квартиру и как следует отдохнуть. Последние дни получились что-то уж очень напряженными.

— Не устал, нормально. Подумал, что надо к Алле съездить, поддержать как-то. Может, помочь.

О том, что Владимир Климанов находится в реанимации, Алла узнала уже днем и сразу же позвонила Петру. Тот старательно делал вид, что огорошен печальной новостью, спрашивал, чем может быть полезен в такой ситуации, предлагал поехать вместе с Аллой в больницу. Алла ответила, что в этом нет смысла, она уже пыталась, но в реанимацию все равно никого не пускают, и врачи на ее вопросы ничего конкретного не сказали, поскольку она не является родственницей. Конечно, вопрос решаемый, за деньги можно добиться чего угодно, и она этим непременно займется. Нет-нет, пусть Петенька не беспокоится и не обращает внимания на то, что она плачет, у нее множество близких подруг, без помощи она не останется.

— Как вы думаете, я должен рассказать Алле о том, что мы узнали про Климма?

Хороший вопрос. Только ответа у Насти нет.

— Не знаю. Решайте сами.

— А Кате?

— Тоже сами решайте.

Рассказать или промолчать? Настя на собственной жизни, на своей шкуре давно прочувствовала, насколько сложен бывает ответ на этот вопрос. Казалось бы, что тут трудного? Никто не имеет права решать за других людей, о чем им надо знать, а о чем не надо. Звучит красиво, конечно. А на деле? Расскажешь — получится, что ты решил: им надо знать. Промолчишь — тоже получится, что решил: им знать не надо. Хоть так, хоть эдак — а все одно выходит: ты решаешь за других. Это неправильно. И никто пока еще не придумал, как сделать так, чтобы было правильно. Выход просматривается только один: положиться на судьбу. Она мудрая, сама распорядится. Сочтет нужным — узнают, а нет — так и нет. Не зря же существует присловье-совет: положись на судьбу. Наверное, человек обращается к высшим силам, будь то Бог, судьба или еще что, когда реальная жизнь ставит неразрешимые вопросы.

— Тогда я поеду? — нерешительно спросил Петр. — Ничего, что я вас одну оставлю? У вас же нога, вы плохо ходите.

— Нога уже намного лучше, — успокоила его Настя, и это было правдой. — Не беспокойтесь за меня. Продуктов еще хватит на завтра, так что можно будет из дома не выходить. А к четвергу я буду вполне в кондиции. Завтра отдыхайте, а в четверг продолжим. Если вы не передумали.

— Почему я должен передумать?

— Потому что писать статью о деле Сокольникова бессмысленно. Соучастие Щетинина вы не докажете, и никто не докажет, если он сам не признается. Напишете о нем — поимеете судебный иск за клевету. Умолчите — статья не получится правдивой. Вот такая у вас веселая альтернатива. Знаете, а ведь Климм, похоже, был прав: надо было вам писать о Кате и о проблемах хосписов, пользы было бы больше, честное слово.

— Вы так легко признаете правоту Климма...

Петр, казалось, был даже удивлен. Ну да, когда-то давно, лет сорок назад, ей, Насте Каменской, тоже казалось, что если человек единожды не прав, то он не прав во всем. Нет, Петя, не так все просто.

— Владимир Климанов — умный человек, с этим невозможно и не нужно спорить. Я попалась в его ловушку со Щетининым и вас за собой утянула. Ловушка была хитрая, продуманная, многоходовая. И мне ни на одну секунду не стыдно, что я попалась. Более того, я благодарна Климму, он преподнес мне урок, я кое-чему научилась. И потом, я же вычислила его и выскочила из ловушки. Как они с нами, так и мы с ними, — повторила она слова, которые уже говорила совсем недавно молодому коллеге Семену.

Петр молча кивнул и начал собирать вещи. Уже у самого порога он сказал:

— С Катей я все-таки поговорю. А насчет Аллы подумаю.

— Решайте сами, — снова отозвалась Настя.

Закрыв за Петром дверь, она вернулась в комнату, полистала договоры, которые следовало перевести. Осталось совсем немного, она успела почти все сделать, как ни странно. Работы еще часа на два, максимум — на три. Взять себя в руки, доделать, лечь спать, завести будильник на 5.45. В 6 утра поговорить с мужем. Она так соскучилась!

Завтра можно будет целый день валять дурака, читать, смотреть кино и всячески расслабляться и получать удовольствие. А в четверг... До четверга еще дожить надо. Пусть Петя подумает как следует, а там решим. Четверг — это еще только послезавтра. А Лешка, ее любимый, ее единственный самый близкий друг, — уже завтра, в 6 утра.

Скорей бы ночь прошла!

ЭПИЛОГ

Суббота

Слова Каменской о том, что писать статью о деле Сокольникова теперь бессмысленно, в первый момент вызвали у Петра негодование и отторжение. Да еще Климм, оказывается, был прав! Ничего себе выводы у воблы! Как может быть прав такой негодяй и подонок?

Насчет Аллы Владимировны он так ничего и не надумал. Но Кате позвонил, предложил встретиться, вернее, попросил о встрече. Она приехала, вероятно, надеясь, что речь пойдет о публикациях. Петр решил рассказать ей только о розах. О том, что Владимир Юрьевич знаком со Щетининым и, узнав о трудном положении Кати Волохиной, захотел оказать ей моральную поддержку. Больше никаких подробностей, никаких упоминаний о предыстории, о деле Сокольникова, о нацистах и всем прочем. «Так будет правильно, — думал он. — Написанное в тетради является интимным делом самого Климма, разглашать это неприлично. Но пусть Катя хотя бы знает, что нашелся человек, который ей посочувствовал. Которому не все равно. Который захотел доставить ей каплю радости».

Катя выслушала его внимательно, с непроницаемым лицом, и Петр, как ни силился, не мог понять, какие эмоции вызвал его рассказ. Когда он закончил, девушка спросила:

— Значит, ты еще не решил, будешь ли писать о нас?

Петр не был готов к вопросу, растерялся, начал что-то мямлить. Катя посмотрела на него без всякого выражения и произнесла:

Спасибо. До свидания.

Повернулась и ушла.

Странная она какая-то...

Это было в среду. В четверг с утра он явился, как обычно, к Каменской, и они продолжили работать над материалами дела. Петру было скучно, никаких загадок не осталось, разоблачать больше некого, и зачем он приехал, зачем всем этим занимается, непонятно. Разве что новые знания и навыки получает. Вобла все время повторяет, что это бесценно и что нужно постоянно чему-то учиться и что-то осваивать. Можно подумать, в ее возрасте люди еще чему-то учатся! Ничему они не учатся, только других поучают.

Он был в смятении. Дело Сокольникова, на которое он возлагал столько надежд, померкло, перестало быть интересным и привлекательным. Пожалуй, вобла права, делать статью бессмысленно. Но как же его план, в котором громкое разоблачение является фундаментом всей будущей карьеры писателя? Что делать? Начинать все заново? Или пытаться выкрутить какую-то пользу из того, что имеется в наличии? Что за дурацкий закон, согласно которому обязательно что-нибудь пойдет не так!

Черт, неужели опять получается, что вобла права, что всего не предусмотришь и что ни одна идея не воплощается в том виде, в каком задумывалась?

В пятницу Климанова перевели из реанимации в палату, Петр договорился вместе с Аллой съездить к нему в субботу. Диагноз подтвердился, к сожалению. У Владимира Юрьевича парализована левая половина тела и отнялась речь. Прогнозы пока никто делать не берется, но врачи не уверены, что больной восстановится. По дороге в больницу, сидя рядом с Аллой в машине, Петр то и дело ловил себя на злорадной мысли: как говорили древние мудрецы, собрался мстить — сначала выкопай две могилы. Климм так исступленно бился за собственную самооценку, что готов был принести в жертву чужую жизнь, а в итоге пожертвовал своей.

Писатель Климм в этой заштатной больничке был самым обычным пациентом, лежал в четырехместной палате, пропитанной духом лекарств, мочи и больного дыхания. Уже стоя на пороге, Петр понял, что не сможет заставить себя подойти к лежащему на койке беспомощному человеку. Ему было неприятно. Ему было тяжело. И почему-то страшно. Алла присела на стул возле койки, взяла Климанова за руку, гладила его по лицу. В ответ раздалось невнятное мычание. Петр сперва зажмурился, потом развернулся и вышел в коридор.

Делать здесь ему было нечего, но нужно дождаться Аллу, раз уж пришел вместе с ней. Он привычно полез в телефон, почитал сперва сообщения, потом новости, потом посетил любимые блоги и группы, написал комментарии и ответы. Мимо все время ходили люди — и медперсонал, и посетители, навещающие больных, и он даже не сразу обратил внимание на то, что рядом кто-то остановился.

Петр поднял глаза. Катя Волохина. Некрасивое лицо, равнодушные глаза за стеклами очков. В руке белая роза. Откуда? Климм же в больнице, он никак не мог...

— Привет, — растерянно выдавил Петр. — Ты тут... Кого-то навещаешь?

— Владимира Юрьевича. Я к нему пришла. Опять.

— Опять? — тупо переспросил Петр.

— Ну да. Я уже была с утра, договорилась со всеми. Сделала все, что нужно. Санитарок не хватает, сиделок вообще Минздрав отменил, их теперь нет, только платные. За Владимиром Юрьевичем нужно ухаживать. Я сходила поесть и вернулась.

— Ты собираешься за ним ухаживать?

Он ушам своим не верил.

— Да. Не все время, конечно. Я же работаю. Но когда будет возможность — буду приезжать. Сегодня я свободна весь день, например. И завтра в первой половине буду здесь. Потом мне нужно будет на работу поехать.

— Но ты его совсем не знаешь! Он же для тебя посторонний, чужой.

Катя задумчиво посмотрела на розу, которую держала в руке.

— Я для него тоже чужая. Но он счел нужным меня поддержать. Он — больной человек, нуждающийся в помощи и поддержке. Какая разница, свой он или чужой?

— А роза? Для него, что ли?

— Для него, — подтвердила Катя.

И улыбнулась. Петру снова на миг показалось, что ничего прекраснее он в своей жизни не видел.

Катя скрылась за дверью палаты, а через пару минут вышла Алла. Вид у нее был расстроенный и подавленный. Петр счел за благо помалкивать и ни о чем не спрашивать. Алла тоже была, против обыкновения, неразговорчивой, и Петру казалось, что она изо всех сил сдерживается, чтобы не расплакаться.

Находиться рядом с ней было ему не менее тягостно, чем в палате у Климанова.

— Я выйду у ближайшего метро, ладно?

— Зачем? Я тебя довезу, куда скажешь. Куда тебе нужно?

Петру было все равно, лишь бы остаться одному, лишь бы перестать ощущать чужое страдание. На его счастье звякнул телефон, пришло сообщение от Ларисы: «Я в Домодедово».

Он ошарашенно уставился на экран, перечитал текст еще раз. Да нет, все правильно. Именно от Лариски. И именно о Домодедове. В срочную командировку, что ли, прилетела? Они только вчера вечером целых полтора часа переписывались, и она ни словом не обмолвилась о предстоящей поездке. Петр решил перезвонить.

— Я просто ужасно соскучилась, — заявила Лариса. — И решила прилететь хоть на один день. Без тебя вообще тоска глухая, поговорить нормально не с кем. Сейчас сяду на электричку до Павелецкого вокзала. Встретишь меня?

— Конечно! Уже еду!

Он и сам не ожидал, что так обрадуется.

— Мне нужно на Павелецкий вокзал, — сказал он Алле. — Подруга из Тюмени прилетела.

— Да, — рассеянно кивнула та, — конечно.

Оказавшись на вокзале, Петр обозрел расписание, прикинул, сколько времени осталось до прибытия поезда, забрел в какое-то кафе, взял бургер и банку колы. Он с удовольствием думал о Ларисе, удивлялся собственной радости, представлял, как они проведут сегодняшний вечер и завтрашний день. Красавица Лариса, имеющая богатого любовника, бросила все и примчалась в Москву, к нему, никому не известному нищему журналисту Петру Кравченко, потому что соскучилась. Уму непостижимо. Впору гордиться собой.

Самооценка... Ну ёлки-палки! Опять получается, что вобла права. Самооценка — одна из самых важных вещей. Во всяком случае, в мужском мире — точно.

И внезапно он понял. Он не будет писать ни фантастику, ни фэнтези, ни детектив. Он напишет свой первый роман о двух мальчиках, превратившихся в двух взрослых мужчин. О безоглядной борьбе за самооценку. О том, чего это стоит и к чему может привести.

Объявили о прибытии электропоезда, и Петр помчался к платформе. Лариска была, как всегда, ослепительна. Красивое лицо, великолепная фигура, обтянутые узкими джинсами длинные ноги. «У Каменской ноги красивые, — мелькнула в голове непонятно откуда взявшаяся мысль. — Красивее, чем у Лариски».

Подумал — и фыркнул от неудержимого смеха. Вобла с ногами! Прикольно!

Сентябрь 2018 — май 2019

Конец

Оглавление

Литературно-художественное издание

Александра Маринина

ДРУГАЯ ПРАВДА

Том 2

Ответственный редактор *О. Дышева*
Художественный редактор *А. Сауков*
Технический редактор *Н. Духанина*
Компьютерная верстка *В. Андриановой*
Корректор *И. Федорова*

ООО «Издательство «Эксмо»
123308, Москва, ул. Зорге, д. 1. Тел.: 8 (495) 411-68-86.
Home page: www.eksmo.ru   E-mail: info@eksmo.ru
Өндіруші: «ЭКСМО» АҚБ Баспасы, 123308, Мәскеу, Ресей, Зорге көшесі, 1 үй.
Тел.: 8 (495) 411-68-86.
Home page: www.eksmo.ru   E-mail: info@eksmo.ru.
Тауар белгісі: «Эксмо»
Интернет-магазин : www.book24.ru

Интернет-магазин : www.book24.kz
Интернет-дүкен : www.book24.kz
Импортёр в Республику Казахстан ТОО «РДЦ-Алматы».
Қазақстан Республикасындағы импорттаушы «РДЦ-Алматы» ЖШС.
Дистрибьютор и представитель по приему претензий на продукцию,
в Республике Казахстан: ТОО «РДЦ-Алматы»
Қазақстан Республикасында дистрибьютор және өнім бойынша арыз-талаптарды
қабылдаушының өкілі «РДЦ-Алматы» ЖШС,
Алматы қ., Домбровский көш., 3«а», литер Б, офис 1.
Тел.: 8 (727) 251-59-90/91/92; E-mail: RDC-Almaty@eksmo.kz
Өнімнің жарамдылық мерзімі шектелмеген.
Сертификация туралы ақпарат сайтта: www.eksmo.ru/certification

Сведения о подтверждении соответствия издания согласно законодательству РФ
о техническом регулировании можно получить на сайте Издательства «Эксмо»
www.eksmo.ru/certification
Өндірген мемлекет: Ресей. Сертификация қарастырылмаған

16+

Подписано в печать 12.07.2019. Формат 84x108^1/$_{32}$.
Гарнитура «GaramondCTT». Печать офсетная. Усл. печ. л. 18,48.
Тираж 55 000 экз. Заказ 6845.

Отпечатано с готовых файлов заказчика
в АО «Первая Образцовая типография»,
филиал «УЛЬЯНОВСКИЙ ДОМ ПЕЧАТИ»
432980, Россия, г. Ульяновск, ул. Гончарова, 14

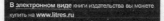

Москва. ООО «Торговый Дом «Эксмо»
Адрес: 123308, г. Москва, ул. Зорге, д.1.
Телефон: +7 (495) 411-50-74. **E-mail:** reception@eksmo-sale.ru

По вопросам приобретения книг «Эксмо» зарубежными оптовыми
покупателями обращаться в отдел зарубежных продаж ТД «Эксмо»
E-mail: international@eksmo-sale.ru

*International Sales: International wholesale customers should contact
Foreign Sales Department of Trading House «Eksmo» for their orders.*
international@eksmo-sale.ru

По вопросам заказа книг корпоративным клиентам, в том числе в специальном
оформлении, обращаться по тел.: +7 (495) 411-68-59, доб. 2261.
E-mail: **ivanova_ey@eksmo.ru**

Оптовая торговля бумажно-беловыми
и канцелярскими товарами для школы и офиса «Канц-Эксмо»:
Компания «Канц-Эксмо»: 142702, Московская обл., Ленинский р-н, г. Видное-2,
Белокаменное ш., д. 1, а/я 5. Тел./факс: +7 (495) 745-28-87 (многоканальный).
e-mail: **kanc@eksmo-sale.ru**, сайт: www.kanc-eksmo.ru

Филиал «Торгового Дома «Эксмо» в Нижнем Новгороде
Адрес: 603094, г. Нижний Новгород, улица Карпинского, д. 29, бизнес-парк «Грин Плаза»
Телефон: +7 (831) 216-15-91 (92, 93, 94). **E-mail:** reception@eksmonn.ru

Филиал ООО «Издательство «Эксмо» в г. Санкт-Петербурге
Адрес: 192029, г. Санкт-Петербург, пр. Обуховской обороны, д. 84, лит. «Е»
Телефон: +7 (812) 365-46-03 / 04. **E-mail:** server@szko.ru

Филиал ООО «Издательство «Эксмо» в г. Екатеринбурге
Адрес: 620024, г. Екатеринбург, ул. Новинская, д. 2щ
Телефон: +7 (343) 272-72-01 (02/03/04/05/06/08)

Филиал ООО «Издательство «Эксмо» в г. Самаре
Адрес: 443052, г. Самара, пр-т Кирова, д. 75/1, лит. «Е»
Телефон: +7 (846) 207-55-50. **E-mail:** RDC-samara@mail.ru

Филиал ООО «Издательство «Эксмо» в г. Ростове-на-Дону
Адрес: 344023, г. Ростов-на-Дону, ул. Страны Советов, 44А
Телефон: +7(863) 303-62-10. **E-mail:** info@rnd.eksmo.ru

Филиал ООО «Издательство «Эксмо» в г. Новосибирске
Адрес: 630015, г. Новосибирск, Комбинатский пер., д. 3
Телефон: +7(383) 289-91-42. E-mail: eksmo-nsk@yandex.ru

Обособленное подразделение в г. Хабаровске
Фактический адрес: 680000, г. Хабаровск, ул. Фрунзе, 22, оф. 703
Почтовый адрес: 680020, г. Хабаровск, А/Я 1006
Телефон: (4212) 910-120, 910-211. **E-mail:** eksmo-khv@mail.ru

Филиал ООО «Издательство «Эксмо» в г. Тюмени
Центр оптово-розничных продаж Cash&Carry в г. Тюмени
Адрес: 625022, г. Тюмень, ул. Пермякова, 1а, 2 этаж. ТЦ «Перестрой-ка»
Ежедневно с 9.00 до 20.00. Телефон: 8 (3452) 21-53-96

Республика Беларусь: ООО «ЭКСМО АСТ Си энд Си»
Центр оптово-розничных продаж Cash&Carry в г. Минске
Адрес: 220014, Республика Беларусь, г. Минск, проспект Жукова, 44, пом. 1-17, ТЦ «Outleto»
Телефон: +375 17 251-40-23; +375 44 581-81-92
Режим работы: с 10.00 до 22.00. **E-mail:** exmoast@yandex.by

Казахстан: «РДЦ Алматы»
Адрес: 050039, г. Алматы, ул. Домбровского, 3А
Телефон: +7 (727) 251-58-12, 251-59-90 (91,92,99). E-mail: RDC-Almaty@eksmo.kz

Украина: ООО «Форс Украина»
Адрес: 04073, г. Киев, ул. Вербовая, 17а
Телефон: +38 (044) 290-99-44, (067) 536-33-22. **E-mail:** sales@forsukraine.com

**Полный ассортимент продукции ООО «Издательство «Эксмо» можно приобрести в книжных
магазинах «Читай-город» и заказать в интернет-магазине: www.chitai-gorod.ru.
Телефон единой справочной службы: 8 (800) 444-8-444. Звонок по России бесплатный.**

Интернет-магазин ООО «Издательство «Эксмо»
www.book24.ru
Розничная продажа книг с доставкой по всему миру.
Тел.: +7 (495) 745-89-14. E-mail: imarket@eksmo-sale.ru

ISBN 978-5-04-105013-9